文春文庫

三年身籠る

唯野未歩子

文藝春秋

三年身籠る　目次

三年身籠る

一年目

まごうことなき妊婦である。

台所で、冬子は玉葱《たまねぎ》を垂直にスライサーへ押しあてながら、そう思う。山型パンにサルサソースを塗り、スライスした玉葱やチーズをまんべんなく散らしている時にも、オーブントースターにそれを並べている時にも、そのことばかりが心をよぎっている。熱々のチーズトーストをほおばって口蓋《こうがい》をやけどしてしまい前歯の裏の薄皮がめくれてしまっても、冬子は一切気にならない。それほど、その思いに魅せられているのだ。

人生は、空に雲が蓋《ふた》をしてしまいどこにも影が落ちない日みたいなもの。心もとなくて、全然ぴんとこない、なにかと自信のもてないもの。

それが、かつての冬子の日々だった。

たとえば冬子は、『自分が何者であるか』という問いにまともに答えられたためしがなかった。「子どもの冬子」とか「女子高校生の冬子」「女子事務員の冬子」の、「子どもである」という部分や「女子高校生である」という部分、「女子事務員である」という部分、ひいては「女子である」という部分にさえも、どうもぴんとこなかったのだ。むろん「こう見えても精神的には大人かも知れないではないか」とか「こう見えても女子だと規定することはできないではないか」などという詭弁《きべん》はもちこまないにしても、どうにも「冬子」は「冬子」でしかなく、もっといえばそれすら危うい、とりとめのない人生だった。

子どもの頃は、ぷくぷくとした自分のふくらはぎの裏側も気にいっていたし、黄蜂に紐《ひも》をくりつけて空中散歩させたり、おしろい花の蜜を吸うのに夢中にもなった。高校の制服のてかてかしたブレザーも好きだったし、単調な事務の仕事も熱心にこなした。愚鈍ながらも平凡にやり過ごしてこれたといえよう。それでも時々、「だって女子高生なんだから合コンしなきゃもったいないじゃない？」、はたまた「大体あたしは女子事務員なんでこれ以上できませんーなんていうのを耳にすると度胆《どぎも》を抜かれた。「今しかこんな風に遊んでらんないよ」とため息をつく女友達や、「昔は良かったなあ」と懐かしむボーイフレンドを眩《まぶ》しく眺めた。えらいなあ、と感心もした。いかにも自分が何者であるかを実感できていて、しかも有効活用しきれているように見えたからだ。
実感。

だから冬子は、「どうしても小龍包《ショーロンポウ》が食べたいの」などと言える人がいたりすると、なんて素敵なんだろうと惚《ほ》れ惚れした。「ステーキにはこのブルーチーズソースしか認めないね」とか「このガトーショコラさえあれば他になにもいらないわ」なんていう台詞《せりふ》も。ひどく実感がこもっているように聞こえたし、人生へのこだわりに充ちているように感じられる。どれもこれも抜きさしならないよっぽどの大事で、冬子には実感できていないだけなのだと思うと、自分だけうっすら損をしているような心持ちになった。こだわれるものなら、こだわってみたい。

しかし、二十九年生きてみても、やっぱり「冬子」は「冬子」でしかなく、あまりにもぼんやりとしたそれだけが唯一《いい》の実感だった。

ごはんなど腹がくちくなればいい。

その程度の嗜好《しこう》しかもたない冬子が、酸《す》っぱいものやさっぱりしたものばかりをいきなり好むようになったのは、霞《かす》んだ春のはじめ頃だった。

ある日を境に、それはいきなり訪れた。それまでなにということはなく口にしていた揚げ物の匂いを嗅《か》ぐだけで胸がやけ、肉料理の脂っぽい匂い、煮たり焼いたりの魚の類《たぐ》いも一切うけつけなくなったのだ。けれど冬子は、なにということもなく口にしていただけだったので、さして気にはしなかった。仕方がないので三食、胡瓜《きゅうり》と若布《わかめ》の酢の物を食べて凌《しの》いだ。ところがまたたくまに、米の炊ける匂いにも胸がやけるようになってしまった。沈丁花《じんちょうげ》の甘ったるい匂いさえ鼻につく。これには少々困りはじめた。どうにも胃のあたりがむかむかと重たく、ひどい時には吐き気がするのだ。それでも腹は減るので、挑戦の意もこめてとにかくいろいろ試してみた。お粥《かゆ》や酢飯などの米類からはじまって、すいとん、お餅、蕎麦《そば》や冷や麦、思いきってパスタや焼きそば、チヂミの類いまで。その結果、フランスパンがしっくりきたので、それから三食それだけ齧《かじ》った。バターもつけずただただ齧った。それ以外のものは口にするのはおろか匂いを嗅ぐだけで、どっしりと吐き気がしてくるのだった。

この吐き気は、ひょっとして。

好きなものと嫌いなものを決めるってこういうことだったのね。

冬子は実感した。

「どうしても小龍包が食べたいの」という実感は、おそらくそれ以外のものでは吐き気をもよおすくらいに切なるこだわりだったのだろう。そういえば女の子たちはことある毎に「げえっ」と顔を顰《しか》めたりしていたではないか。こだわる、ということはやはり抜きさしならない大事だったのか。齢《よわい》二十九にしてやっといっぱしの人間になれたようにも感じられ、冬子は誇らしかった。

ちょうどその頃、冬子はいやに疲れやすくもなっていて、目の下にはひっそりとした隈《くま》ができ、偏食も祟《たた》って肌もわずかにくすんできていた。鏡にうつるその顔は、十代の頃クラブや呑み屋で夜遊びをして始発を待ちながら「今しかこんな風に遊んでらんないよ」とため息をつく女友達の風情にどこか似ていた。当時の冬子は、鞄《かばん》に常備しておいた「いざという時」の餡《あん》パンを女友達のために半分に割ったものの「ううん」とちいさく断られ、気怠《けだる》そうな彼女に比べてなんだか自分がひどくまぬけに思えて恥ずかしかったものだった。でも今どういうわけか、鏡の中には、森の小動物を彷彿《ほうふつ》とさせがちだった冬子ではなく、大人びて倦怠《けんたい》した冬子がいる。

それで冬子はいよいよ確信を深めた。

なるほどこれが人生なのだな。

と。

冬子はその旨を母の桃子へ報告した。自慢したい気持ちもあった。

「あなた、そりゃあ、おめでたじゃないの？」

母は電話ごしにさんざん笑って、そう訊いた。まったく予期せぬ問いかけだった。

そして今、冬子は妊婦である。「妊娠は十月十日《とつきとおか》」であるならば、じきに妊娠九カ月目の、ベテランの域の妊婦である。「妊婦の冬子」は冬子ひとりだけのものではない。ひとりだけのものではないのだから、「冬子」は「冬子」でしかないのとは、もはやあきらかに違っている。『あなたは何者か』と問われたら、自信に充ちて答えることができる。

「まごうことなき妊婦です」と。

冬子は今、こだわりに充ちて、自分は妊婦であるとしみじみ実感している。ほとんどなにもかも手にいれた。じきに腹の子どもが産まれたら冬子は妊婦ではなくなるのだろう。そのことが、すこし口惜しい。

冬子はそう思い、思ったそばからかき消した。

食後には桃を剝《む》いて、牛乳をあたためよう。朝から冬子はたっぷり食べる。九月がはじまる。今日は祖母の八十歳の誕生会で、冬子はゆったりとしたベージュの綿のワンピースに着替えなければならなかった。

祖母の秋と母の桃子は、桜並木がふんだんにある町に住んでいる。薄いグレイのマンションで、ベランダからは並木のてっぺんが見わたせた。春の桜はもちろん、夏の翠《みどり》も、秋の紅葉も、冬の梢《こずえ》も、木々の眺めは見事なもので、どこぞに旅にでも訪れたようないい気分にさせてくれる。

けれど冬子と、冬子の妹の緑子《みどりこ》は、ここで暮らしたことはなかった。

抽選に当たったたまでは姉妹も諸手《もろて》をあげて喜んだ。ところが同時に、姉も妹もこれはひとりだちのいい機会だとなぜか直感してもいたのだった。

それまで女四人でにぎやかに暮らしていたものだったから、姉妹が家をでるとなると、祖母も母も般若《はんにゃ》の形相で喰いさがった。祖母と母の言い分は「不便になる」「さみしくなる」「今後の食器洗いの当番はどうしたものか？」などと、様々にあった。弁のたたない冬子にしてみたら、論破するのは至難の技のように思われた。そんな冬子にできたことは、せいぜいそれを機に結婚を決めることくらいのものだった。冬子は「地面の近くでないと暮らすにはちょっと落ちつかないの」と、結婚の動機を説明した。しどろもどろになってしまい、この一言を言いきるのに小一時間は要してしまった。途中から祖母はうつらうつらと舟を漕《こ》いで、母にいたってはほとんど上の空だった。そして説明し終えるやいなや、ふたりともあっさり微笑《ほほえ》んで、声をそろえて祝福までしてくれたのだった。

一方、緑子の方は苦戦していた。緑子の主張は「ここから落ちるとどのくらいの怪我をするんだか想像もつかないじゃない？　だからあたしは二階くらいがちょうどいいんだと思う。二階くらいだと多分脚を折るんだろうなと思えるから」というもので、それは昼夜を舎《お》かず訴えられた。しかし、祖母は「落ちないように気をつけなさい」とあしらい、母は「想像力が貧困なのよ」といちいちなじり、議論は延々平行線をたどるばかりだった。引越しの日は容赦なく近づき、緑子は荷物をまとめて家をでた。それから友達の家に転々と寝泊りし、およそ二カ月かけて「ここから落ちると脚を折るくらいだと想像のつく二階の部屋」をどうにか見つけ初志を貫徹した。

そうして姉妹はそれぞれに、ひとりだちしおおせたのだった。

空はまだ夏の色をして、風がとまると湿って暑い。冬子はガーゼのハンカチで額の汗をおさえる。

リビングにあるおおきなテーブルにはもう既に、漆《うるし》の器に盛られた栗ごはんや、胡麻豆腐が並んでいた。つやつやの葉っぱの上には秋刀魚《さんま》の塩焼きがかぼすを添えられ、銀杏《ぎんなん》やかぼちゃや海老やきのこを揚げたものがすすきを飾られている。薄味のだしに浸した焼き茄子《なす》は祖母の好物で、柚子《ゆず》味噌をつけて食べるきぬかつぎは緑子の好物だ。台所を覗くと、祖母は春菊を絹ごし豆腐と和《あ》えていて、母は大蒜《にんにく》をおろしていた。こういう時のこの人たちには、あまり話しかけない方が良いと冬子は知っている。なんでも料理というものは「細心の注意をはらいものすごく集中しなければならない」そうなので、へたに声をかけると邪険にあしらわれるか、運が悪ければ叱られるのだ。宴となると昔から、「季節のものを食べないと病気になる」と祖母も母も過剰に腕を揮《ふる》う。妊娠前には理解をこえていた情熱だったが、今の冬子にはじっくりと有り難かった。冬子は手土産《てみやげ》の無花果《いちじく》を母の手元にそうっと置いて、緑子と「お屠蘇《とそ》」の準備をはじめた。酒を呑まない習慣なので、正月でもない祝い事の日にひとくち呑むにはちょうど良いのだ。緑子はそういうことにまだ納得がいかないらしく、「こういうのって日の丸万歳なかんじで、嫌なんだよね」とこっそり冬子に耳打ちした。

緑子は長くて細い髪をあかるい橙色《だいだい》に染めていて、その前は藍色だった。

いつもぴらぴらした透《す》けるようなミニスカートの下にスパッツをはいたり、くたびれきって穴のあいたジーンズをはいている。瞼は真っ黒だったり真っ青だったりして、唇を金銀にきらきら光らせてみたり、時には目の下にちいさな熊まで描いてしまう。四年ほど前だっただろうか。まだ女ばかりで暮らしていた頃だった。

朝食の席へ緑子が顔をだすのは二日ぶりだった。緑子はふらふらとした足どりで食卓につき、いつものようにコーヒーに角砂糖を浸して齧った。その緑子の両目の下、涙袋のちょうど真上には、片目につき一頭ずつの熊の顔があった。二頭の熊は、子どもじみた、たとえばコーンフレークのパッケージやなにかに描いてあるような熊ではなく、どちらかというと動物図鑑に載っているような、写実的な熊だった。それでいて表情はにこにこと陽気で、焦茶色の毛並みも首に巻かれた黄色いりぼんもとても綿密に描かれてあり、まったく見事な腕前だった。緑子は着古したTシャツにスウェット姿で、髪は後ろで雑に束ねていて、その熊以外なんの変哲もない通常通りの朝だった。きわめて自然の成りゆきで、冬子は大笑いした。なにかの行事か、あたらしく考案された遊びだろうと思ったのだ。しかし緑子は、冬子を短くにらみつけて、そのまま自室へ駈けて行ってしまった。なぜか目に涙を一杯にためて。母は「あれだけ毎日泣いてるんだから、あれは隈隠しでしょう」とあたり前のように言ってのけ、祖母は一瞥《いちべつ》しただけでなにも言わなかった。確かに緑子は失恋したてだったから、冬子が軽率《けいそつ》だったのかも知れない。なんでも緑子は「あたしはパンクなの。あたしがあたし独自のパンクなんだからしょうがないの」だそうで、でも正直、冬子にはさっぱり意味がわからなかった。彼女をふった男の子は、緑子の名にちなんで髪を緑色に染め頭の両脇を剃りあげていて、なんだか新種のとかげみたいだった。緑子は可愛いからなにがあっても大丈夫。冬子は内心、そうも思っていたのだ。

「女の子だといいわねえ」

台所から母が言う。

「まあまあ、大きくなって」

祖母は目を細める。冬子の腹のことである。

「おばあちゃんがそう言うのは久しぶりねえ。冬子が、ちいさい頃は会うたんびに言ってたものよねえ、やれ背がのびたとか肩がひろくなったとか」

母が大仰に懐かしむので、冬子は恥ずかしくて「うん」と「ううん」のあいだみたいな音をもらす。台所とリビングを行きききする緑子の向日葵《ひまわり》色と藤色の横縞《よこじま》模様のワンピースが、陽をうけててらてらと光る。祖母はお猪口《ちょこ》に「お屠蘇」をつぐ。いつも、ちらっと舐《な》める程度の量だけつぎ、それは祖母いわく慎ましさなのだそうだ。

「お誕生日おめでとう」

みんなが口々に言い、乾杯をした。「お屠蘇」は舐めると、甘い香りが喉のあたりにふんわりとひろがる。食欲をあきらかに倍増させる香りだ。冬子は秋刀魚の塩焼きにかぼすを絞り、祖母が焼き茄子をとり分ける。母が栗ごはんをよそいはじめると、緑子はさっそく胡麻豆腐を匙《さじ》ですくって、

「胡麻豆腐って柄《がら》が墓石みたいだよ」

と眉をひそめる。女たちは一斉に笑う。

「笑っても笑わなくてもいいのなら、笑っておきましょう」とは祖母の教えだ。そうして女たちは些細《ささい》なことでもよく笑い、よく食べる。鮭と山芋の粕汁まででそろい、冬子は栗ごはんをお代わりして、緑子はきぬかつぎの皮で皿を一杯にした。

誕生日ケーキに立てた蠟燭《ろうそく》を祖母は吹き消し、母が代表して贈り物を渡した。拍手が起こり包みをあけると、贈り物は金糸を大胆に織りこんだ朱色のショールだった。そこにいたみんなが一瞬それに釘づけになり、やがて一斉に視線を逸らした。祖母は微笑んだ。見せしめのように、くっきりと。祖母への贈り物はいつもなら冬子が選ぶのだけれど、今年は身重のため母に任せきりにしていたのだった。

祖母は大概、縦縞の着物を着ていて、冬子は子どもの頃「縦縞は粋なんだわね」と教わった。祖母の姿にはいつも、春の野や秋の河原の、空や花や草の実の景色が望めた。

夏にはせせらぎのような涼やかさを、冬には日溜まりのようなぬくもりを、と彩りにはいつも入念に気を配ってあった。ちいさい冬子と緑子は季節の変わりめ毎に、それを当てあってよく遊んだものだった。一方、母はぱりっとした鮮やかな色を利《き》かせて、金銀の混じった思いきり派手なものを好んだ。二の腕や胸の谷間もきちんと見せるし、今日も茄子紺地に銀の水玉模様のワンピースを、緋色《ひいろ》のベルトできつくしめ腰の線をきわだたせていた。

そこへきて、この朱色のショールが現われた。

祖母は鋭敏な微笑をたたえたまま、ショールを母へ押し戻した。母は悪びれることもなくそれを畳み直し、脇へよせた。祖母のもとにも母のもとにもたどりつけず、冬子と緑子の前を素通りして、ショールはテーブルの端へと流れついた。それはまるで、髭面の荒くれた流れ者がテーブルに脚を放りだしてどかりと座りこんだかのような、ふてぶてしい流れつき方だった。

それでも女たちは口々に「おめでとう」と微笑みあって、ほうじ茶を啜《すす》った。わずかにそれぞれ黙ってしまい、芳ばしいほうじ茶の香りに浸るふりをした。女たちが口をつむと、それまで気にもとまらなかった蟬《せみ》の鳴声が部屋中に鳴りわたるようだった。蟬鳴声には重みがある。その重みが加重して、わずかに黙っただけのものを沈黙へと変しまう。それぞれが湯呑み茶碗の底ばかり見つめる。こそっと咳をしたり、鼻を啜る。「こんなに暑いんだもん、まだまだ夏だよね」と、とうとう緑子が口火をきった。冬子は、会話が続いてゆきますようにと期待をよせた。けれど祖母の「いいえ、もう秋です」と正しい言葉ひとつで敢《あ》えなく元に戻ってしまう。祖母が腰をあげて、母は流しに立つ。緑子が皿をさげはじめ、冬子がテーブルを拭きはじめる。すると流しの方から、肌を突きさすような悲鳴があがった。母が、冬子の手土産の無花果を冷やし忘れた悲鳴だった。次いで女たちは一斉に笑いころげ、贈り物の一件はこれで跡形もなくなった。「里帰りしたらいいのに」と母が言い、「迷惑かけるからいいの」と冬子は答える。祖母は台所でつめたい水羊羹《ようかん》を硝子《ガラス》の器へ移す。ベランダでは煙草をくゆらせている緑子が化粧の崩れを気にしている。午後になって陽射しがしずまり、母は葡萄《ぶどう》をつまみ、冬子はまだ硬い柿を剝く。なにを話すでもなく、ただ笑いただ食べて、それで充分愉しめた。

緑子は自分の名前が嫌いだ。

木造のアパートの二階で暮らしているが、表札には「原」という名字しかだしていない。おばあちゃんは九月生まれで秋という名前、お母さんは三月生まれの桃子で、お姉ちゃんは十二月生まれだから冬子。緑子は六月に生まれた。六月は普通、雨とか紫陽花《あじさい》のはずで、すくなくとも緑じゃないはずだ。雨という響きは好きだしどうせなら「雨子」とかの方が良かったのに。そうしたら恋人にキャンディと呼ばせるのに。

家族みんなで集まった後の緑子は、とかく考え過ぎてしまう。ビーズを繋ぎあわせる手も調子がでなくて、冷蔵庫からアイマスクをとりだし寝ころがる。眼鏡みたいな形をしていて、中には謎の水色の液体が入っているやつだ。アイマスクはつめたくて、瞼《まぶた》にのせるとたちまち全身に鳥肌が立つ。

三日前、緑子は斬新な手袋を作るつもりで、色とりどりの大量のビーズを用意した。もちろんこれはデート用だ。緑子の構想には「繊細過ぎるビーズの手袋をしてデートをした場合、多分ごはんさえ満足に食べられないはずだから、おそらく恋人はちょっとないくらい甘やかに接してくれるに違いない」というところまで練りこまれている。ありとあらゆる色彩のビーズの手袋。それはきっとものすごく壊れやすくて、最高に刹那《せつな》的だ。そのための多大な労力は惜しまない。緑子は手芸品店をはしごして、緑色以外のほとんど全色のビーズをそろえた。

ちいさい頃、緑子の身辺は緑色一色だった。それは、家族や親戚や友達から、誕生日やお土産やなにかにつけて緑色のものばかり贈られ続けた結果だった。当時はむしろまわりから、緑子は緑色が好きだと誤解されていたふしさえあった。おかげで緑子は、緑色のTシャツを着て、緑色のかばんをさげて、緑色の靴をはいて、緑色のりぼんを結んで、緑色の折り紙を折って、緑色のドロップばかりを舐めるはめとなった。

学芸会の配役においても、緑子は草の役が多かった。樹の役も二回演じた。日によっては緑色のかたまりみたいな装いとなってしまう緑子に、クラス中のみんながそれらの役をすすめてくれたのだ。風に揺れる草、空をあおぐ葉。愉快な場面でのそよぎ方、かなしい場面での輝き方。緑子は草や樹の気持ちになって、とてもこまやかに演じわけた。みんな褒《ほ》めてくれたし、自分でもそれらの役を気にいっていた。ところが十一歳の学芸会で、突然、緑子は虫の役に抜擢《ばってき》された。クラス替えがあったのだ。芋虫の役だった。緑子は悔しくて一晩泣いた。いずれ蝶になるとはいえ芋虫なんて大嫌いだったし、そんな役にふさわしいと思われたことも腹立たしかった。もちろん学芸会はすっぽかした。芋虫の気持ちになろうとすると、なぜか頭が痛くなってしまうのだから仕様がなかった。

でも原因は、身辺をほとんど埋め尽くしているこの緑色にあって、ひいてはこの名前にあった。それに一番悔しかったのは、十一年間なんの考えもなしに緑色のものを無抵抗にうけとっていた自分のばかさ加減だった。以来、緑子は緑色のものをもう二度と身につけないと決めた。今にして思えば、まわりはほんとうに安易で、あたしは相当にばかみたいだった。というよりも、相当なばかに見えていたことだろう。

緑子は色んなことがわかっていてすごいね。お姉ちゃんはいつもそう言う。あんたは自由でうらやましいわよ。お母さんはそう言って笑う。おばあちゃんは間違いを正すこと以外なんにも言わない。今日だって、そうだった。あたしだって苦労してるんだ、と緑子は思う。思ったそばから憤慨《ふんがい》して、ぽーんと手をはらいビーズ皿をひっくり返した。

白い金魚柄の風鈴を、夜の風がちりんと鳴らす。

冬子は父に手紙を書いている。

内容はちょっとした日々の報告で、白い便箋《びんせん》に青いインクで丁寧にしたためる。それは、妊娠してからの日課だった。

冬子と緑子は父の顔を知らない。記憶というのもまったくない。母や祖母に訊ねても嘘らしい嘘ばかりつかれて育ったのだ。たとえば、ロマンスグレイのハリウッド映画俳優がテレビにでていれば、母は「この人がお父さんよ」とうっとりとした。雨の日ならば「お父さんがおしっこしてるんだねえ」と祖母が空を見あげる。おおむね、その時、母や祖母の目にうつったものが冬子と緑子の「お父さん」だった。ちいさい緑子が「お父さんって、なに？」としつこく訊ねて、「あんたたちのお父さんはお母さんが喰ったのよ」と母に脅されたこともあった。可哀相に緑子は、それからしばらく神経性の頭痛持ちになった。それでも冬子は、生来ぼんやりしているのであまり深追いしなかった。どちらかというとまわりの友達について行くので日々はいっぱいだった。

ただある日、突然父が恋しくなった。

父にとっては孫にあたる。懐妊を報告したくなったのだ。

こまかくつめたい雨が、紅白の梅を散らしていた。産院帰りの閃《ひらめ》きだった。

けれど今更、祖母にも母にも訊ね直すのは難しく、冬子は手紙を書きはじめた。腹の子どもはぐんぐん育ち、当然待ってはくれないからだ。だせるあてのない手紙を書いては束ね、ポストへ投函《とうかん》する代わりに、台所の流しの下へ隠してためた。「庭の朝顔が咲きました」とか「お腹を蹴るようになりました」とか、そんな些細な内容を連ね、「おからだお気をつけて。冬子」とかならずしめくくる。いつか会えたら読んで貰《もら》えるかも知れないし、刻々と育っていく貴重な毎日を有効活用できているような気がして、なおさら自分を頼もしく思った。

冬子は、妊娠が判ってからというもの、あらゆる胎教を慌《あわ》てて調べた。胎教音楽は子守唄やクラシックが目立った。英語を習うと産まれてからの上達がめざましいとか、言葉が早くでるように絵本を読む会もある。どれも総じて「あたまのいい子になります」と謳《うた》っていた。それらを調べているだけで、冬子はなんだか窮屈《きゅうくつ》さをおぼえた。冬子の願いは、もっと自然な形を授《さず》けてあげることだったし、そのように守ってあげることだ。

だって動物はそんな余計なことなどしないだろうに。

冬子はさして動物好きでもない。それでもそんな考えが浮かんでしまうほど、胎教というものは不自然だった。

ふたたび冬子は閃いた。

この子の個性を純粋に保つにはすべての不自然な情報を遮断《しゃだん》すればいいのだ。まじりっけのない個性を守るにはそのような環境を授ければいい。多分、動物はみんなそうしている。簡単な結論だけれども、ここはひとつ自然界に学ぶべきだ。春もたけなわ。桜はほころび猫はさかり、惜しみなく世界は息づいていた。

　そう考えて暮らしてみると不自然な情報は山とあった。テレビにラジオ、本に新聞、音楽も、ひとたびそう思ってしまうと不自然な害のある情報に感じられた。いかにも汚染されていそうな毒だった。うかうか表にもでかけられなくなった。けれど日光浴も適度な運動も妊婦には必須だ。日々の買い物や通院もなさねばならない。

　そして冬子はちいさな文房具店で耳栓を買った。黄色くちいさな一対のそれは、ぐねぐねとした硬いスポンジのようなものだった。子どもの玩具にも似てなかなか愛嬌《あいきょう》がある。それを耳の両穴に押しこんだ。すると、清潔な沈黙の世界がひろがり、ひとつの鼓動だけがとくとくと響いた。冬子にはそれが自分の鼓動ではなく、腹の子どもの鼓動に感じられ、この選択の正しさにいたく感動したのだった。

　今日の手紙を書き終えて、冬子は流しの下へしまいこんだ。それからベッドへおおきな腹を横たえて、のびをする。シーツが隅々まで涼しくて気持ちが良い。ほとんど毎日、冬子はひとりでごはんを食べ、湯につかって、手紙をしたため、ひとりで眠る。ある意味、悠々自適な暮らしともいえる。それでもどういうわけか夜半を過ぎると、それがたとえ朝方になったとしても、夫というのは帰ってくる。かならず一度は帰宅する、そちらの方がぶきみに思えた。

冬子にも夫がある。

夫。

七年前、夫の徹と出会った。

出会った、というより、同じ職場にいた。

ただただ何年もいたのだった。

挨拶くらいは普通に交わし、ちいさいデザイン会社だったので、たまにはみんなでごはんも食べた。とはいえ、「徹はひとつ先輩の営業担当で、自分とはあまり関わらないであろう類いの人である」ということくらいしか知らなかった。

むろん、お互い知らなくてもまるで構わなかった。冬子には恋人のようなものがあったし、一方、徹はいつでもその手の噂《うわさ》の的だった。「誰それさんとつきあっているらしい」とか「いやいや、大阪に彼女がいるってよ」とか、「なにそれ生意気！　ふたたまじゃないの？」とか「ふたまたなんかできる器量じゃないでしょう」とか。好き放題言われていて、しまいには「たで喰う虫も好き好きだから、徹くんを好む女もいるんじゃないの？」と年輩の女性社員に諌《いさ》められる有り様だった。

そんな噂を冬子は何年にもわたり聞かされていた。何カ月かおきに相手が替わり、似たような噂をくり返し聞いた。誰それさんとつきあっては、別の場所に別の女があって、どういうわけか修羅場《しゅらば》になる。けれども「元の鞘《さや》におさまる」というところだけがいつもごっそり欠けていた。徹という男はよくいる男であるのだが、なにせ隙が多いらしい。その割にはちっとも進歩がないものだと、冬子は当時からぶきみに思った。ぶきみに思って「自分とは生涯関わらないであろう類いの人である」とすっかり信じた。

当時の冬子には「五月縁側幻想」というものが、あった。

それは、五月の夕暮れの縁側に、夫というものがいる。昼間は素晴らしく晴れたのだろう。草地で、ちいさな息子というものとキャッチボールかサッカーなどをしたのかも知れない。鼻のあたまが陽焼けして火照《ほて》っているし、心地よい疲労で身体の真ん中にまあるい熱が残っている。夫はこちらに背をむけて息子と爪など切っている。庭ではシーツが風にはためき、台所はひんやりとした影をつくっている。庭で摘んだ大葉を刻む冬子の、半袖からのびた肌がひっそり粟立《あわだ》つ。冷蔵庫にはビールが冷えていて、鍋の空豆はじきに茹であがるだろう。しあわせだな、と冬子は思う。思う、というより一瞬感じて、感じたそばから消えてゆく、というものだった。

夫というものと息子というものの顔はおぼろである。そんな光景を冬子は別段見たことも聞いたこともなかった。突如たち現われて、なかなか失せない幻影だった。仕方がないので冬子はそれを「五月縁側幻想」とこっそり名づけ、誰にも言わず生かしておいた。

縁側。

そうこうしてるまに、徹は、

「縁側のある一軒家を探しているんですよ」と言ったのだった。

三時のおやつの芋羊羹を楊枝《ようじ》でちいさく切り分けながら、「最近、引っ越ししたくって。なんか縁側っていいじゃないですか」と。

徹は白紙をつめたダンボールに腰かけていた。同僚が褪せた回転椅子をゆらゆら回しながら「都内じゃ借家はそうそうないよねえ」と話題をひきついだ。ひそかに、冬子は熱い緑茶にむせそうになった。誰もがさして興味もなさそうに「川をこえれば安いけどねえ」とか「マンションだったら結構あるよ」などと発展させ、年輩の女性社員によって「だったらマンションに縁側つくりなさいよ」としめくくられ、それぞれ仕事に戻って行った。徹は尻をぱたぱたとはたきながら、「そりゃ、ないですよ」とちいさく苦笑いした。

冬子は、多分この人だ、とぼんやり思った。

嬉しいというよりも、むしろ残念な気持ちだった。仕方ない、この人なんだな、と。ただただ何年もいた男と、ただただ生かしておいた幻想が、結びついてしまったのだから仕方がなかった。

枕に残る徹の匂いや洗面台に散らばるこまかい髭、脱いだ形のまま放っておかれるすべての衣類。男の暮らしというものの断片が鼻先をかすめるような時にだけ、冬子はあの光景を思いだす。そしてそれも、思いだしたそばから、やはり消えてゆくのだった。

夜半につよい花の香りがする。

南の国の花の香りだ。ココナッツオイル、のびやかな椰子《やし》の木、透きとおる海と白い砂浜。花の首飾り、まばゆい太陽。そう、太陽の香りだ。南の国の。じりじりと照り、肌を灼《や》き、陽気な気分にさせてくれる、生気に溢《あふ》れた光の香り。

そうして冬子は目を覚ました。隣で眠る徹に気づく。

花の香りは今も漂う。おかげさまで南の国の夢をみた。

眠る。いや、いつもの寝たふりだろう。またスーツの上下だけ脱ぎ散らかしてベッドにもぐりこんだのだ。これは果たして、気を遣《つか》っているのか、ただ面倒くさいだけなのか。冬子にはさっぱりわからなかった。わからないながらも、ベッドを降りた。徹の背がわずかにこわばる。しぶとく寝たふりを続けるつもりか。

「シャワー、浴びてくれていいんだけど」

冬子はうながした。思ったより冷ややかな声がでた。しぶしぶ徹はのそりと起きて、目もあわせずに風呂場へむかった。風呂場から水飛沫《しぶき》の音が届きはじめて、冬子はベッドへ戻り、シーツの涼しい部分を探り、花の香りが染みていない箇所を見つけて横たわった。

明日はシーツを洗濯しなければ。

徹には恋人がある。南の国の花の香りは、恋人のあたらしい香水なのだろう。

それにしても、徹の気遣い方は、冬子にとってまったくぶきみだった。どうも徹という男は「シャワーの水音で冬子を起こしてしまっては申し訳ない」と気遣う割には、「香水の香りを纏《まと》ったままベッドに入ってしまっては申し訳ない」とは想像もつかないようなのだ。シーツを洗濯しなければならない手間を考えれば、夜半にシャワーを浴びて水音をとどろかせてくれた方が、冬子にとってはずっとましだというのに。

そもそも冬子は「恋人」を「愛人」と呼び変えることすら、腑《ふ》に落ちない。「愛人」を冬子に隠すことも、隠しきれていないのに強固に隠そうと努めることも。寝言で知らぬ女の名を呼び冬子を抱きよせるような無邪気な男に、気遣われると妙に疲れた。冬子は徹の恋人ではないのだから、よそに恋人があっても構わない。妻と恋人は、五月の縁側と南国の花の香《か》くらい違うものだと冬子は思う。

風呂場の水音がやむ。冬子は闇夜に耳を澄ました。庭で鈴虫が鳴いている。風に葉が揺れ、ざわりと聴こえる。カーテンも揺れて天井に波の模様をつくっている。模様がよせては返すのを三十八回まで数えたところで、冬子はとろりとした眠気に誘われた。すると、甲高い男女の笑い声が聞こえた。居間からである。次いで野球の試合の結果報告が聞こえ、生々しい若い娘のはしゃぎ声が届いた。

徹が、テレビを見ているのだ。

冬子は跳ね起きた。重たい腹を抱えながら、急いで居間へ走りこむ。徹のそばにそっと立つ。そっと立ったつもりが仁王立ちになり、徹はぴかぴかの湯あがり肌で冬子を仰ぎ見た。

「音、なしにするから」

徹はのけぞった。冬子は見つめた。見つめたつもりが、にらみつけた形になった。

「たたき割るわよ」

発したことのないところから声がでて、それはそれは低音だった。徹は青ざめてテレビを消した。風鈴の音がちりんちりんとたちあがる。くぐもったようなしずけさが、ひろまりはじめる。どちらからともなく目を逸らす。冬子は足元の畳を、徹は目の前の砂壁を、しばらく見つめるより他になかった。

徹はかつて、風呂あがりに缶ビール片手にテレビを見るのを習慣としていた。深夜番組は和《など》むのだそうだ。スポーツニュースや、水着の娘が尻相撲をとる様子や、ミュージカル調の消費者金融の広告に、徹は心を許している。それはそれで構わなかった。けれど、今の冬子にとっては、もっとも望ましくない行為でもあった。せっかくテレビのコンセントを抜いて暗に警告しておいたのに。いつの世も、夫の理解は足りないものだ。冬子はそれでも構わない。構わないので邪魔してくれるな。明日は、緑子にお願いして是非テレビをひきとって貰おう。冬子はそう思いつき、ゆっくりと眠りに落ちていった。

あたしなりの、おにぎりを握る。

緑子は朝から忙しい。

米を炊いて、砂糖をまぶし、金平糖《こんぺいとう》を具にして握る。何事も挑戦だから、ジェリービーンズも具にしてみる。この前のチョコレートは、炊きたてのごはんの熱でどろどろに溶けてしまい失敗だった。だから今日は熱につよいものを握る。素晴らしい進化だ。

桃色のでんぶや甘い玉子焼きが、ちいさい頃から好きだった。みたらし団子やおはぎだって米と甘いものの組みあわせだ。緑子は甘いものが好きで、恋人の海《かい》くんは男の子だから米が好きで、あわせてみない手はないのだ。

あたし独自の、おにぎりを握る。大好きな海くんのために。

今日は、金平糖みたいなベビーピンクとジェリービーンズみたいなレモンイエローの、袖なしのワンピースを着よう。瞼には漆黒《しっこく》の夜を表現したようなアイラインをくっきりいれよう。金色のブーツで夏の輝きも表現しよう。

あたしって、最高だ。

海くんはもっと最高。最高に素敵。

緑子は、かつての恋人には、ごはんはおろかコーヒーの一杯さえいれてあげるのを拒み続けた。なにしろ料理が苦手だったし、なんだか公平じゃなくなるような気がして、頑強に拒んだ。大体、なにかを頼まれるとその途端にやる気が失せた。

でも、海くんは違う。

緑子は海くんのために、なんでもしてあげたかった。

海くんはなにも頼まない。自分でなんでもしてしまうし、できてしまう。だから緑子は海くんに頼まれてもいないことをたくさん、した。

初夏にふたりは恋に落ちた。緑子は手あたり次第に、ひと夏中せっせとしてあげた。Tシャツを爽やかなターコイズブルーに染めあげて贈ったり、夜のあいだにこっそり海くんの愛車を洗車してあげたり、海くんのマンションのありとあらゆる戸棚や抽出《ひきだし》にマリーゴールドを一本ずつ仕こんで驚かせた。

緑子は海くんのすべてに焦がれていた。海くんになりたいと願っていた。海くんにも、緑子になって欲しかった。どうしたらふたりがもっともっと混じりあえるのか、心を砕き熟慮を重ねた。食べるものというのはどうだろうか？　もしも毎日毎日、ふたりで同じものを食べていたら、いつか身体が同じものになるのではないか？　同じ栄養をとり続けたら、もしかしたら、いつか。そんな直感が舞い降りた。緑子は自分の直感を信じている。二十二年間、それ以外はむしろ信じなかった。

以来、緑子は心を尽くしてごはんをつくり、お弁当をつくっている。

「違うからいいんじゃないの？」と海くんは笑った。

緑子のすることすべてに海くんは笑う。笑って髪を撫《な》でるか抱きしめるかしてくれる。やさしくて頭がいいからだと、緑子は思う。

お昼過ぎになって、海くんは現われた。

いつも車で迎えにきてくれて、いつもぱりっとした白いシャツに濃紺の細みのパンツをはいて、颯爽《さっそう》と現われてくれる。それしか着ないと決めていて、いちいち仕立てているのだそうだ。そういうのって結構パンクなんだと緑子は思う。海くんの車はオープンカーで、十年前のゴルフのカブリオーレという名前。群青色をして、すこしごつごつしていて古めかしい。それも結構パンクだと思う。それから海くんは医大生で、お医者さんになると決めている。もうじき国家試験を受ける。人命を救うのを生業《なりわい》とするだなんて相当パンクだ。だって人間は絶対に死ぬものだから。死に、ファックと中指をたてるなんて。

なにもかもが緑子にぴったりだった。

ぴったりで、ほんもので、絶対的な恋人。

車に乗りこむと緑子は海くんに凭《もた》れる。海くんは緑子の手を握る。ルーフをあけて光を浴びる。鬱陶《うっとう》しい都内を抜けて多摩川沿いの街道にでると、海くんのオープンカーは特等席になる。川沿いの木陰はメントールみたいにすうすうするし、木もれ陽が海くんの横顔の上を流れてゆくのはとてもきれい。海くんは、髪が地の黒色でちょっと古風な顔だちをしているから、時々カンフー映画のスターみたいに見える。お姉ちゃんの家は武蔵野の先にあり、これから緑子たちはテレビを貰いに行く。特に欲しいわけではなかったけれど、この街道を海くんと車で走るのは好きなので了承してあげたのだ。見つめていたら無性に海くんの声が聴きたくなって、

「パンダって好き?」

と、緑子は訊いてみる。その質問に意味などないのだけれど。

眩しくても眩しくなくても、眩しそうに目を細めて、いつも海くんは微笑んでくれる。

「好きだよ」

緑子はそのたび恋に落とされた。

若いふたりはまるで複雑な知恵の輪みたいに絡まりあっていた。

掃除機をかけ終えて、冬子は微笑ましく思い返す。今までも、緑子はしばしば恋人を連れてきた。けれど海くんのような質《たち》の男はめずらしい。緑子がなにをしても大概のことは笑って済ますあたりが男にしてはめずらしく、冬子にとっても心やすかった。

テレビの置かれていた畳が、そこだけ青々と色を違えている。畳の古びてささくれだった部分は黄昏《たそがれ》時の水平線を、保護され続けてきた青緑色の部分は浅瀬の海面を、それぞれ冬子に想い起こさせる。冬子は固く絞った雑巾で畳を拭き、まるで海岸を散歩でもするかのようにその眺望を味わいながら、い草が乾くのをのんびりと待った。冬子が夕刻のうらさみしい汽笛を耳の奥に聴き、次いで、きらりと光る小魚の背鰭《せびれ》に目を奪われていた時、

「今夜は俺がやるよ」

いやにあかるい声がして、冬子は顔をあげた。目の前には、ぎこちない笑顔をつくった徹が、土産の高級な豚肉を高くかかげて立っていた。徹はテレビの不在を盗み見て、いそいそと前かけをして台所へむかった。そもそも今日の夕ごはんは、れんこんと鶏手羽を甘辛く炒め煮たものにしようと考えていた。買い物も冬子の分だけだが済ませてある。しかし徹は、さっそく台所でありとあらゆる抽出をあけて、材料の在処《ありか》を探索しはじめてしまっていた。冬子は手持ちぶさたになり、洗いたてのシーツをひろげた。

こういうことは何度かあった。唐突に、早々と帰宅して、十二号のショートケーキを一台買ってきたり、まめまめしく大掃除をはじめてみたり、立派な羊歯《しだ》の鉢植えを注文したりする。それらもまったくぶきみな行動だった。気まぐれにしてはどこか恩着せがましく、恩を着せるにしてはいささか押しつけがましい。結局、ケーキはあらかた腐り、

大掃除の後片づけは冬子がするはめになり、羊歯は無惨にも枯らしてしまった。徹の目的は果たされたのかどうかさえ、計りきれない行動だった。

冬子はアイロンのコンセントをさしこむ。

「肉のすじを切って叩いて、塩こしょうをして小麦粉をはたいて、玉子を絡め、パン粉をまぶし、サラダ油で揚げる」

台所で徹が料理の本を読みあげる。冬子は慌てて両掌で耳をふさいだ。

「約170℃に油を熱して、って、これ、どうして170℃って分かるの？」

徹が両手からぽたぽたと水滴を垂らして顔をだした。

流しは粉だらけの油まみれになるのだろう。

アイロンがあたたまり、むうっと纏わりつく熱気に冬子はのぼせそうになる。すべての工程の後片づけを、冬子は頭の中で組みたてながら、アイロンをかけ進んだ。

徹には肘《ひじ》をついてごはんを食べる癖がある。箸で茶碗をひきよせる癖も。箸の持ち方も変わっていて、冬子はついつい見てしまう。見るどころか、集中してしまう。

あれは結婚して、まだまもない頃だったか。二週間くらいは経っていたかも知れない。

「もっと普通に食べられないの？」と冬子が言ってしまったことがあった。

冬子の声には意図していない軽蔑《けいべつ》がこめられていて、徹も冬子当人も、心底、驚いて傷ついた。その日の献立ももう憶えていないけれど、その衝撃だけは尾をひいた。

何年も以前から知りあっていて、何度となくみんなでごはんを食べに行き、何度かのデートでもごはんは食べた。別段、気になることはなかった。ごくごく薄い印象で、ないに等しい印象だった。

けれど一緒に暮らしはじめた途端、急速に癇《かん》に障るようになってしまった。徹の箸の上げ下げが、目について耳に障り、全神経が集まって咎《とが》める態勢をととのえた。頭に血が昇り、肌がさらさらと怖気《おぞけ》を覚え、喉元まで涙がこみあげた。眉間に皺《しわ》をよせ、唇を固くひき結び、どうにか耐えた。耐えても耐えても、逸《そ》らしても逸らしても、びりびりと神経がそばだち、髪が逆立《さかだ》つようだった。それでも、ごはんが終わると落ちつくので、苦行のようなひとときだった。

こんなことは、かつてなかった。

もともと徹はお行儀が良い方ではないだろう。でもそれは、箸から食べ物をつるっと落とした時に指で拾って食べる程度だ。大皿でも構わず口をよせ啜る程度で、咀嚼《そしやく》のたびに口に含んだものがお目見えする程度。「普通」の域のお行儀で「異常」な様ではないだろう。冬子もちゃんとわかっていた。わかっていたが、とめられなかった。

椿の花でも落ちるように、冬子はぽろりと言葉を落とした。

「もっと普通に食べられないの？」

突然ひっぱたかれたかのように、徹は思わず謝った。

「すみません」と。

当初のふたりには、なにが起きたのかわからなかった。わかった頃には、修復はほぼ不可能だった。不可能だとわかった頃には、荒野のような食卓だけが残り、荒野はそのまま放っておかれた。放っておくしか手立てがなかった。

徹は箸をうまく使えない。使えていれば食べ物は落ちない。

魚もうまくほぐせない。ほぐせなくても生きていける。

生きていけるし、食べていける。

それでも冬子は胸がつまる。泣きたいような気持ちになる。徹のせいではないのだが、それぱかりはどうにもならない。妊娠にまつわること以外で、冬子が徹に不満を訴えた、最初で最後の言葉だった。

冬子が家中のシーツやハンカチにアイロンをかけ終わった頃、ようやく夕ごはんの支度もととのった。アイロンがけと揚げ物があいまって、室内はかつてないほどの最高湿度となっていた。

夫婦がさしむかいでごはんを食べるのは一カ月半ぶりだった。

徹の揚げたとんかつは、もったりとしていた。ししとうや椎茸も揚げてあり、それも、もったりと重たくいびつだった。そして皿に連峰のごとく盛られた。

冬子はもったりとしたとんかつを一切れ食べて、涙ぐんだ。徹はもはや慣れていた。

慣れて呆れて、冬子を見やった。冬子はいたたまれず席を立ち、徹は果敢《かかん》に食べ進んだ。

こうして荒野は、ますます荒れてゆくのだった。

ごはんを終えると、徹はこそこそとでかけて行った。親の目を盗んで夜遊びにでかける子どもみたいに。普段着のままで行ったから、夜半か明け方にはスーツに着替えに戻るのだろう。冬子は、何度も頭の中で組みたてたとおり、手際良く台所を片づけた。それから浴槽に湯をはって、お茶漬けを食べた。

いい時も、あった。

冬子は思う。

仲睦まじかった時間が、冬子と徹にもあった。

らっきょうを噛んでほうじ茶を啜っていると、日中の汗が夜風にさらされ冷えてきた。冬子は薄いカーディガンをはおりながら、半袖のポロシャツ一枚で遊びに行った徹がすこし気になった。このところ朝晩は冷える。風邪などひかなければいいのだが。それでもきっと恋人がはおるものくらい貸してくれるだろうと、気持ちをなだめた。

いい時は、あった。

比較的恋に似た、ふくふくとした気持ちでいられた時間が。

今の冬子は、かさぶたの痕のようなものだ。擦《す》りむいて治りかけのまあたらしい皮膚と、怪我を逃れた健康な皮膚は、まんべんなく陽や外気にさらされて均《なら》されてゆく。擦りむいた記憶だけが身体の芯に残って、あとはきれいさっぱり均されて、いつしか見分けすらつかなくなってゆくのだ。むろん、そんなものは誰のせいでもない。ただそうだというだけだった。

「今日はお茶漬けを食べました」と父への手紙を綴る。それから丁寧に封筒にしまい、流しの下へ束ねて隠した。

すやすやと眠る海くんに、緑子はみとれる。煙草をくわえて、髪をまとめあげ、海くんのシャツをはおる。健康な汗とゆたかな土に似た匂いを、胸いっぱいに吸いこんだ。男の人の匂いだ。海くんのすっきりと筋の通った鼻を、親指と人さし指でつまんでみる。くっと息をつまらせたが、形の良い唇がぱかりと開く。海くんは眠っていてもやっぱり頭がいい。それだけで、緑子はたちまちときめいて笑ってしまう。

緑子は嬉しいと笑うし、愉しくても笑う。幸福ならば絶対に笑う。だから緑子は、海くんと交わるたび、くすくすと笑わずにはいられなかった。海くんの掌も、肌の湿度も、身体の温度も、緑子にとってはいくらでも笑えるくらいに幸福なものだったから。

しかし、はじめてふたりが抱きあった時、海くんは当惑した。笑いはじめる緑子に、笑われているような気になったのだ。海くんは、脱ぐ手も脱がす手もはたとめて、表情をこわばらせ傷つきかけた。緑子は厄介なジーンズのボタンを外しながら、「あたしは嬉しいと笑うし愉しくても笑うし、幸福なら絶対笑うの」と力強く諭《さと》した。「あたしはあたしだから、しょうがないの」と。海くんは「それなら、いんだけど」と照れくさそうに、靴下を脱いだ。その反動のように、身体を離す折りには、緑子はさめざめと泣いた。ベッドの上できっちりと膝を抱いて、大粒の涙をこぼした。はじめのうち、海くんは「どっか痛くした？」とか「なんか嫌だった？」と矢継早に訊いた。緑子は「離れちゃうのが、やだ」としゃくりあげた。海くんは「それなら、いんだけど」と愛おしそうに、緑子の髪を撫でてくれた。

それなら、いんだけど。

海くんはあまり多くを語らない。海くんはおおらかだからだと、緑子は思う。緑子は人さし指で、海くんの唇をなぞり、粒のそろった歯をなぞった。下唇の裏と歯茎のあいだにある溝の深さも測ってみた。緑子のものより深かった。聡明そうな額に、汗で前髪がはりついているのをはらう。こうしていても海くんはさっぱり目覚める気配がない。けれど、もうそろそろ自発的に目を覚ます時刻だ。そして自発的に帰って行き、自発的に明日もここへやってくるのだろう。

緑子のアパートに海くんは泊まっていかない。夜更けになると帰って行き、また翌日やってくる。うたた寝をしてもきっちり目覚めて支度をはじめる。会う約束もめったにしないし、詮索《せんさく》なんかもしあわない。どちらからともなく、それは決まりになっていた。昼間はあんなにぱりっとしていた白いシャツが、帰る頃にはくたくたになってしまう。それをなるべく視界にいれないようにする。焦点をぼかすか、抱きついてしまうか、緑子自身が着てしまう。視界にいれなくても済むように工夫をこらしているのだ。緑子は、「秋の海くん」も「冬の海くん」も「春の海くん」も、まだ知らない。知らないし、知りたくないような気が、かすかにしていた。

夜更けに、祖母が亡くなった。

冬子はすぐに駈けつけたかったが、母は明朝にくるよう冬子をたしなめた。電話のむこうの母の声は、冷静であたたかかった。いつものように母は本を読み、祖母はレースを編み、「冬子の子どもは女の子が良いわね」と言いあって、それから祖母の返事がぱたりと途絶え、母が本から目をあげた時には亡くなっていたのだと話してくれた。もともと祖母は心臓を患っていて、その発作だということだった。

「苦しまなくって、ほんとうに良かった」

母は言った。母の背後からは「良かった、良かった」と、まるで山びこのようにくり返す、幾人もの女の声が聞こえた。母は五人姉妹の末っ子で、冬子にとっては伯母にあたる母の姉たちが、既に駈けつけていたのだった。「今夜は、久しぶりに姉妹水いらずで過ごすのよ」と母は照れた。最後にもう一度「お腹の子どもにさわるから気をつけていらっしゃいね」と念を押され、呆気なく電話は切られた。

受話器を置くと「良かった、良かった」とくり返す声ばかりが、とろとろと冬子の耳の底に流れた。その声は耳の底で水のように渦を巻き、その渦にあわせるように祖母の姿が心を巡った。

祖母はよく花を活けた。自分の着物に色をあわせて、凛々《りり》しい花を好んで活けた。牡《ぼ》丹《たん》のかたちに彫ってある珊瑚《さんご》の帯留めを大切にしていて、「そのうち冬子にゆずるからね」としばしば言った。春にはかならず、すごく美味しくやわらかく筍《たけのこ》を炊いた。だし巻き玉子も絶品で、祖母ほど甘く爽やかに緑茶をいれる者はなかった。「せこせこしなくていいんだよ。魚は殿様に焼かせよ、餅は乞食に焼かせよ。昔からそんな諺《ことわざ》もあるのだから」と諭してくれたのも祖母であったし、実際に、魚の焼き方も祖母から教わった。冬子のお腹の子どもにレースの産着《うぶぎ》を編んでくれていた。冬子は子育てが落ちついたらレースの編み方も教わるつもりでいた。まだまだ、いろんなことを教わるつもりでいた。祖母自身が秋に産まれたということもあり、この季節にひ孫が産まれるのを心待ちにしてくれていた。できれば女の子を産んで、季節にちなんだ名前をつけて、安心させてあげたかった。安心させてあげたかったし、喜ばせてあげたかった。

そこまで巡ると、ぱたりとやんだ。声も姿も見失う。

突然、すうっと血の気がひいて、目の前がちかちかと白みはじめた。冬子は慌ててしゃがみこみ、床に両手をついた。手も足も腹も震えて、つめたい汗が身体中から湧きでてくる。ぱくぱくと呼吸が浅くなり、口の中がからからに乾く。見えているものが白く眩しい光に呑みこまれ、聞こえているものも沈みこむように遠のいてゆく。頭の中にあるものはすべてちりぢりに拡散してゆき、痛覚は鈍く薄まってゆく。冬子は咄嗟《とっさ》に意識をかき集め、ゆるみの一途《いっと》をたどっている喉元《のどもと》から「良かった、良かった」と絞りだした。

「人が死ぬのはかなしいことじゃないんだよ」

いつか祖母は言った。

「人は産まれたらかならず死ぬものなんだから。それに女の人は、産むことができるでしょう。女の人が女の子を産めば、どんどん繋がってゆくわね」と。

曾祖母の葬式で、冬子はまだ十歳だった。どこもかしこも鈍く曇って、黄金色の銀杏《いちょう》の葉だけがひときわ映《は》えていた。「だから冬子も、大きくなったら女の子を産みなさいね」そう言って祖母は襟元《えりもと》を正した。祖母もまた八人姉妹の末っ子だった。

冬子の家系は、まったくの女系家族なのだった。

夫と生き別れたり、死なれたり、夫そのものがいなかったり、様々なこまごまと入りくんだ事情があって、女ばかりがさんざめいた。当然、そこにいる女たちはみんな血縁った。よく似た顔をして、よく似た身体つきをして、よく似た声で囀《さえず》った。そろって和装の喪服を着て、白い足袋《たび》でぞろぞろと動く。そして、年齢を重ねた者同士ほど、ちいさく丸くなってゆき、奥床しい皺をたたえて、見分けがつかなくなってゆくようだった。

喪服には紋があった。

冬子の家系の上り藤の家紋から、梅、菊、ひょうたん、様々な紋がずらりと並んだ。お嫁にいった先で喪服をつくった者もあって、種類は実に豊富だった。雀や兎《うさぎ》の紋もあったし、団子が三つ山型にくっついたような紋もあった。どれもくっきりと白く浮かび正確な円の中におさめられていた。

蝶々の紋は、触角や管みたいな顔の部分までこと細かに描かれていて気持ちが悪かった。その大伯母のことを、冬子はひそかに「蝶々のおばあちゃん」と呼んでいた。祖母の七人いる姉のうちの誰かだったのだろう。「蝶々のおばあちゃん」は、冬子が脚をしびらせ正座を崩すと「おでこに梅干しをはると治るんだけどねえ」と愉しそうに何度でも笑った。自分だけセロハンテープかなにかで、おでこに梅干しをはられているところを想像しただけで、恥ずかしさのあまり身がすくんだ。母の何番目かの姉で、桜の紋があるおばちゃんは、おっとりしていて好きだった。博多の方にお嫁にいったんだけれども、と母はその後の言葉を濁した。冬子が庭木に登り枝が折れて落ちた時も、下り坂を走りいきおいがついて転んだ時も、やさしい口調で「ばってん、冬子ちゃんは女の子やけんねえ」と慰めてくれた。慰めてくれた、と東京育ちの冬子はてっきり思いこんでいたが、桜の紋のおばちゃんが言う「ばってん」は「でも」という意味であった。だからきっとあれは、たしなめられていたのだろう。それを冬子が知ったのは、随分大人になってからだった。

笹と蔦《つた》と桐は、葉のひろがり方がもうひとつ区別しにくかった。あの頃、大人になったら楓《かえで》かりんどうの紋の喪服が着たいと、冬子は思っていた。楓は花の類いよりこざっぱりしているし、りんどうは星形の花の形が本物によく似ているので感心した。紋は、いつか自分で選べるものだとばかり思っていたのだった。

そして、大伯母も伯母も、泣くときは一斉に泣き、笑うときは一斉に笑った。

ある者が「お母さんがいるといつもにぎやかになったものよねえ」と言うと、しくしくと一斉に泣いた。次いで「お母さんはよく茶碗の棚に、栗の渋皮煮を隠していたわねえ」と別の者が言うと、そろってけたけたと笑いはじめる。泣いて鼻の頭を赤くしたまま、腹を抱え手を叩き、一斉に笑うのだった。そのうち誰かが「あの稲荷寿司《いなりずし》、もう食べられないなんて淋しいねえ」と言うとまたしくしくと泣きはじめ、「今わの際にも、油揚げ買っておいてちょうだいよ、って言ってたんだものね」と誰かが言って笑いだす。

弔い客がひけてからも、台所に自然と集まり、延々と何杯でもお茶を飲んだ。息を吸って吐くように、一息に泣いてそのまま笑った。おじぎをするときもみんな一斉に、頭をさげた。おじぎは、ゆったりと慎み深く優雅だった。背を丸め、たっぷりと時間をかけて顔をあげる姿は、堂々として心がこもっているように見えた。ひとつひとつが、ごくごく自然で、冬子は子どもながらも、とっくりと魅せられた。

大きな桶にちらし寿司をつくって、弔い客に振る舞ったりもした。台所中、甘く煮たかんぴょうの香りが漂って、戸の開け閉めの際には線香の香りが流れてきた。冬子は絹さやの筋を剝《む》く係だった。台所の床はつめたくて、二枚重ねてはいた靴下の爪先をこすりあわせながら筋を剝いた。それでも大人の女たちは足袋一枚できびきびと働いた。小豆は煮て仏前にそなえられ、筑前煮は酒呑みのお客さまのために色あいもととのえて絶えまなく皿に盛られた。錦糸卵の黄色と茹でた海老の桃色の縞、やわらかい白の酢蓮《すばす》、木の芽の緑。祭壇の花々と果物の混じった甘い香り。涙で化粧はおおむね剝《は》げていたけれど、母も祖母も普段より数倍きれいだった。徳利に次々燗をして盆に載せて運ぶ女たちは、まるで花から花へ飛びまわる黒揚羽《くろあげは》みたいに、美しかった。

それらが、一夜にして忽然《こつぜん》とあらわれ、忽然と去った。

かつて葬式は、かなしいけれど華やかだった。華やかで、はかなかった。

「良かった、良かった」

と母を真似ているうちに、いくらか冬子の呼吸はととのいはじめた。電話を載せた低い棚の脚も、木目の床も、次第に輪郭をとり戻し、ちかちかとした眩しさはひいていった。なんべんもくり返しているうちに、つめたい汗もひいていった。

今、やらなければならないことが幾つかあるはずだ。

冬子は、ひとつ大きく息を吸い、それから吐いた。

まず、妊婦用の喪服など用意がない。すとんとした筒形の黒いワンピースを代用するしかないだろう。この時間にいないということは、多分、徹は早朝に帰ってくる。入れ違いになるかも知れない。徹の喪服も吊るしておかなければ。黒い靴下がなかったかも知れないから、途中で買ってはき替えてくるようにメモを添えておこう。徹の方の親戚に連絡するのが億劫《おっくう》だ。わざわざ田舎《いなか》からでてきて貰うのも気がひけた。徹にまかせて良いものなら、いっそまかせてしまいたい。その旨もメモに書いておかなければ。

すっかり手足が冷えていた。やかんで湯を沸かし、柚子《ゆず》を落としたあたたかいレモネードを飲もう。ぐらりと身体が傾《かし》いだが、冬子は慎重に立ちあがった。

そこで、かなしみは、どうにか塞《せ》きとめられた。

おばあちゃんは、緑子にとって天敵だった。

泣きたく、ない。

日々、緑子は喜怒哀楽に正直であれるよう努力している。ほとんどの場合、ただそうなってしまうと言えなくもないけれど。でも、今は違う。どうしても、今だけはそれを回避したかった。コンポにCDを突っこんで、緑子はヘッドホンをかぶる。THE CLASHの「LOST IN THE SUPERMARKET」を大音量でかける。せつなくて大好きな曲だ。神経を集中して、聴こうと努める。曲がはじまるのを待ちきれず、頭をふって髪をふり乱してみる。

おばあちゃんは、ごはんの食べ方に厳しかった。「箸くらいきちんと持ちなさい」「残さずきっちり食べなさい」「左手を卓上に出して、皿か椀に添えなさい」。それだけならまだしも、「あんたは、なんで魚だけ先に食べちゃうの？」とか「おかずとごはんとを交互に食べなさい」とか、逐一、口をだした。しまいには「しょうがないから、汁もの、ごはん、主菜、副菜の順で、くり返して食べなさい」と箸を運ぶ順番を決められて、その日、緑子はとうとうハンガーストライキをした。その翌日には、献立のものをすべてミキサーにかけて、おぞましい液体にして飲み干して見せた。献立は、しじみ汁とロールキャベツ、きんぴら牛蒡《ごぼう》に青菜のおひたしだった。もう九年も前のことなのに、あのどろりとした液体の不味《まず》さが舌の上に鮮明に蘇《よみがえ》る。あの時、おばあちゃんは驚いたようだったけれど、それから一気に笑いとばした。

緑子は、ふいに気持ちが悪くなった。胃のあたりが下から突きあげる。この曲は大好きだけれど、かなしい気持ちも誘うのかも知れない。違うことを考えたい。おばあちゃん以外のこと。コンポに別のCDを突っこむ。THE CLASHの「JANIE JONES」を選んでかける。あかるい曲。蛍光灯みたいな、ぺらっとしたあかるさ。煙草に火をつける。

これで、胃のあたりの気持ち悪さも吹き飛んでくれるかも知れない。

煙草。

緑子が七歳の頃から、おばあちゃんと一緒に暮らすようになった。それまで、おばあちゃんはいつも煙草を吸っていた。「一緒に暮らすようになってから、緑子たちのために煙草はやめたのよ」とお母さんは言っていたけれど、やめるなんてもったいないと、緑子は今でも思う。おばあちゃんの煙草の吸い方は格好良かった。着物の袂《たもと》から淡い蜜柑《みかん》色のちいさな煙草の箱をとりだして、唇のちょうど真中に一本くわえ、その隙にマッチを擦った。煙草から昇る煙はライラック色を帯びて、細くしなやかだった。両頬をへこませて思いきり吸い、濃くて白い煙をしゅるしゅると唇の端から吹いて、それから薄い煙を大量に吹いた。煙草の煙は空にかかる雲に似ていて、ちいさい緑子は憧れた。煙で輪っかをつくって貰うと、胸が踊った。そうっとそのまま持って帰りたくて、空き箱に閉じこめようと何度も挑戦したが、うまくいったためしがなかった。緑子は失敗するたび、悔しくてじたばたと泣いたものだった。

泣きたくなんか、ない。

泣くと、ほんとうのことになってしまうから。すべてほんとうにあったことに。

緑子の目に涙が浮かんできてしまう。瞬《まばた》きを何回も続けてして、さっさとそれをこぼしてしまう。それから腹にちからを入れて、目元をごしごしとこすった。もっと、やさしい曲が必要だ。やさしくて、力強い曲が。せわしなく緑子はCDを入れ替えて、THE DAMNEDの「SEE HER TONITE」をかけた。今夜、彼女に会いたいんだ、と男は歌う。これは思い出の曲で、緑子は異国の夜のつめたい砂を踏んでよくこの曲を聴いた。

高校を卒業してからしばらく経って、緑子は青年海外協力隊に入隊した。二年間ニジェールの女子孤児院で手工芸や編み物を教えた。ぬいぐるみやテーブルクロスの作り方も教えた。昼はからりと暑く、太陽がまっすぐに降り注いだ。一方、夜はつめたく、永遠にそのままみたいに、しんとしていた。緑子はその夜が苦手だった。そういう時、泣いてしまうのはほんとうに苦しい。朝のきららかな光にどのみち救われるのだから、ここは泣かずに凌《しの》いだ方が良いに決まっている。そして、よくこの曲を聴いて、気持ちを逸らすようにして、濃密すぎる夜空を眺めたのだった。

もともと、ものを作ることが好きだったし、勉強はできなかったが朝から晩まで洋楽ばかり聴いていたから、英語は中の上だった。だからテストはどうにかパスできた。

なにより、緑子は反体制でありたかった。

パンクを愛していた仲間はそれぞれ大学へ進むか、企業に就職してしまった。それにははっきり裏切られたような気持ちになった。みんなが「あたしたちが何やっても、どうにもなんないじゃん？」とか「俺は結局、自分がかわいいんだよ」と、恨みがましい様子で言った。あたしのせいじゃないのに、と緑子は思った。けれどみんな、緑子のせいであるかのように、恨むような、責めるような口ぶりだった。挙げ句の果てにはみんなして、「緑子もそろそろちゃんとしないと、やばいよ」と説教まで垂れた。

くそったれ。緑子は心底思った。

確かにみんなの言うように、政治家は未来永劫《えいごう》ばかばっかりだろう。富めるものばかりが潤って、貧しきものはいつまでも放っておかれる。人間は愚かだし、地球は滅びる。

それでも、緑子は、あきらめたくなかった。

もしかしたら、あきらめないことが一番の反体制的行動なのではないか、と直感が舞い降りた。あきらめないということは、弱っている人を助けることとなんじゃないかと閃《ひらめ》いた。けれども具体的にはどうして良いものか、かなり迷った。宗教や団体も好ましくはなかったし、信奉できるものも特になかった。貧しい人たちを個人的に助ける方法。

そして青年海外協力隊の応募用紙をとりよせたのだった。

仲間はみんな「そんなとこ行くのってなんか危ないじゃん」と怒ったり、「うちの会社でバイト募集してるから紹介しようか？」と怪訝《けげん》そうに心配したりした。それから、可哀相なものでも見るような目をして、緑子を見た。それなのに出発直前になると、みんなで空港まで見送りにきて、緑子を抱きしめたりした。お母さんは「困ってる人を助けるのは良いことね」としっかり褒めた。お姉ちゃんは「よくわかっててすごいねえ」ときょとんとしていた。あの人は、ぼんやりだからしょうがない。ふたりとも怒りもしなかったが、さして心配もしていないようだった。

おばあちゃんは。

おばあちゃんは、すこしだけ泣いた。

絶対ひどく叱られると思っていたのに。めったに泣いたりしない人だった。

出発の日には手縫いの雑巾をしこたま持たされた。大きな紙袋一杯分もあり、白地にうぐいす色のステッチで縫われ、丁寧に畳んであった。現地を去る日、雑巾は村の人たちへ記念に贈り、とても喜ばれた。

唇に塩からく、生あたたかいものが垂れているのに、緑子は気づく。

慌ててCDをSEX PISTOLSの「GOD SAVE THE QUEEN」にとり替え、ボリュームを最大に上げる。シドとナンシーは海くんと緑子だ、と考えようとする。それでも、涙はあとからあとから溢れでる。海くんの姿を心に浮かべると、余計に涙が溢れでた。こんな時、恋人は何の助けにもならないと、一瞬、脳裏をかすめる。胃がわずかに痙攣《けいれん》する。緑子はとうとう泣き崩れ、おばあちゃんが亡くなった事実を認めざるを得なくなった。

ほんとうにそれは、あったことだと。

あたしが心の中で「おばあちゃんは生きている」と信じていれば、それは生きているのも同然だったのに。あたしは心の中で「おばあちゃんは生きている」と信じきれなかったんだ。そんなのって、あたしがおばあちゃんを殺したのと一緒だ。

いつも、考えたり気づくよりずっと先に、かなしみは身体に現われてしまう。身体をのっとるみたいに。緑子は自分のひ弱さを思い知り、CDを停止した。


まんじりともせず、冬子は日の出とともに、実家へむかった。

マンションのリビングでは、母と伯母たちがひしめきあい着つけをしあっていた。帯を結びあい、ああでもない、こうでもないと、やりあっている。足元は旅行鞄や寝具や色褪《いろあ》せたアルバムで埋め尽くされ、喪服の黒布と黒布の合間からは、中央に置かれた棺《ひつぎ》とお茶を啜る大伯母が二人垣間見えた。一人増えようが二人増えようがとりたてて構わないのが、女の群れというものだ。冬子はそれには慣れている。誰彼となく会釈を交わしておいて、ひとまず洗面所で汗を冷やし手を洗った。洗面台には色とりどりの化粧ポーチがずらりと並び、あらゆる種類の基礎化粧品が並び、多種多様な花の香が複雑に入り混じっていた。冬子にとって従姪《いとこめい》にあたるちいさな女の子たちは、廊下でお互いの髪留めについて品評会をはじめている。腕をまくり、気をひきしめて、冬子は台所へむかった。台所では従姉《いとこ》たちが「いざという時のため」のおにぎりを握っていた。冠婚葬祭となると原家では、いつも一口大のおにぎりを大量に握る。ひとつひとつラップにくるんでおいて、どんなに忙しくてもへたらないように、お客さまに隠れて口に放りこむためのものだ。ごはんをよそって梅や焼きたらこを埋める班がいて、それを握る班と、ラップでくるむ班があった。会話は二手に分かれていて「京都の美味しいコーヒー豆屋さんについて」と「ベランダでゴーヤを育てる方法について」が、炊飯器側と冷蔵庫側で同時に進行していた。従姉たちは冬子を見るなり、

「冬子ちゃんの子どもは、おばあちゃんの生まれかわりだね」

と口々に言って微笑んだ。冬子は曖昧《あいまい》に微笑み返して、歩みよった。ところが、

「お腹の子どもに障るから休んでて」

従姉たちは一斉に冬子を制した。それから、

「ごめんね、緑子ちゃん見てきてくれない？」

一番年長の従姉が指についた米粒をつまみながら、顎《あご》でベランダを指し示した。

「おにぎりに変なものばっかり入れたがるから困っちゃって」

と言いにくそうに苦笑され、ベランダを覗くと確かに緑子がふてくされていた。

冬子は緑子の隣に立って、風に葉を揺らす街路樹を眺めた。道の両脇に遠くまで続く樹々のてっぺんは、見おろすと川の流れのようだった。きらきらと波の背のように、葉

が光を反射して、そよいでいる。

「川みたいだよね」

緑子がぽつりと言うので、

「川みたいだね」

冬子はちいさく返した。そして実際、それは同感だった。

祖母は棺の中で花々にかこまれていた。冬子は、祖母の鼻や口に綿がつめられているのが悔しかった。祖母の品のある鼻筋や気丈な唇は、綿のせいで間延びして見えた。すると緑子が「綿、とっちゃおっか？」と囁いた。今日に限ってめずらしく、冬子と緑子は、ほとんどすべてのことに同じ感想を抱いているかのようだった。


通夜は奇妙にさばさばとしていて、とどこおりなく終わった。無駄がなくて、からりとしていて、いかにもおばあちゃんらしい通夜ではあったけれど。

緑子はお浄《きよ》めの席を抜けだして庭へでた。百日紅《さるすべり》のちらちらとした花びらが、闇夜にぼうっと浮かんでいる。こんなに離れていても、女たちの笑い声が波のように押しよせ、啜り泣きへと一気に変調しているのが聴こえてくる。通夜にはたくさんの弔い客が訪れた。お母さんや伯母たちがかわるがわる相手をして、泣いたり笑ったり、おじぎをしたりした。お姉ちゃんも従姉たちも、どういうわけかぴったり息があっていて、緑子はひとりであからさまにぎくしゃくした。

絶対あんなの、隠れてみんなで練習してるに決まってる。

そう思いながら、緑子は煙草に火をつけた。

マンションからタクシーで十五分ほど走ったところに、葬儀場はあった。

葬儀場へ着くと、緑子は従姪たちのお守り役を命じられた。ちびたちは名前も憶えられないほど、憶える気なんか毛頭なかったけれど、七人くらいはうじゃうじゃいた。庭へでてゴム飛びをしようと誘ったがけんもほろろに断られ、結局、木陰で指をたてたりひっこめたりする難解な計算ゲームにつきあわされた。どいつもこいつも容赦《ようしゃ》なく、緑子はこてんぱんに負かされた。おまけに、こまっしゃくれた六歳のちびと八歳のちびには「髪の毛の色が気持ち悪い」とか「あたしは自然が一番だと思う」などと喧嘩を売られた。緑子は不覚にもちょっとだけ泣かされてしまったけれど、その後もちろん逆襲した。ノストラダムスの大予言の緑子オリジナル版をとくとくと説き、ふたりのちびを言い負かしたのだ。それは、

「1999年にはこなかったけれど、いずれかならず大地震がきて氷河期に入り、人間なんて姑息《こそく》な動物は、みんな絶滅するに違いない」

という説で、

「ノストラダムスというのはサンタクロースに酷似した白髭のゆたかな好々爺《こうこうや》で、実は

サンタクロースはノストラダムスが扮しているのではないかと自分は疑っている。地球滅亡へむけて未来をになう子どもたちに呪いをかけるため、贈り物には罠《わな》を仕かけて、あたかも善行のように見せかけて世界中を飛び回っているのだろう。なぜなら、わかり易い善行というものは、得てして悪をひそませているものだから」

という緑子独自の説をつけ加えることも忘れなかった。ふたりとも恐怖のあまり涙ぐんでいた。これでおあいこだから別にいいのだけれど。

しかし、あんなちびたちでさえ、同時に泣いて同時に笑い、同時におじぎができていたのも事実だった。親戚たちから見咎《みとが》められてしまうのは、いつだって緑子だ。

お姉ちゃんなんて葬儀中、ずっと耳栓をしていたというのに。お姉ちゃんいわく、お経は強烈に個性的なひとつの思想でもあるので、とりあえずお腹の子どもにとっては有害だとみなしたそうだ。お義兄《にい》さんにいたっては、なぜか参列者側に並んでお焼香をして、門のところで最後までうろうろしていたらしい。それでいて姉夫婦はなんのお咎《とが》めもなし。ひきかえ緑子は、おばあちゃんに恋心を抱いていたらしい老紳士の話が可笑《おか》しくて吹きだした途端、お母さんから二回軽い肘鉄を喰らった。それから、お坊さんの説法があまりにくだらないので聞き流していたら、後列に座っていた大伯母から数珠《じゅず》が回ってきてしまった。信心しなさい、とでも言うように。

でも、緑子は恥じてはいない。むしろ心のままでいないことの方が、おばあちゃんに不実を働いているような気がしていたから。

ばかみたい。

緑子はつぶやいて、慣れない黒いヒールの靴底で煙草を消した。

「娘のところに泊まってあげたら？」とか「せっかくだから、あのホテルに泊まりなさいよ」などと、母は伯母たちを気遣って、三々五々に散って行かせた。葬儀場には冬子と母と緑子だけが残った。

五十畳もある控え室は、途端にがらんと涼しくなった。それぞれ脚を伸ばし、欠伸《あくび》をして、自分の座る場所をなんとなく決めて、ハンドバッグの中身の整理をした。冬子はハンカチを六枚、ハンドバッグからだして並べた。念のために多めに持ってきていたのだった。それを目敏《めざと》く緑子が見つけて「お姉ちゃん、ハンカチなんて何枚持っていこうかって、朝まで悩んだでしょう？」と、からかった。母は「ハンカチなんて水道で洗って、鏡にはりつけておけば一枚で足りるじゃないの」と呆れかえった。

夜も更けると、ほうじ茶をいれて三人で仕出しの弁当の残りをつまんだ。

「昔は通夜となったら朝までお客さまはひけないし、葬儀場じゃなくて家でお葬式をあげたものだから、大変だったのよ」

母が淋しそうにひとりごちた。確かに、ここの炊事場は狭く簡素だし、建物自体が全体的に古くもなくあたらしくもなく、公民館や市役所のようにそっけなかった。祭壇の両脇には炎を灯すほんものの蠟燭ではなく、電球を炎に似せたにせものの蠟燭が味気なく立っていた。祖母の姉たちはもう四人しか残っていなかった。残った者もあちこちどこかしら傷んできていて、今日も参列していたのはたったの二人だった。「蝶々のおばあちゃん」は今は入院しているのだと聞かされた。

「みんな、この子はおばあちゃんの生まれかわりだって言うよね」

冬子は自分の大きな腹を指して慰めるように笑みをつくり、朝に握ったおにぎりのラップを外した。それを緑子がじっと見つめる。母は小梅をかりかりと噛み、

「そうよ、生まれかわりなのよ」

と、くつろいだ声で言った。冬子は、もしそうだとしたら祖母の生きていたあいだにも腹で育っていたこの子とは一体、何者なのだろう、とぼんやり考えた。考えついでに、ラップを外す手がゆるんだ。すかさず緑子が、細長いスティック状の紙袋に入っているグラニュー糖を、冬子のおにぎりにふりかけた。緑子はなにやらにやにやと笑みを浮かべていて、こういう時の緑子にはなにがしかの勝算があり、逆らうと面倒がおきやすい。冬子はあきらめて、おにぎりを一口食べた。母は笑い、緑子は得意げに「どう？」とだけ訊いた。

冬子は慎重に言葉を選び、

「飴を舐《な》めながら泣いてるみたいな味がする」

と、できるだけ真剣な顔をした。緑子も母もきらりと目を光らせる。ふたりとも、冬子とおにぎりをうらやましそうに交互に見やった。

「あら、それならいいじゃないの」

冬子からゆずりうけ、母もおにぎりを一口齧《かじ》った。母は一瞬むせて、それからなにか得心でもしたかのようにしみじみと頷《うなず》いた。つられて冬子も、まじめくさって頷いてみせる。

「待って、ずるいよ、あたしも食べたい」

緑子は、じれた。母はすっかり飲みくだすまでおにぎりを離さず、緑子を巧みに操った。ようやく緑子がおにぎりを手中におさめ口に含んだその瞬間、

「あんまり美味しいものじゃないよねえ」

と母はほうじ茶で口を濯《すす》ぎ、ここぞとばかりに笑いころげた。冬子もたまらず吹きだして、沢庵《たくあん》を嚙んで口直しをした。

「それよりか、飴を舐めながら海で泳いでて塩水を飲んじゃった時の味の方が、ぴったりなんじゃないの?」

緑子は咀嚼しながら負けじと言い返し、言い返したそばからしゅんとした。

「そうかも知れないね」

やんわりと冬子が同意を示すと、

「お砂糖だけで握ると、もうちょっと違うんだけどなあ」

と緑子は何度も小首を傾げて、いつまでも残念がっていた。

出涸《でが》らしのほうじ茶をいれて、仕出しの弁当の残りは三人で全部きれいに平らげた。梨も剝いて、半分ずつ食べた。母は総じてあかるかったが、ほんの時折、黙りこんだ。乾ききったその表情を目にするたび、冬子の胸には疑問がわいた。祖母はほんとうに苦しまなかったのだろうか、と。母が隠しているだけで、祖母はほんとうは苦しんだのかも知れない。そもそも苦しまないで死ねることなどあるのだろうか、とも。

しかし、母の落ちくぼんだ瞼や枯葉のような肌を見てしまうと、訊ねることも訊ねないことも、同じくらい酷に思えた。真実は母しか知らず、いずれにしろ冬子にとって死は果てしなく遠いものだった。そのうえ、ゆうべの高級な豚肉を揚げたもったりとしたとんかつはまるで何年も前の出来事のように思え、徹にいたってはまだ出会ってもいないよその誰かのように遠く感じられていた。

母も緑子も「妊婦は休むべきだ」と断言し、冬子は半ば押しきられるように控え室の畳に横たわった。

葬式は、かなしい。

かなしいけれど、さみしくはない。

冬子にとって一番、さみしくてどうにもならないものは、正月だった。さみしくなるのは子どもの頃からだが、結婚してからそれはもっとひどくなった。

正月はどこもかしこも、しずかになる。しずけさはさみしさをほのめかしはするが、それはまだ良い。お重につめられたおせち料理も、お餅を焼く芳しい香りも、お雑煮の澄んだ汁の底に覗けるつややかな黒い漆器も、恭《うやうや》しくてわずかな緊張を強いるが、さみしさにはまだ至らない。元日の空の健やかな青さも、なんとなく平素より和風に彩られる町の様子も、心ぼそい気持ちにさせるが、まだ凌げる。

正月は、否応なしになにくれとなくはじまっていってしまう。はじまりだけがそこにある、それが冬子をどうにもさみしくさせるのだった。

年の瀬ともなると、冬子は毎年こう思う。わたしはなにも終えられてはいないのに年をこえてもいいのだろうか、と。年が明ければこうも思う。終えられてもいない自分にはじめられるはずがない、と。それでいて、なにをどう終えるべきか、きちんとはじめられたかどうかは、特になににも誰にも問われはしない。おそらく、わざわざ口に出すまでもない暗黙の了解事項なのだろう。誰もが一斉にあらたまる。みんなこぞって、はじまってゆく。とりあえず冬子も、あたかもはじめられたかのように、ふるまいはする。けれど実のところ毎年なんの実感も伴ってはおらず、そんな自分にほとほと嫌気がさしてしまうのだった。そして冬子の心には、正月がくるたびにとり残されてゆくような、後ろめたくもあるような、さみしさだけが年々積もった。

やがて、さみしさついでに、子どもができた。

どちらも、さみしかったのだ。まったくそれぞれ別の理由で。

今年の正月は、祖母と母と緑子に、伊豆かハワイへ行こう、と誘われた。冬子はどちらでも良かったが、旅行は遠慮することにした。徹が「今年は、うちにいるよ」と決めたからだった。なんだかいやに決心じみた物言いだったので、冬子もそれに従った。正月くらいは恋人との逢瀬を我慢する、夫なりの、誠意のつもりだったのだろう。

簡単なおせち料理を用意して、お重はないので皿に並べた。お屠蘇を盃に注いでからは、ふたりともしばらく微動だにできなかった。正月はもともとしずかなものだが、晩秋以来のふたりきりの食卓には、かなり厳しい沈黙もひそんでいたのだ。

たとえるならばここは荒れ野で、大地は痩せ衰えていて、干からびて割れた土の裂け目にかろうじて自生している草々もちらほらと見えはするが、どれも茶色く枯れかかっている。視界は悪く天候も悪いので方向感覚はみるみる失われていき、自分たちが今どのあたりにいるかもわからず、帰路にいたっては見当もつかない。時々、乾燥した熱風が砂塵《さじん》を舞いあげて肌に打ちつけ、身体中の水分という水分を奪い去っていく。遠方に、根の腐った灰色の茨《いばら》の群生が、今にも崩れ落ちそうに風に吹かれているのが見える。その陰から、人を喰らう凶暴な獣が、隠れてこちらを狙っている。野生の、ひきしまった筋肉と骨を皮だけが包みこみ無駄なものは一切ない、飢えた獣だ。獲物の肉をひき裂き骨を噛み砕くための牙を研ぎ、涎《よだれ》を垂らして、襲いかかる千載一遇の瞬間を待ち構えている。冴えわたる敏捷な眼光に、ふたりはすみずみまで狙われている。夫婦ともに、すべての言葉が頭から吹き飛んで、声をだすにも指一本を動かすにも、相当な勇気が必要とされている。

そんな沈黙だった。

「餅って、あるかな」

あの瞬間の徹は勇敢だった。声は震える寸前だったが、冬子には充分だった。

徹のくれた好機をしかとうけとめ、冬子は思いきって席を立った。沈黙を蹴散《けち》らすようにわざとらしく足音をたてて台所へ行き、どうにかなるべく時間を稼ぎ丁寧に餅を焼いた。

「今、焼くね」

徹はおせち料理に箸をつけはじめ、様々な雑音と共に荒れ野はようやく食卓へと孵《かえ》った。今まさに、凶暴な獣を追っぱらうという大業をふたりは成し遂げた。それでいて、いつまた狙われるか気を抜けなくもあった。

それからは、お煮しめと数の子とかまぼこを肴《さかな》に、朝からお屠蘇をふたりで呑み干した。すぐさま示しあわせたかのように「もうすこし、呑みたいね」と言いあった。冬子も徹も酒はあまり呑めない質《たち》だが、徹は近所の酒屋へ買い足しに行った。赤ワインを二本とビールを何本か、日本酒を一升、貝柱の干物と酢イカも、徹は買ってきた。冬子は正直めんくらったが覚悟を決めた。午前中はふたりで赤ワインを一本とビールを何本か空けて、昼寝をしてからまた呑んだ。呑むと身体がぐにゃりとして、考えるより先に話す言葉も見つかった。冬子は、正月用の新聞は厚さも内容も今ひとつ好きになれないことについて、こんこんと話した。徹は、いかにして小遣いをためて月賦でなく五万円もする靴を手にいれるか、そしてその靴がどれほど素晴らしいかということについて、得々と語った。午後には、徹の実家へ電話をかけて新年の挨拶を済ませ、お雑煮を食べた。伊豆へ旅行に行った祖母と母と緑子から浮かれた電話があり、新年の挨拶もそこそこに、海の幸と温泉の自慢をひとしきり聞かされた。話も尽きると、それぞれ勝手に唄を唄った。二本目の赤ワインも空にして、日本酒に至る頃には、可笑《おか》しくもないのに笑いがとまらなくなった。「栗きんとん」の「きん」と「とん」のあわさり方や、「紅白なます」の「ます」の部分がなんだか可笑しくて、正月料理をかたっぱしから読みあげてみては、げらげらとふたりして大笑いした。そうして、得体の知れない獣をよせつけぬようにさんざん騒ぎ、傍目《はため》にはおおいに盛りあがった正月となった。

夕方になって、ふたりは早々に寝床についた。酒に酔い、くたびれ果ててベッドに倒れこんだ。冬子は、今日が正月だということなど忘れて、このままぐっすり眠りたかった。徹も寝息をたてていた。そのうちに、知らぬ女の名を呼んだ。呼んで冬子を抱きよせた。それには冬子は慣れていた。慣れているから構わなかったし、今日のところは都合が良かった。正月のさみしさも凶暴な獣に狙われつづけた疲労も、人のぬくもりで忘れやすいだろうと冬子は思った。普段ならばそうっと身体を離すのだが、徹の腕に身をまかせた。徹は、ふたたび知らぬ女の名を呼んだ。面倒なので冬子は曖昧に返事をして、彼の胸にもぐりこんだ。陽が落ちるといっそう寒さが身に滲《し》みて、あたたかさにすりよった。徹の掌は、ぬくかった。それだけで冬子は有り難かった。ところが徹は、冬子の服を脱がせ、自分も脱いだ。冬子は奇妙に思ったが、脱いでみると人肌がよりあたたかく感じられ、そのまま放っておくことにした。その頃には部屋はしっとりと暗く、酔いもまわって、ふたりとも眠っているような眠っていないような心地だった。

徹はあきらかに、冬子を恋人と間違えていた。間違えたまま交わった。途中で一度だけ、徹はぎこちなく冬子の顔を覗きこんだが、後にはひけない様子だった。とりわけ熱を孕《はら》むでもなく、あっさりと夫婦は交わった。

どちらも、さみしかったのだ。

冬子は正月がさみしかった。徹は恋人がここにいないことがさみしかった。

その翌朝、徹は縁側で寒さに身をこごめて、なにか物憂い様子だった。冬子は、さみしかったのだから仕方ない、と腹におさめることにした。さみしい時にたまたま人の掌でぬくもりたかっただけなのだ、と。

懐かしい掌に肩をぽんぽんと叩かれて、冬子は目をさました。「うなされてたけど、大丈夫なの？」と、母が覗きこんでいる。冬子は首筋をつたう汗を拭《ぬぐ》って、おおきな腹を抱え身体を起こした。ふくらはぎにも二の腕にも、でこぼことした畳の跡がついている。障子ごしには浅い光が射し、表はしらじらと明けてきているようだった。

「まだ眠ってて平気よ」と、母は急須の緑茶をきりながら、そっと言った。


緑子はちいさい頃、「ばってんのおばば」が怖かった。

お母さんの姉の誰かで、緑子の伯母にあたる。「ばってんおばば」は、在り方自体がどこか謎めいていた。ぼんやりしているに違いないとこちらが思ってつまみ喰いをすると、にこにこしながら手の甲をぴしっと叩かれ怒られた。逆に、伯母の草履《ぞうり》をはいて庭で遊び今こそ叱られると思うと、ぼやあっとしていたりする。なんだか、ぬるっとした感じなのだ。

博多の方にお嫁にいったんだけれども、とお母さんがその後の言葉を濁すので、続きがものすごく気になって、緑子はあちこち訊ね歩いた。伯母から伯母へ、果ては大伯母まで。誰に訊ねても博多の先は教えてくれず、はぐらかされ、ごまかされた。ついに緑子は「ばってんおばば」に直接、訊ねることにした。河原へ散歩に連れだして「博多の続きは、どうしたの？」とかなんとか訊ねたのだったと思う。それには素早く伯母は答えた。「博多の続きは、佐賀。ばってん、反対なら山口やけんねえ。佐賀の続きは長崎やけん、ばってん、逆は島根。長崎の続きは熊本、ばってん反対は鳥取やねえ」そして弱冠六歳の緑子にむかって、博多を拠点にして交互に西と東を「ばってん」で繋ぎ、日本列島を一周したのだった。足元に落ちていたまるい影が細長くなるまで、緑子は耐えた。ぼんやりした口調の割に、訊きたいことはそれじゃないと口を挟める隙間がなかった。足裏で砂利を前へ後ろへ転がし、打ちのめされるような気持ちで最後まで聞いた。それから緑子は、「ばってんおばば」には一切近よって行かなくなった。「ばってん」と聞くだけで、心臓の奥の方が縮みあがった。

その「ばってんおばば」が、今、緑子の隣にいる。

焼き場の広間で、おばあちゃんが焼きあがるのをみんなで待っている。出棺の時は胸が押し潰されるみたいにかなしかった。お母さんもお姉ちゃんもそこにいる全員が、息もたえだえに泣いていた。それなのに、焼き場へむかうバスに乗りこむと、「お煎餅《せんべい》、食べたら？」とか「枝豆も持ってくれば良かったわね」とか「お客さまのお茶の葉、近くで買い足した方が良いんじゃない？」と呑気《のんき》にやりはじめる。でも緑子だって、ざらめをまぶしたお煎餅があったからついつい食べてしまった。これって同罪だろうか。緑子は自分にがっかりした。そんな自分を罰して、棺を焼却炉にいれる時には、泣かないように我慢した。おばあちゃんに悪いと思ったからだ。伯母も大伯母もそこにいる全員が、背をさすり肩を貸しあい泣いていた。さっきまでのことは、もうすっかり忘れてしまったみたいに。緑子は無性に腹が立っていた。それも猛烈に。いつも上手に髪を巻いていて、いつも歯に口紅をつけている伯母が「緑子ちゃん、しょうがないんだからそんな恐い顔しないで」と声をかけた。緑子は頭にかあっと血が昇った。涙で目を真赤にした伯母を、ひっぱたいてやりたかった。伯母は悪くないのかも知れなかった。でも。その時「ばってんおばば」が言ったのだ。「ばってん、緑子ちゃんは賢い子やけんねえ、しょうがないねえ」と。ぼんやりとハンカチを畳み直しながら。緑子はそれを聞いてトイレに駈けこんだ。個室のドアをばたんと閉めて、心の限りわんわん泣いた。

緑子が戻ると、広間は、お茶をいれビールの栓を抜き、お客さまと古い話で盛りあがり、まるで宴会のようだった。何度も何度も聞いている話で、どこでみんなが泣いてどこでみんなが笑うのか、緑子はすっかり暗記している。それでもみんな、はじめて聞くみたいな表情をするのだ。どの伯母もどの大伯母も、お母さんもお姉ちゃんも、もちろんおばあちゃんも。

どうしてこんなに、ぬるっとしているのだろう。

緑子はちいさい頃から、それが苦手で恐ろしくもあった。緑子が正面きっていくら捉まえようとしても、ぬるりぬるりとすぐに形を変えてしまう。まるで、ひとつの生きものみたいに。

それから、緑子は自ら進んで「ばってんおばば」の隣に座ったのだった。

徹は葬式だけ顔をだし、仕事へ戻った。今晩の夕飯は帰宅して食べるのかどうか。どれだけの買い物をしてゆくべきか。魚は一尾か二尾か。徹は魚をほぐすのを億劫《おっくう》がるから避けた方が良いだろうか。一昨日の鶏手羽はひとり分しかないし、もう悪くなっているかも知れない。三十歳も過ぎたいい大人が魚をほぐせないのも考えものだ。ここはひとつ敢えて魚を買って帰るべきか。

迷った挙げ句、冬子は魚屋の三和土《たたき》にこぼれた氷を踏みしだき、通り過ぎた。

それにしても。

ちいさな商店街の軒先を眺めながら、冬子は考える。

冬子にしてみたら、腹の子どもは「おばあちゃんの生まれかわり」ではない。ものごとを複雑にしたくはないから口をださなかったけれど。

加えて、かなしんでもいけない。

葬式は確かにかなしいし、祖母は亡くなったのだけれど、冬子が女の子を産めば繋がってゆくのだ。でもそれは、生まれかわることとは違う。祖母はちいさな骨になった。

通夜も葬式も焼き場でも、冬子は泣きに泣いた。いたわるための涙だった。残された母と伯母たちと大伯母たちと妹を。一緒に泣いて、いたわりあう。一緒に笑って、おじぎもする。そのひとつひとつを共にすることで、それぞれが慰められるのだと、冬子はつくづく実感した。しかしほんとうは、冬子の心の中に祖母はいる。心の外にも祖母はいる。生まれかわりようもなく、まだまだいるのだ。もしもこの子が祖母の生まれかわりなら、冬子は祖母を産むことになってしまう。それはほとんど怪奇現象のように思われた。しかも、祖母を産むには冬子はまだまだ未熟過ぎる。

　そこまで考えつくと、自分が喪服のようなものを着ていることも、さんざん泣いて瞼が熱っぽく腫《は》れていることも、つい今しがたまで一緒にいた母や伯母たち、通夜や葬式のなにもかもが、かえって不自然な出来事のように感じられた。とても現実味に乏しく、実際にあったこととは思えない。思えないならば、いっそ思わなくて良いのだと、冬子は半ば強引に結論づけてしまう。

　商店街の突きあたりにあるスーパーマーケットの前で、冬子は立ちどまる。この界隈《かいわい》はひっきりなしに流行歌を流しているので要注意だ。耳栓をし直して踵《きびす》を返す。うずたかく積まれたソルダムや、土のついた玉葱の山が、乾いた夕陽を浴びている。クリーニング屋の蒸気の匂いと、打ち水を吸いこんでゆくアスファルトの匂いが入り混じる。買い物で行き交う人々のにぎわいは、まるでスローモーションみたいだ、と冬子はいつも思う。ちいさな子どもの手をひく親子連れも立ち話をしている主婦たちも、沈黙に包まれていると、なぜかひどくのろまに見える。ふいに冬子は、自分が人間以外の動物になってしまったような気持ちに襲われる。人間より短命な動物に。人間よりも短命な動物たちには、人間たちの生き様はこんなふうにのろのろと見えているんじゃないか、と。

今、できることをしなければ。できるだけのことを。

来月には冬子の身体から離れていってしまい、今年の正月より以前には微塵《みじん》もなかったもの。未来にも過去にもないもの。それが今の冬子には燦然《さんぜん》とあった。冬子にとって、それだけが唯一の、実感溢れる至極自然なものだった。

ぐずぐずしてはいられない。

そう冬子は胸のうちでひとりごちて、急いで鯖《さば》を二切れ買い求めた。

海くんと会うのは久しぶりだ。こんなに会わないことなんて、はじめてだった。二日も会わなかったなんて信じられない。

緑子は緊張していた。海くんとのデートを忌引《きび》きでお休みしてしまったなんて。アパートに帰ると、窓を閉めきっていたせいで空気は濁り、汗と涙で肌もべたべたして一刻も早くシャワーを浴びたかったけれど、真先に海くんへ電話をかけた。「今からおいでよ」と海くんは言ってくれて、緑子は大急ぎでシャワーを浴び、しっかりと長い髪を洗いトリートメントをした。下着姿のまましばらく涼んで、窓をあけて換気をしながら、煙草を一本根元までゆっくり吸った。黒地にシルバーのラメが編みこまれているざっくりとしたサマーセーターに、ぴったりとした黒いタイトのミニスカートをはく。お湯を沸かして氷を割って、丁寧にアイスミントティーをいれ生クリームをどっさり落とす。アルバムをひっぱりだして、おばあちゃんの写真を探す。一番うつりがきれいで、おばあちゃんらしさが鮮やかに伝わるものを選びだす。おばあちゃんにぴったり似あう、頑固でやさしくて意地悪だけれどあたたかい感じが表現できる額を探す。押しいれをひっくり返しても見あたらないので、自分で作ることを決心する。スケッチブックをひろげて、おばあちゃんのための額のデザインを練る。おばあちゃんといえば渋い色あいの縦縞模様が定番だけれど、緑子はそんなへまはしない。そうだ。葬儀場の庭に咲いていた百日紅の花びらみたいに甘くて女らしい色を使おう。渋い色あいの縞と縞のあいだにずっと覗けるくらい。それって、おばあちゃんそのものだ。部屋が薄暮に包まれ手元が見えにくくなったので、灯りをつける。そこで緑子は、はたと我にかえった。

海くんに会いに行く約束をしていたのに。

電話から既に三時間は経っていた。緊張していたり混乱しているときに、ものごとの優先順位を見失ってやらなくて良いことからまずはじめてしまうのは、緑子のいただけない得意技だった。

混乱の理由は三つある。

一つ目は、二日も会わないうちに海くんがすっかり変容しているかも知れないこと。姿形がものすごく、たとえば亀や水鳥や鯉《こい》に、変わっていたりするかも知れないし、あるいは、ものすごく心変わりして、なぜか緑子を憎んだり恨んでいるかも知れないし、もう緑子のことを憶えてさえいないかも知れない。でも、それはそんなには怖くない。多分、変容した海くんも好きでいられると思うから。

二つ目は、海くんと会ったら泣いてしまうかも知れないこと。海くんの前では、海くんに関わること以外で泣いたりなんか絶対にしたくない。海くんに失礼な気がしてしまうし、それが緑子の流儀だった。

三つ目は。おばあちゃんが死んだことを心にとどめておけなくなるかも知れないこと。海くんに会える嬉しさで、おばあちゃんのことを一瞬でも自分が忘れてしまうかも知れないこと。

三つ目のことに考えが及ぶと、緑子はさっそく偏頭痛がした。おでこの奥がずきずきして、これはちいさい頃からの持病だった。十二歳の時、病院に行き「混乱や恐怖心から生じるストレス性のもので思春期が終われば治りますよ」と診断されたことがあった。緑子は脳の病気なんじゃないかと疑っていたので、仮病呼ばわりされた気がしてひどく傷ついた。おばあちゃんは「気のせいなんだから、私の頭は痛くないと信じなさい」といつでも相手にしてくれなかった。

こんなままでは、おばあちゃんをきれいさっぱり忘れるまで海くんに会えなくなってしまう。きっとそれは永遠だ。きれいさっぱり忘れるなんて一生かかっても無理だということくらい、簡単に想像がつく。でも。

でもそうしなければ永遠に海くんには会えない。

ふたつにひとつだ。

その瞬間、緑子の身体は勝手に動きだし、煙草を掴《つか》んで玄関へむかっていた。自分の脚がずんずんと勝手に前へ進んでゆく。まるで衛星放送の中継やなにかで、画面と音声がずれているやつみたいに。画面より音声が遅れるので、画面に映っている人の唇の動きと音声がちぐはぐになって、同じ人がふたりいるみたいに見えてしまう例のやつ。今そんなふうに、緑子の身体は先へ先へとどんどん動き、遅れて心が追いかけていた。

待って、これってなに？

緑子は急ピッチで頭を働かせるように、自分に命令する。追いつきなさい、と。もはや緑子の指は、靴箱の上の鍵をつまんでしまっているのだから。

待って。つまり、これって。

身体が海くんを選んでいるのだ。おばあちゃんではなく、海くんを。心の方にはなんの断りもなく、身体が選んでしまっているのだ。そのうえ選んだのは、かなしいけれど緑子自身の身体だった。結局は。

緑子は意を決して、ボルドーのブーツをはく。お化粧なんかしているまに決意が変わるといけないので、そのまま一気に玄関をでてしまう。全速力で走りだす。生ぬるい風が耳のそばで騒ぐ。ぜいぜいと息がきれる。もしも海くんに会って泣いてしまっても、これは海くんに関わっていることなのだともう一度確認する。そして、今度は意志をもって、心の中のおばあちゃんを殺した。

大学病院の食堂に、海くんはいた。白衣をはおっていて、日替わり定食は鯵《あじ》のフライだった。緑子は抱きつかずにいられなかったし、海くんはそれをがっちりうけとめてくれた。やっぱり緑子は、泣かずにはいられなかった。他人の視線を気にしながらも、海くんは白衣の袖《そで》で涙を拭いてくれた。鼻水は自分でティッシュでかんだ。ひとしきり泣いてしまうと気分はぐっと良くなって偏頭痛も消えたので、ふたりで日替わり定食を食べた。味噌汁は塩辛く、ごはんはぬちゃぬちゃしていたけれど、緑子は文句を言わなかった。海くんと一緒にいると、それだけでめろめろに嬉しかったからだった。

それから、ふたりで裏庭を歩き、人目につかない樹の蔭で海くんは緑子の髪に顔を埋めた。月が満ちかかっていて光を撒き散らしている。

あと何回おばあちゃんを殺せばいいんだろう。

緑子は海くんに質問してみたかったけれど、ぐっと呑みこんだ。

身体は心を、のっとってしまう。そうなったら最後、心は身体に従うしかなかった。

「冬子の顔を見にきた」と、帰るなり徹は言った。流しに立つ冬子の背後で、顔全体の筋肉を駆使して心配そうな表情をしたものだから、本心ではちっとも心配じゃないように見えた。それでも、「ありがとう」と言って良いものか、「ごめんね」と言うべきものか、随分迷って「ごめんね」と答えた。徹は「謝ることじゃないよ」と照れながら寝室へむかった。箪笥《たんす》を開く音がする。冬子は生姜《しょうが》を刻む手をとめる。徹が着替えて戻ってくる。

「ちょっと仕事が残っているから、朝までかかるから、行ってくるね」

と徹は玄関で靴をはいた。友達の家で徹夜で宿題してくるね、と言い訳する子どもみたいに。いつものことだ。構わなかった。ところが突然、とても冬子の手には負えないなにかが、こつこつと音をたて冬子の中心に集まった。集まって、こりかたまる。そして、ちいさな硬い結晶となった。結晶のようなそれは、身体の中心でこりこりとわだかまった。冬子は徹の後を追った。

「産むときは、大変だと思うから、ちゃんとしてね」

「ちゃんとって、なにを？」

徹はきょとんと、問い返した。ほんとうになんのことか思いあたらない様子だった。

冬子の喉から飛びでた声は、やわらかかった。冬子の中心にこりかたまって喉から言葉を押しだした正体とは、かけ離れたやわらかさだった。そのうえ、なにをちゃんとして欲しいのか、冬子自身にも見当がつかなかった。徹はしばらく返答を待ってはいたが、気をとり直すように「元気だしてね」と声をかけ、でかけて行った。

冬子は玄関に立ち尽くした。

「冬子の顔を見にきた」と夫はそう言った。夫がそう言うのは構わない。

しかしこの腹の子どもの父親が、そう言うのは。

恋人に会いに行くのも一向に構わない。でもおそらく、この子の母親に会いにきて貰っては困るのだ。徹は冬子にとっては夫にとどまるが、この腹の子どもにとっては父親なのだから。ここには、やはり帰ってくるのでなければ。

そこまで考えが至った瞬間、手遅れになってしまったことの数々を、冬子は思いだした。冬子なりに経験則で学んだことだ。

今できることをしなければ。できるだけのことを。

そもそも徹に恋人がいなければ、子どもはできなかった。それには確固たる自信がある。妻を恋人と間違えたからこそ、夫婦のあいだに子どもができたのだ。そう考えると、見知らぬ徹の恋人が、ぐっと身近に感じられてきた。離れて育った双児《ふたご》のように、親しく感じられてこないこともない。冬子の子どもだ。冬子と徹の子ども。徹の子どもということは、その恋人の子どもでもある感じさえしてくるではないか。

それは、あかるい考えだ。あかるくて未来にふさわしい。

冬子は閃いた。

出産に立ち会って貰えば良いのだ。徹と、徹の恋人にも。

冬子は台所へ戻り鍋を覗いた。鯖の味噌煮の青い皮が、ぷっと破れる。皮が破れても食べられる。食べられるし、生きていける。そんな些細なことは取るに足らない。そんなことは、生命と自然の神秘に比べたら、どうってことないのだ。

祖母が教えてくれたこと。繋ぐべきものを繋ぐこと。

この際、夫がどこへ帰るとかどこへ行くとか、ちまちましたことなどどうでもいい。なんならみんなで暮らしても良い。冬子と、子どもと、冬子にとっては夫と子どもの父親を兼ねる徹と、今では冬子の双児の片割れのようにも思える徹の恋人と。みんなで仲良く暮らすという画期的な生活の第一歩としても、出産の感動を分けあうのはきっと効果絶大だろう。そうすれば、みんなここへ帰ってこられる。恋人だって徹同様に、相手の不在はさみしいだろう。

これは、妊娠してから実に三度目の閃きだった。

冬子の中心にこりかたまっていた、ちいさな硬い結晶のようななにかは、身体の底へすとんと落ちた。落ちたきり、ごはんを食べていても、湯につかっていても、徹が脱ぎ散らかした喪服を吊るしていても、ふたたび浮かびあがることはなかった。父への手紙には、「鯖の味噌煮をつやつやに仕立てあげるのは案外難しいです」と書いた。「祖母が亡くなりました」と報告するべきだったのかも知れないが、なにか自分に嘘をついている気がしてしまい、何枚も書き損じてやめてしまった。そして、ベッドで横たわり目をつむる頃には、明日という日が待ち遠しくて、冬子の胸ははちきれそうになっていた。

朝はすがすがしい。とりわけ早朝は。それに今日は、画期的で未来的なあかるい家族計画を発表する。きっと記念すべき日になるだろう。

スーツに着替えに戻った徹の気配に、冬子は顔をほころばせずにはいられなかった。寝室でこそこそと支度を進める徹に「おはよう」と声をかける。徹は「お、はよう」と、おそるおそる、こちらをふりむいた。冬子の胸は高鳴った。昨日の閃きはやはり正しい、と。挨拶は大切だ。だから今、挨拶を交わせることだけで充分に勇気づけられる。もう聞こえないふりをしたり、眠っているふりをしたりしなくて良いのだから。

「その女性にも、出産に立ち会って貰おうよ」

冬子は言った。

徹はネクタイを結ぶ手をとめて、ぼうっと立ち尽くした。

「赤ちゃん産むの手伝って貰おう。いいじゃない？　徹の子どもってことは、その女性の子どもでもある感じがするし、お父さんとしての役割とか責任を果たすためにも、良い方法なんじゃないかな。それにわたしは、その女性のこと、今では離れて育った双児の片割れみたいに親しく感じているの」

冬子がこんなにきちんと自分の考えを喋《しゃべ》れたことは、かつてなかった。一息に喋ってしまうと、自分自身に目をみはる思いだった。小気味の良い声がでて、冬子はますます嬉しくなった。

「冬子？　大丈夫？　こわいよ」

徹がわずかに喉をつまらせた。冬子の顔を、じっと見る。冬子は今にも笑いころげたいくらい嬉しいのだからこわい顔などしていないはずだ。実際、笑顔がぽろぽろと溢れてしまっていて、すこしはしたない気がするくらいだった。

「いつか、みんなで暮らしてもいいよね。その女性だってもっと徹と一緒にいたいでしょう？　それに、徹のこと、ちゃんと好きな女性がいてくれて有り難いなって、わたしは思うんだ」

冬子は、今度も淀《よど》みなくしっかり言えた。

「そりゃあ、美和はすごく愛してくれてるけど、でも」

徹は照れくさそうに、はにかんだ。何度も聞いた名前だった。憶える気がなかったので、するっと記憶から抜け落ちていたけれど。冬子にむかってくり返し呼ばれたその名前。今では、親しい間柄のようなその響き。

「美和、って言ってたね」

はじめまして、を言うような心地で、冬子は徹に心から微笑みかけた。

「えっ？　いつ？」

徹の声はあからさまに裏返った。なぜか徹の反応は芳しくない。冬子は、徹の表情を読みとろうとまっすぐ見つめた。けれども徹は、ほんとうにそのことを憶えていないかのような動揺ぶりだった。

「寝言みたいなの、とか、いろいろ」

冬子にとってどうでも良いことだったけれど、とりあえず答えておいた。話を先に進めなければならないのだ。ところが徹の顔色は、赤くなって、青くなって、それからみるみる土色になった。

「彼女と、別れるよ」

冬子は自分の耳を疑った。まったく徹は唐突過ぎる。

「なんで？　別れなくていいよ。だって別れてなんて言ってないでしょう？」

あまりに予想外だったので、冬子にはそれを絞りだすのが精一杯だった。

「帰ったら、ゆっくり話しあおう？　ね？」

腕時計を見やって、徹はネクタイをしめ直し、慌《あわただ》しく靴に足をつめこんだ。どうも話が逸れてしまっているようだ。軌道修正しなければと、冬子は焦った。

「徹と美和さんのそれは、いつか終わっちゃうけれど、わたしとこの子は終わりがないの。だから、なんだかごめんね」

それは冬子にとって、自分で言っておきながらも、新鮮な言葉だった。そんなことを常日頃、意識して考えていたわけでは決してないのに、ものすごく真実を言いあてている言葉だった。

すると、徹は目に涙を一杯に浮かべてふりむいた。

「ごめん」

ちいさく、心のこもった謝り方だった。病人に謝る時のようなしずかな声で、「なにもしてあげられなくて、ごめんなさい」と胸のうちだけで謝って病室をでる時のような同情を全身から放っていた。そして、徹は肩を落として出勤して行った。

妊娠は病気じゃないのに。

それなのに、病人にむけるような眼差しはあんまりだ。

トースターにクロワッサンを四つ並べ、フライパンを熱してバターを落としながら、冬子は思った。ボウルに玉子を三つ割りほぐし、パセリとチーズをたっぷり入れる。マッシュルームを細かく刻む。バターが溶けて黄金色にぴちぴち跳ねている。

徹の反応は冬子の想像を絶していた。やはり徹は、ぶきみだった。

なにをどう話しても、なにもどうにも伝わらない。伝わらなければ行動あるのみ。オムレツがふんわりと焼きあがる頃には、もう冬子は心を決めていた。

「お母さんの電話で叩き起こされて寝不足で腹が立ってるの」

と緑子はなぜかきわめて喧嘩腰でやってきた。つむじ風みたいに玄関をすり抜けて、居間の真中まで一直線に突き進み、威嚇《いかく》する小動物みたいに低くうなった。さしたる心あたりはなかったが、心あたりなく激怒されることなど冬子にはままあるので、慎重に「水撒きしちゃうからちょっと待っててね」と声をかけた。意外にも緑子は、神妙な表情でこっくりと頷いた。

ふたりで庭へでてみると、緑子のセルリアンブルーのタンクトップが盛夏の空を彷彿《ほうふつ》とさせる。けれど見あげれば秋も近く、空は日増しに遠のいていて水で溶いたような淡い水色になっていた。冬子が水道の蛇口をひねり、緑子は長いホースの先端を指で潰して霧雨を降らし、ふたりで小ぶりな虹をつくった。緑子のすこし陽に灼けてすらりとした腕と、大地を押し返すように仁王立ちするふくらはぎを、冬子は眺める。細い肩や薄い腰。子どもの頃からちっとも変わっていない。十代になって緑子が奇抜な装いと凝った化粧をするようになるまで、姉妹はそっくり似ていると、よその人から頻繁に評されたものだった。まるで双児みたいね、とまで言われたこともあったくらいに。冬子は、顔や姿のなにもかもがおそろいであるなんて、心強くて魅力的なことだと感じていた。一方、緑子はそれを毛嫌いしていた。あまり露骨に嫌うので、内心冬子はちりちりと胸を痛めた。ほとんど冬子自体を嫌っているかのような、そういう嫌われ方だった。

「お母さんがね、なんで電話してきたかって言うと」

緑子がいきおいよくふり返る。片眉を、つい、と持ちあげている。

「お姉ちゃんさあ、愛人さんも出産立ち会わせるって、ほんとう？」

こういう時の緑子はなかなかしつこく厄介だ。冬子はすみやかに防御態勢をととのえた。

「やきもちだよねえ？　意地悪言ってるんでしょう？　別れるとかして貰えば？」

緑子は続けた。確かに今朝、冬子は母へ電話をかけて、その旨《むね》を報告し一応の了承を得ていた。でもまさか、緑子を送りこんでくるとは予想だにしていなかった。冬子は耳に届かなかったふりをして、水道の蛇口をしめて台所へむかった。

台所で麦茶を注いでマスカットを洗い、居間へ運び、風呂場へ行って手足を流し、タオルを渡して拭き終えて、ふたたび居間へと戻り麦茶を一杯ずつ飲み干して、マスカットを半房ずつ食べ終えるまで、緑子は冬子につきまとい、「ねえ、ほんとうなの？　やきもちじゃん」を連呼した。連呼に次ぐ連呼。まさに緑子の真髄《しんずい》だ。こちらがなにか応えなければ二、三日泊まっていくとも言いだし兼ねない。おそらくこの環境はお腹の子どもにとってほとんど有害だろう、と冬子はあきらめた。

「別にそんなふうじゃあないのよ」

冬子がようやく口を開くと、緑子は片眉をますます吊りあげて冬子を見据えた。

「だって、あたしは海くんがそんなだったら絶対に絶対に嫌だもん、女殺してやるもん」

緑子は息巻いた。瞳は鋭く残忍な闇をたたえているのに、皮膚は光沢を帯びてつややかだった。その迫力に圧倒されて、

「そういうのも、いいわね」

と、冬子はうっかり頷いた。すると、緑子はぱあっと頬を紅潮させて、瞳をきらきらと潤ませた。そして、

「だってね、あたしは海くんすごい大好きなの、愛してるの、医者になんかなんなくても好きなの、ずっと一緒にいたいし、海くんより格好いい人いないもん、完璧で絶対で最高なの、あたしたちはほんものなんだもん、やさしくて頭良くって顔もいいし背高いし声渋いし手もおおきいし指長いし面白いし」

と、まくしたてるのだった。

海くんへの恋文のようなものをなぜ聞かされているのか、冬子にはよくわからなかった。けれどもその様子は、清廉《せいれん》であどけなく天使のように愛らしかったので、とりあえ

ず、「ごはんの食べ方、きれいよね」と海くんへの感想を述べた。緑子は両掌を胸の前でくみあわせ、きゃーっ、と声をあげた。冬子にしてはめずらしく緑子のツボを押さえたようだった。それから緑子は悲鳴のような嬌声のまま喋りはじめた。

「そうなの、だからごはん作ってあげたりしてんの、あたしにしてはめずらしいっていうか、あり得なくない？　でも、あたしなんでもやってあげたいの、このあたしが」

冬子はかすかに危機感を覚えた。偶然にも矛先《ほこさき》は逃れたが、その調子を続けられるのも腹の子どもにとってまた有害だろう、と。ここはなるべく穏当に切りあげなければ。

「あんた、なにしにきたの？」

じっくりと言葉を選んで、冬子はできうる限り事務的な声で訊いた。緑子は、はっと我にかえったようだった。冬子は、機嫌を損ねたかと身構えた。ところが緑子は、いまだ天使のように清らかで澄みわたっていた。澄みわたったまま、祈るようにそっと囁いた。

「お姉ちゃん、もう愛してないの？」と。

冬子はこの領域はまったくの不得手だ。正直、要点がわかりにくい。

しかし緑子の純粋で、めまぐるしいなにかを、汲みとることは冬子にもできた。

それにはおおいに心を打たれた。

この妹が、この世でもっとも遠く、そして近しく感じられた。かつては、双児の片割れのようになにもかもがおそろいだった妹。自分の分身だったちいさな女の子。

今日、冬子は徹の会社へでむき、徹の恋人に出産予定日を告げ、立ち会って貰う算段をつけに行くつもりだった。恋人の名前は、美和という。会ったことも見たこともないけれど、それだけわかっていれば充分だと考えをまとめて、心を決めたのだった。外出は避けたいが、徹があてにならないので苦肉の策でもあった。

そうだ。その昔、冬子と緑子はそっくり似ている姉妹だったではないか。

「ついでだから、おつかい頼んでいい?」

冬子は言って、立ちあがった。

お姉ちゃんはいつもこうだ。あんなの、やきもちに決まってる。

緑子は駅のホームで煙草に火をつけた。

風が吹いて、腹に仕こんだ風船をぴくぴくと揺らしている。向こう側のホームに電車が到着し、車窓には緑子の滑稽《こっけい》な妊婦姿がうつり流れてゆく。まったく。大体なんであたしが、お姉ちゃんの扮装《ふんそう》をして、愛人さんに会いに行かなきゃならないんだ。緑子は他人の視線なんてまるっきり気にならないが、お仕着せだけは大嫌いなのだ。

「恥ずかしいしそんなの絶対に嫌だ」と緑子は抵抗したし、逃げに逃げた。トイレに飛びこみ内側から鍵をかけて、二時間半も籠城した。お姉ちゃんは「お腹の赤ちゃんに余計な情報いれたくないの、協力してよ」の一点ばりだった。トイレは掃除もゆき届いていてそんなにひどい場所じゃなかったけれど、狭さと蒸し暑さには辟易《へきえき》した。いくら頼んでもお姉ちゃんは換気扇をつけてはくれなかったし、緑子は声も嗄《か》れ果てて、喉もからからに乾いていた。いい加減、煙草が吸いたくなって負けを認めたというわけだ。

　そもそもお母さんから電話があって様子を見てきてって言われただけなのに。

　ほとんどの喧嘩はいつもあたしの勝ち。でもここぞという時はいっつもお姉ちゃんの勝ち。お姉ちゃんは怒鳴ったり暴れたりしない。議論だって碌《ろく》にできない。そういう点では緑子の方がはるかに優れている。でも、本気の持久戦に持ちこまれると、お姉ちゃんにはかなわなかった。なにしろあの人はぼんやりだから、じいっとしてても苦にならないんだと緑子は思う。それにお姉ちゃんはめったに本気にならないから普段はパワーを節約してるんだ。節約してどっかにたんまり貯金しているに違いない。じゃなきゃ、あんなふうにいつまでも、おっとりにこにこしてられるもんか。

　妊婦に似せて腹に仕こんだこの風船も、お姉ちゃんの地味でつまらないベージュのワンピースも、素顔とまるで変化のないお姉ちゃんみたいな化粧も、緑子は気にいらなかった。自慢の橙色の髪は「なんの特徴もないのが特徴」みたいな帽子にむりやりつめこまれてしまったし、ものすごく簡潔で読みとりやすい会社までの地図も渡されてしまった。

　そして結局、お姉ちゃんそっくりに仕あがってしまうなんて。

ちいさい頃「お姉ちゃんのミニチュアみたいね」とよその人に言われるたび緑子はほんとうに腹立たしかった。そっくりでミニチュアみたい、なんて、自分の方が廉価版のような気がしてしまう。たまたま後から産まれただけなのに不公平だ。

それでも緑子は、おつかいの内容を箇条書きにしたメモを見直した。

「1、美和さんという名前。2、出産予定日は十月十日。3、来てください、と丁寧に。4、堂々とすること。」

唇に煙草の紙がはりついてしまう。悔しいけれど、緊張していた。

これが、お姉ちゃんのやきもちだったら緑子にも理解できる。それどころか共感できる。この世で一番強烈な復讐《ふくしゅう》を一緒に考えてあげてもいいくらいだ。とにかく、こんなに無謀なおつかいなんだから、そこそこの失敗は許されてしかるべきだ。とはいえ、その愛人さんには負けられない。お姉ちゃんの問題はさておき、負けるなんて緑子自身の沽券《こけん》に関わる。

なんとも複雑かつ微妙な勝負になるだろう。勝負事にイメージトレーニングは欠かせない。緑子は、ぎゅっと瞼を閉じた。「なにがどうなったら勝ち」なのかが判定しにくかったので勝利のイメージはやめにして、代わりに海くんの姿をことこまかに思い浮かべた。瞼の裏でも、やっぱり海くんは眩《まぶ》しそうに目を細めて笑ってくれた。海くんは気高い精神の持ち主だからだ、と緑子はあらためて感心した。

大通りから細い道へ抜けて、なだらかな坂を降りて行くと、そこは高級な住宅街だった。夕陽がそこいら中を赤く染めている。ちいさな煙草屋を左に曲がりしばらく進む。赤味を帯びたアスファルトに、緑子の影がすうっと縦長にのびている。心臓がどきどきと速まる。おおきな硝子《ガラス》ばりの、海老茶色の建物が見えてくる。風が随分つめたくて緑子はちいさく身震いしたが、掌にはじっとりと汗をかいていた。「余裕、貫禄、堂々と」緑子はつぶやく。電車に乗っている最中に考えた標語だった。どうせやるならゴージャスに見せたいし、マダムっぽく耽美《たんび》にやりたい。大人の女の色気だって醸《かも》しだしてやる。緑子は腹の風船の位置を正して、その建物をにらみつけた。

硝子ごしに、パソコンへむかう人や電話をかけている人の姿が数人見えた。緑子は銀色の重たいドアを押して突入した。社内はほどほどに清潔で、凡庸な音楽がうっすら流れていて、想像していたよりもずっと気軽な印象だった。これなら結構いけるかも知れない。緑子は掌の汗を拭った。ふと見おろすと、足元には小犬がいた。カフェオレ色で毛並みの良い小犬が、緑子と目があうと、小犬はローズピンクの紐をぴんぴんにはって、嬉しそうにしっぽをふり、緑子に飛びついた。

最高。最高に愛くるしい。小犬って大好きだ。

緑子は抱きあげた。ローズピンクの紐はするっと簡単に抜けてしまったけれど、そんなことはどうでもいい。小犬は桃色の舌で緑子の頰を舐めてくれた。カフェオレ色の毛はさらさらに柔らかくて、肢は華奢《きゃしゃ》で耳はきれいに手入れされていた。爪の形はちいさな三日月みたいだし、まんまるな目は真っ黒く濡れてぴかぴかの宝石みたい。

どんな動物もかなり好きだけどやっぱりあたしは犬派だ。だって最高に愛くるしいから。どうせ飼うなら犬を飼いたい。もしも犬を飼ったら海くんはどう思うだろうか？あたしたちふたりの犬。それはきっと最高の犬だろう。

すると「なにか御用でしょうか？」と声が聞こえた。顔をあげると、縁なし眼鏡をかけたうら若い男が、怪訝そうに窺《うかが》っていた。緑子は我にかえり、慌てて任務を思いだした。「余裕、貫禄、堂々と」口の中でつぶやいて、そばにあった籐《とう》の椅子《いす》に腰かける。

フロアを見回すと、男が二人と女が三人いる。問題は女だ。このうちの一人が美和という女のはずだから。三人の女のうち、一人はすごく歳がいっていて五十歳近そうだ。これは違う。もう一人の女は若いけれど見るからに冴えない。ちょっと太っているしファンデーションが浮いて脂っぽいから、これも違う。残るは一人、とりたてて美人でもないけれど、グレイの仕立ての良いジャケットが嫌味っぽくて、いかにも他人のものを欲しがりそうな顔つきをしている。間違いない。緑子はワルツでも指揮するような華麗な手つきで小犬を撫でながら、愛人らしき女にがっちり照準を定めた。イメージはマダムだから声のトーンはソプラノが妥当だろう。そんなのこちらは検討済みだ。

「美和さんかしら？」

緑子は言った。ソプラノ級の耳障りな高音が、きちんとでた。みんなが緑子に注目して、フロアがしずまりかえる。成功だ。緑子は確信した。ところが次の瞬間、奥の扉がすっと開いて、チェリーレッドの半袖のニットを着た、二十代も半ばの目鼻だちのくっきりとした女が現われた。そして言った。「なんでしょうか？」と。

大失敗だ。見当違いをしてしまったらしい。

緑子の心臓は飛びだしそうなほど、急激に速まった。掌だけではなく、鼻の下にも膝の裏にもひんやりとした汗が溢れてくる。頭の芯が真白くなって、言うべき台詞《せりふ》が思いつかない。集中しなくちゃ。その瞬間、緑子の腕の筋肉がわずかにゆるんだ。考えることに集中し過ぎて、小犬を抱いていたことをすっかり忘れていた。小犬は滑った。きゃんと鳴いて、緑子の腹にしがみつく。そして、小犬のちいさな三日月形の爪は、非情にも腹に食いこんだ。

腹に仕こんだ風船が、ぱん、と割れる。

小犬は膝から滑り落ちて、そこにいる誰もが緑子を凝視した。

待って、これって。

これって、なんて説明すればいいの？

全人類が緑子の弁明を待っているかのような圧力。これだから団体って大嫌い。今や緑子の脳味噌は完璧に使いものにならなくなっていた。しかし、長年培った強靭な反骨精神だけはかろうじて生き残っている。緑子の闘争本能はそれにすがりつき、それらは渾然一体となって緑子に命令をくだした。勝負は時の運。言い勝ち功名。ようするに、思いつくそばから口にせよ、と。

「あたし、あの、夫？　なんて言うの？　主人？　まあそんなようなことなんだけど、とにかくもうすっごい大好きなの。愛してるの」

緑子がひとたび喋りだすと、団体は案外素直に耳を傾け、たちまち素朴な聴衆となった。緑子はまたも確信した。やっぱり海くんは緑子の守護神なのだ、と。なにせふたりの愛は、無償でリアリズムで公平で自由で反骨で、いうなればまったきパンクなのだ。だって緑子は海くんを、ほとんど芸術的なまでに、そう、

「愛してるの。医者になんかなんなくても好きなの。ずっとずっと一緒にいたいし、あんな格好いい人いないもん、完璧で絶対で最高なの、あたしたちはほんものなんだもん、やさしくて頭良くって顔もいいし背高いし声渋いし手もおおきいし指長いし面白いし」

ああ海くんに猛烈に会いたい、という思いが緑子の胸に去来した。

そこへ、

「あなた、なにしにきたの？」

戸惑った女の声が遮った。声の主は美和である。

この順序、まさにこの流れ。

緑子は突然すべてを思いだした。任務とその内容。そして穴があったら入るどころか穴を掘って地下帝国で一生を終えてしまいたいくらいの、恥ずかしさが一気に襲った。

蚊の飛ぶようなか細い声で、緑子は答えた。

「出産予定日のお知らせです」

顔が熱く火照《ほて》って、火だるまになった。

「予定日は十月十日で、立ち会って欲しいです。是非、来てください」

どうにか必死で言いきった。言いきってしまうと気分はすこし落ち着いた。フロアのみんなは息を呑んで、珍獣でも見るような目つきで緑子を見ていたけれど。どうせ旅の恥はかき捨てだ。かかってくるならうけてたつ。緑子は開き直って背筋を正した。

「はあ」

ところが美和という愛人は、鼻から息がもれるような生ぬるい返事をした。苦しそうに眉をひそめ下唇をも噛みしめて、こちらと目もあわせようとしない。ちょっと。大丈夫？　この女ってばかじゃないの？　場所とか時間とかもっといろいろ詳しく聞かなくてもいいの？　緑子はすっかり意気消沈してしまった。だってはりあいがなさ過ぎる。すると「だいぶ感じ違うけど、冬子ちゃん、よね？　ちょっと、平気なの？」と年輩の女性社員が、なだめるような声をかけた。私が調停いたしましょうという口調だった。

フロアの人々がひそひそとざわめきはじめる。「あの人、徹さんの、でしょ？」とか「あ、ここで以前働いてたっていう人？」と聞こえはじめて、緑子はひるんだ。深く突っこまれたら勝ち目はない。「今、精神安定剤分けてあげるから」とその女が席を立った。この隙に逃げなければ。それにしてもだ。それにしても、精神安定剤なんて失敬な。「あたしは、あたし独自にこうなんで、狂ってなんかいませんから」

これはあたしの置き土産。緑子は、ファックユーと中指を突き立て、走り去った。

美和という愛人は、髪を栗色に染めていて、豊満な胸はチェリーレッドのニットをしっかり二山に持ちあげていた。これはお姉ちゃんに言わないでおこう。

緑子は任務を終えて駅までたどり着くと、もはや一歩も動きだせなかった。海くんの声を聞いたら元気がでるかも知れないと思いつき、公衆電話を探して電話をかけた。すぐに海くんは「そこに、いてね」と言ってくれて、緑子はガードレールに座って煙草を四本たて続けに吸った。ワンピースの胸元についた小犬の毛をこそぎ落として、帽子を脱いで髪も降ろした。もう、げっそりだった。けれど海くんがいつもの車で登場してくれた瞬間、失敗などどうでも良くなった。いつものように助手席に座り、海くんに凭《もた》れ手を繋ぐと、緑子はあまりにも幸福で、今日のあれは失敗なんかじゃなく、むしろ善行をほどこしたんじゃないかとまで思えるようになった。

　車が走ると風が吹きつけて、暮れかかった空には月の輪郭が透けて見える。海くんの横顔は、テールランプやヘッドライトに浮かびあがり、黄と赤のステンドグラスでできているみたいだった。緑子が一部始終を報告すると、海くんは愉しそうに笑ってくれた。ひとつひとつに耳を傾けてくれるので、カフェオレ色の小犬が最高に愛らしかったことも、風船が割れたことも、きちんと白状した。ひとしきり話してしまうと、今日は善行をほどこしたのだ、と今度こそ完璧に確信がもてた。やっぱりあれは勝負ではなくて、善行だったんだ。善行には失敗も成功もない。勝ちも負けもない。もちろん緑子には悪意はなかったし、見返りなんかも期待していなかった。つまりほぼ完璧な善行をほどこした、ということになる。そういうことだ。それに同じ話を二回もしなければならないのは面倒だった。だから、お姉ちゃんには要約すればいい。風船が割れた一件と、安定剤を貰いそうになってしまった一件は、言わないでおこう。

　要約すれば、大成功の大勝利だ。

　美和という愛人は、ジャンル分けすれば目鼻だちのくっきりとした美人だったけれど、なんだか薄幸そうで、いやらしかった。これはお姉ちゃんに言ってもいいかも知れない。じきに車はお姉ちゃんの家に着く。さっさと報告してしまおう。

「でも、海くん、世界一好きってちゃんと言ってきたよ」

緑子はつけ足した。海くんは困ったように微笑んだ。眉を互い違いの八の字によせて。

でも最高にやさしく。緑子は一刻も早く、海くんの脇に鼻を埋めて眠りこけてしまいたかった。

白胡麻を擂《す》るのは小気味が良い。すりこぎとすり鉢のあわさるごりごりという音も、ふわりと匂いたつ香りも、ぷちぷちとはじける胡麻の様子も、丹念にやればやっただけ美味しくできあがる自信をつけてくれる。冬子は今晩、ささやかな御馳走を振る舞うことに決めたのだった。緑子にせめてものお礼がしたいし、今日はおそらく晴れやかな日となるはずなのだから。秋茄子の味噌汁に擂った白胡麻を溶きいれ、みょうがを散らそう。あさりの茶碗蒸しはつるつるに仕あがったし、山椒《さんしょう》と蛸《たこ》のごはんはもうじき炊きあがる。良質な豆乳であたためた湯豆腐はまろやかな色をしているし、おろした柚子《ゆず》はとても爽やかだ。いわしの揚げ団子もかりっと揚がってくれた。しめじと菊花のおひたしは冷蔵庫で冷えていて、食後のマロングラッセとマンゴーシャーベットも用意した。きっと。きっとすべてうまくゆく。

緑子を送りだしてからというもの、冬子はひたすら支度をした。

心は絶えまなく緑子の健闘を願いつつ、手元は正確さと丁寧さを追求した。横着せず、気を散らしたりもせず、支度を進めた。冬子の願いが支度をする指先にまできちんと届けられるように。鰹節を湯に散らす指先から、また味噌といわしを練る指先から、願いが届けられますように、と。ひとつひとつのおこないが無神論者の冬子にとっては、ほとんど祈りのようなものだった。

月に跳ねる兎の柄の小鉢にしようか、それとも割山椒の小鉢にしようかと冬子が迷っていた時に、なぜか緑子は海くんをひき連れて帰ってきた。帰るなり親指をびしっと突き立てて、緑子は力強くこう言った。

「大成功」と。

冬子は緑子にお礼の意をこめて、おじぎをした。心をこめて深々と頭をさげた。自分の隣には祖母と母が、その両脇には伯母たちと大伯母たちが、そろっておじぎをしているような心地になった。けれど顔をあげると、緑子はかなしそうに海くんを見あげ、海くんは笑いを噛みしめていた。なにかがあったらしい。冬子の勘がそう知らせた。しかし緑子は素直な妹だ。疑ったりしてはいけない。

「もうじき、ごはんが炊けるから」冬子は、ふたりを居間へと招いた。冬子と海くんの目の前で、緑子は臆せずワンピースを脱ぎながら、報告をはじめた。

「美和っていう人は、ばかじゃないかと思う」

冬子は、ふんふんと頷きながらワンピースを畳み、緑子のタンクトップを手渡す。

「80年代のアイドルみたいで、なんか薄幸そうで、いやらしかったよ」

冬子は「あら、そう」と相槌《あいづち》をうちながら、緑子にぴちぴちのショートパンツを渡す。

着替えを終えると、緑子はすたすたと洗面所にむかった。お喋り好きの緑子がこんなふうに結果を手短かにまとめるのは、なにやら不穏だ。冬子は海くんを見やる。海くんの目は好奇心に溢れて、きらめいていた。いいえ、疑う冬子自身がどうかしているのだ。冬子は台所へ戻って、支度を急いだ。

土鍋をかこむと、もう秋にさしかかっているとはいえ、まだまだ暑かった。鍋は充分あたたまっているのにもうひとつ湯気も見えない。緑子は頬を桜色に染めて髪を束ね、海くんは白いシャツを肘までたくしあげた。それでも若いふたりは気持ちの良い食べっぷりで、冬子はほっとした。海くんが茶碗蒸しを匙ですくって口に運ぶと、緑子も同様に茶碗蒸しを匙ですくう。ごはんを一口食べると、追ってごはんを一口食べる。どうも緑子は、箸を運ぶ順番を海くんに委ねているようだった。緑子が遅れをとると、海くんは小休止してほんのすこし待つ。そうすることで緑子の絶大の信頼を得ているのだろうことはよくわかったけれど、この謎の食事法がなにであるのかまでは冬子には見当がつかなかった。

「でも免疫とか弱くなりそうじゃないですか？」

海くんが蛸を嚙みながら訊ねる。テレビや新聞や本や音楽、すべての情報を遮断している冬子の胎教について、海くんは医学生なのでそういうことをしばしば言った。

「そうねえ、でも大事な十カ月なんだと思うのよ」

冬子は答えて、湯豆腐に柚子を落として塩を散らしてから口に含む。大豆がこっくりと甘くて、身体がほぐれる味がする。

「犬ってどう思う?」

唐突に、緑子が海くんの目を覗きこむ。海くんはいわしの揚げ団子を齧っていた。一足遅れて、緑子も同じものを齧って続けた。

「あたしはね、動物の種類だと犬がやっぱり大好きなんだけど」

海くんはよく嚙んで、よく考えてから、

「動物の種類に対して、あれが好き、とか、これは嫌い、とかってあるの?」

と、ゆっくり答えた。緑子は瞳をふせた。泣くかも知れない。冬子は察した。反射的に腕をのばし、妹の髪を姉らしく撫でる。

「犬は、ほのぼのしてて良いわね。それに蛙は苦手よ、虫の類いも」

冬子は緑子に、説いて聞かせた。

「だって海くんが」と、緑子は掠《かす》れた声でつぶやいた。瞳の奥には批難の嵐が吹き荒れている。

「緑子は悪くないよ、ひどいねぇ」姉は慰めた。

「あたしは海くん大好きなのに」妹が主張する。姉妹は抗議の眼差しを浴びせかけた。

「そうよね、海くん、ひどいよね」

「あたしは海くん大好きなのに」

「ほんとうに、かわいそう」

「あたしは海くん、大好きなのに」

なんべんもくり返して姉妹は訴えた。ところが海くんは、きょとんとふたりを見比べるばかりだった。姉妹は海くんにちゃんと理解して欲しかったのだ。緑子がこれほど彼を想っていることを。男の人と暮らしてゆけるの？　という母の言葉が、冬子の心にずしりと響く。きれいなごはんの食べ方を天賦《てんぷ》の才として持ち得ている海くんでさえ、こんな簡単なことが理解できないなんて。

海くんが戸惑ったまま味噌汁を啜る。即座に緑子もそれに倣《なら》う。それから海くんはごはんの最後の一口を、ほおばった。不思議と緑子の茶碗のごはんは、すくなく見積もっても大口で三口分は残ってしまっていた。三人ともが硬直した。もはや緑子は、それをせつない表情で見つめてしまっている。もう冬子にはなすすべもない。緑子は泣くだろう。暴れたりするかも知れない。あきらめかけた瞬間、海くんが空いた茶碗をさしだした。そして言った。

「彼女と同じくらい、お代わりをください」

とても潔《いさぎよ》く、のびやかな声だった。緑子がテーブルの下で、海くんの腿《もも》に触れるのが伝わった。冬子は、緑子の茶碗に残るごはんの量をなるべく正確に記憶し、にこやかに空いた茶碗をうけとった。

縁側に立つとあっさりとした夜風が、冬子の湯あがりの肌をくすぐってゆく。徹の帰りが遅いということは良い徴候なのだろう。多分、徹が恋人を説得しているか、恋人が徹を説得してくれているかの、どちらかだ。

月があかるい。雲が流れて月のまわりに五色の光の輪をつくっている。

きい、と表で門を開く音がした。冬子は三つ指をつかんばかりのいきおいで出迎えた。

「彼女とは別れた」

開口一番に徹は言った。三和土《たたき》に靴を脱ぎ散らかし、上がり框《かまち》に腰をかけ、冬子の額に掌をあてる。まるで熱でも計るようなあて方だった。

「今日、会社にきたんだってね」

徹の声も表情も、予想に反してすぐれなかった。説得しきれなかったのだろうかと不安がよぎる。すると突然、徹は冬子の隙をついて抱きしめた。

「冬子がおかしくなってるって、会社のみんなが心配してたよ」

冬子は身をそらした。しかし徹は離さない。冬子は急いで考えを巡らす。冬子がおかしくなっている、それはつまり。

「俺のせいで、苦しませたね」

これは。なにか手違いがあったのだ。帰ったばかりの緑子が、冬子の脳裏に思いだされる。だからだ。だからあの緑子の結果報告があんなに消極的な態度だったのだ。冬子ではなく緑子だったと、ばれてしまったのだろうか。

いや、これは。

どちらかといえば、ばれてはいない。冬子がおかしくなった、と勘違いをされるようななにかがあったのだろう。

「わたし、なんて言ってたのかな？　なにを言ったんだろう？」

冬子は訊いた。事実を知って訂正しなければ。ところが徹はもはや聞く耳を持ってはいなかった。冬子を抱く腕にちからがこもり、つぶらな眼に涙を一杯にためている。

「俺、いいパパになるから、俺、俺のために、俺のせいで」

徹は、それから嗚咽《おえつ》をもらした。完全な誤解だった。これではまるで冬子は、気がふれたか精神を病んでしまったものの扱いだ。

「なんか誤解、誤解してるよ」冬子は言った。

「俺、俺のために、俺のせいで」徹は号泣した。

所詮、冬子は女だった。そして徹は男なのだ。手ごめにされたら筋力の差がつき、かなわない。冬子は息ができる程度の隙間を探して、そこからどうにか呼吸をした。隙間は、ぽんと突きでた腹がつくってくれていた。

この子が冬子を守ってくれている。

冬子は観念して、徹の背中を軽くさすった。

徹の恋人の美和さんという人。

未来に、冬子の双児の片割れとなったかも知れない女性。徹という、このぶきみな生きものを、大事にすることができた女性。双児の片割れはたとえ無理でも、もしかしたら唯一無二の親友になれたかも知れない女性だった。

それでもなぜか、冬子はさみしくはなかった。

ほんのすこしも、さみしくはなかった。

なぜだかまるでさみしくはなく、それが一体なんなのかは、冬子にはわかりようもなかった。

徹はいつまでも泣きやまなかった。「ちょっと待って、つりそう」と徹は一度身体を離して、腰を一ひねり回してから体勢をくみかえて、また泣いた。徹の涙は熱っぽく、冬子の洗いたての髪や頭のてっぺんを、思うさま蒸らしていった。

海くんと恋に落ちたこの夏が終わるなんて、信じたくないし信じない。

けれども、夏が去ってゆこうとしていることを、緑子はほんとうは知っていた。それに、「同じものを食べ続けて同じ身体になる作戦」を、もう二カ月もやっているのにちっとも効果がないことも、頭の片隅では気づいている。

緑子は薄々勘づいている。明日、というのが曲者《くせもの》なのだと。

海くんの脇に鼻先を埋めて緑子が眠っているあいだに、海くんは帰ってしまったようだった。ちいさなスタンドの下に「また明日ね」と書き置きがあり、流しに重ねたままだった幾つかの食器も洗ってあって、床に放ってあった何枚かの洋服やバスタオルが洗濯挟みやハンガーで吊るされてある。緑子が目下試作中の鶏肉そぼろのミントゼリーよせは可燃ゴミへ、海くんの後ろ姿にちょっと似ていて捨てられなかった輸入炭酸水の空き瓶は不可燃ゴミへと正しく分別されて、ビニールの口もきちんと二重に結わえてあった。海くんは気が利くから。ふいに緑子は、部屋中混ぜっ返して、ひっくり返してしまいたくなる。でももちろん、そんなことはしない。もしそんなことをしてしまったら、夜がいっそう濃密になってしまうに違いないから。その後にやってくるしずけさは、息もできないくらい濃く煮つまってしまうに違いない。絶対に。

緑子は、きれいに洗われた灰皿に煙草の灰を落として、テレビをかける。深夜放送の、垂れ流しの天気予報を選ぶ。お姉ちゃんに貰ったテレビもかけて、世界中の風景に音楽をのせただけのシンプルな番組を選ぶ。音量を両方とも最小にする。もともとあったテレビでは台風が近づいてきていると予報していて、お姉ちゃんのテレビにはヨーロッパのちいさな村の市場で人々がにぎわっている様子がうつっている。市場の人々はみんなどこからどう見ても仲良しに見えた。世界はあたかも平和に見えた。平和なのはいいことだ。そう考えると、気持ちはすこし上向いた。

おばあちゃんの写真を手にとる。額の構想に夢中になれれば気も晴れそうだった。写真の中のおばあちゃんは、目尻にも額にも口元にも頬にも皺があり、瞳はグレイがかっている。髪は白くてぱさぱさしていて、こめかみには茶色いちいさな染みがてんてんとある。にっこり笑っているけれども、なんだか瞳の底がちょっと怒っているみたいにも見える。でもいつもそうだった。どんなに笑っていても、ほんのちょっと瞳の底が笑ってはいないのだ。

おばあちゃんは緑子が産まれた時からおばあちゃんだった。

きっと、おばあちゃんにも娘時代があったのに。

飾るならもっと若い頃のものにしてちょうだいよ、と文句を言いたいかも知れない。あの、おばあちゃんのことだから。けれども、おばあちゃんは緑子にとってはどうしようもなくおばあちゃんだ。どうしてだかわからないけれど、どうしても。

ごめんなさい、と緑子は心の中でちいさく謝った。

何度も何度も謝っているうちに、はたはたと裸の腿へ涙がこぼれる。

海くんがとうとう明日の約束をしてしまったことも、悔しかった。約束なんかしなくても、今までのあたしたちは自発的に会えていた。ごく自発的に。会いたいから会いに行くし、会いにくる。だからこそ疑わないでいられたのだ。ほんものの恋人だと信じていられた。毎日ここへくることも、ほんものの恋人のほんものの気持ちだと。

明日なんて欲しくない。

それなのに「また明日ね」という海くんの書き置きの文字が、ここへ明日を連れてきてしまう。あたしになんの断りもなしに。

世界は平和なのに、緑子はかなしかった。かなしい自分が情けなくても、それはどうにもならなかった。

ようやく徹を寝かしつけて、冬子は流しの下へと座りこんだ。灯りを消すと、台所の床は月の光を浴びて鈍く輝いた。つとん、つとん、と蛇口から規則正しく水滴が垂れる。テーブルの上の皿にかけたラップは、薄い水膜のようだ。

冬子は流しの下へ座りこむことが好きだった。子どもの頃は日がな一日そこにいた。包丁がまな板にあたる音、ガスコンロが点火する時の、ち、ち、ち、という音。跳ねあがる水飛沫、鍋から立ち昇る湯気の無数の粒子。律動的でありながら、思わぬところで大胆にはみだしてゆく祖母や母の足元。米の飯より思し召しの精神から、理詰めより重詰めの心意気に至るまで、冬子は多くをそこで学んだ。大人になってからは、しばしばそこで眠るようになった。たとえば台風前の寝つかれない夜などに、冬子はそこへ毛布を持ちこみ手足を折って縮こまった。目をつむり、まずは魚を焼いてみる。頭の中で焼くものだから魚の種類はなんでも選べる。ニシンでも鯵でもカレイでも、鯛でもスズキでも平目でも。魚を捌《さば》いて腸をとり除き、網を熱して塩をふる。急ぎすぎれば身が崩れるし、じっと網にへばりついていてはまがぬけてしまう。手際よく、丹念に、かつ流麗に。一筋縄ではいかないのだ。冬子は思う。そろそろ身を返して良い頃だろうか。まだ皮は焦げついてはいないだろうか。いやいや、もうしばらくの辛抱だ、と。そうこう思い描いているうちに、いつのまにか安穏とした眠りを獲得できている。そういうならいとなっていた。

だから、あの日の冬子も、毛布を身体に巻きつけて流しの下へ座りこみ、新聞紙にくるまれた皿や椀を眺めていた。冬子は結婚を控え、祖母と母はマンションへ引越す準備をはじめていて、緑子は家捜しに明け暮れていた頃だった。それぞれひどく忙しく、家中そこはかとなく殺伐とした空気が漂い、ほんの時々自嘲的な会話が交わされる以外、誰も口をきけなくなっていた。暮らしの気配はそこかしこから払拭《ふっしょく》され、冬子の胸は毎夜、騒いだ。

深夜だった。母は灯りもつけずにコップを濯ぎ、水を汲んで飲み干した。そして、声をひそめて囁いた。

「これはあなたがお嫁にゆくから明かすのだけれど」と。

母の様子が平素と違っていたので、冬子は息をつめて次の言葉を待った。

「辛いこともかなしいこともあるかも知れない。それは全部、流しの下に隠しなさい。隠してしまいなさい」

闇夜に母の表情までは判然としなかったけれど、声は真白い小石のようになめらかだった。母は、それだけ言って寝室へ戻った。

母の言葉は、助言というより暗号めいていて、冬子は理解に苦しんだ。「うちの血筋は、ほんとうに女ばかりね」と祖母か母のどちらかが言い、「そうね、でもなにも困らないわ」とどちらかが答え、しみじみお互い相槌をうつ。それが口癖でもあった。とはいえ、男の人の居る暮らし自体が、あまりに未経験の未開の地だったので、冬子はほとんどなにも思わなかった。正確には、思うことすらできなかったのだ。

それからまもなく冬子は結婚した。とりあえず流しの下には、ささやかな宝箱を隠しておいた。他に隠せるものなど持ちあわせていなかったので仕方がなかった。そもそも冬子にとっては、なにを隠すかはさしたる問題ではなかった。夫への内緒事が胸にひとつある、そのことこそが大切だった。すくなくとも冬子は冬子なりに、母の暗号をそう読み解いたのだった。

風むきが変わり、瓶に挿《さ》したパセリの香りが届く。食欲をかきたてる青い草の香り。明日の夕ごはんは久しぶりにすき焼きにしよう、と冬子は思いつく。なにしろあれは、ひとりで食べるとなると、どうしても牛丼めいてしまうものだから。

これからいくつかおおきな台風がきて、何度かの夏日がある。すべての色が褪せていって、光は甘やかになってゆく。じきに秋だ。秋になれば、冬子は妊婦ではなく母になる。あるいは、またあの曖昧模糊《あいまいもこ》とした「冬子」に戻ってしまうのかも知れない。

おおきな腹に掌をあてる。腹の内側を、ぽんと蹴られる。そうされると、もういつでも、とろけるような心地になってしまう。それはあまりに素晴らしいものだったので、ずっとこのままならば良いのに、と冬子は願わずにはいられなかった。

二年目

「お父さんへ
くちなしの香りがそこいら中に充ちています。いかがお過ごしですか。

今日でお腹の子どもは十八カ月目に入りました。

これといって問題はないそうで、今日は先生が「大は小を兼ねるから」と言ってくださいました（産婦人科の先生は来月には百歳になられるそうで、時々すごく含蓄のあるお言葉をくださるのです。けれど去年も一年中「来月には百歳になる」とおっしゃっていて、今ではわたしはつい笑ってしまいます、いけませんね）。

また書きます。おからだお気をつけて。

六月十日　冬子」

冬子は手紙を書き終えて、丁寧に封筒へおさめる。すうっと歯のあいだから息を吸いこみ、思いきって椅子《いす》から立ちあがる。ゆっくりと台所へむかう。慎重につたい歩き、身体を支えてゆっくりと台所へむかう。流しの下の宝箱へ手紙を束ねて隠す。

ただそれだけでも一苦労なので、最近では父への手紙は三日に一通と決めている。妊娠十八カ月目に入った腹は、さすがにおおきく重たくて堪《こた》えるのだ。冬子の子どもは今も腹の中にいるけれど、産まれているところの九カ月なのだそうだ。つまり、腹の中に生後九カ月の子どもがあるということになる。多少は日々の暮らしにさしつかえる。しかし一方で、徹が家事の大方をになってくれるようにもなった。

有り難いな、と冬子は思う。

こんなに長くひとつ身体に一緒にいられるなんて自分は果報者だな、とも思う。

そろそろ本格的な梅雨入りだ。今日は緑子の誕生会で、冬子はタクシーを呼ばなければならなかった。

マンションに到着すると、母はめずらしく着物を着ていた。鰹《かつお》に串を刺して火に炙《あぶ》る背中の丸みが祖母そのもので、冬子は目をしばたたかせた。しかしよく見れば、藤色の着物に浅葱色《あさぎいろ》の帯は祖母の好む色あわせではないし、お太鼓に結んだ帯もほんのすこし曲がっているようだった。冬子が思うに、祖母ならきっと生なり色の帯を選ぶだろう。

じっと宙を見つめる蛙が描いてあるものだ。冬子は息をきらして、リビングの椅子に腰かけた。台所まで手土産《てみやげ》のびわを持って行きたかったが、すこし休みをとらないと転がってしまいそうだった。

おおきなテーブルには、みずみずしいトマトと胡瓜《きゅうり》、それから大蒜《にんにく》を挟んだ茄子《なす》が笊《ざる》に山積みにされている。香菜と塩を冷奴に和《あ》えたものが小鉢に盛られていて、ラタトゥイユには白瓜も煮こまれている。鰹の薬味のみょうがと大蒜、生姜《しょうが》と紫蘇《しそ》と葱《ねぎ》も、色とりどりに小皿に並んでいる。空豆とグリーンアスパラとグリンピースといんげんを茹《ゆ》でて、ふわふわの玉子に添えて生ハムを散らしたものは、母の得意料理だ。緑子が「お母さん、フランスパン一本しかなかったよ」と玄関から駈けてくる。緑子の細くて長い髪は金髪になっていた。冬子を見ると「でっかくなったねぇ」と、さして興味もなさそうに言って、台所へ突進して行った。冬子の腹のことである。冬子はそのあたり前の反応が好ましくて、思わず微笑んだ。

数日前、母ひとりで御馳走《ごちそう》の支度をするのは大変だろうと、姉妹は外食を提案した。けれども母は逆にめらめらと闘志を燃やしはじめてしまった。こういう時の母は、回数こそすくないが緑子以上に厄介なので、姉妹は即座に従ったのだった。こんがりと焼いたフランスパンには、新鮮なオリーブオイルを垂らし、オレガノと大蒜をのせるのだろう。それも母の得意料理で、母は時々「イタリア仕こみなのよ」とか「フランスの田舎《いなか》町で食べた白アスパラが忘れられなくってね」などと言ったりする。

母にはもともと秘密が多く、謎が多い。

母は女手ひとつで姉妹を育ててくれたはずだけれど、なぜかおおむね家にいた。ある日は盛装をしてでかけてゆき、おきゃんって渾名《あだな》がついちゃったわと深夜にはしゃいで帰ってくる。またある日は、仕事が忙しくってとぼやきながら、要らぬ模様替えをはじめたり、一日ごろごろしていたりする。そうかと思えばぷらっとひとりで外出してゆき、そのまま二、三日家を空けることもしばしばあった。お土産は、毛蟹《けがに》だったり、温泉饅《まん》頭《じゅう》だったり、近所のケーキ屋のマドレーヌだったり、てんでばらばらで足跡を摑めない。御中元や御歳暮の類《たぐ》いは、大人になるまでその存在すら認識できないくらい縁がなかったけれど、銀色のりぼんをかけたおおきな花束や金色の箱に入ったチョコレートが届くことが、幾度かあった。そもそも冬子は、母の職業を知らずに育った。知らない、というより、訊けない、のだ。小学校で「親の職業」という書きこみ欄のあるお知らせを貰《もら》って帰ると、母はかならず「自由業」と書いた。「自由でいることが、わたしの仕事よ」と大真面目に説いて、美しいフランスの詩を引用しながら自由についてじゅんじゅんと述べた。パリに行ってみればわかるわよ、と。冬子程度の弱輩者の手腕では、母の本音は一向にもれない。そのうえ天真爛漫な人でもある。結局、無闇にこちらに気を遣わせる、それが母のやりくちなのだ。そして冬子は、長女なりの心構えとして十一歳の頃からささやかな貯金をはじめた。なにか一大事が起きた時にはすこしでも助けになるように、空き瓶に一円玉や五円玉、十円玉をこつこつ貯めて押入れに隠した。瓶に小銭を落とす瞬間の、ちゃりん、という音でわずかばかりの安心を買った。今ではおびただしい瓶の数になり、引越しの際にはたいそう骨が折れたものだった。

「お母さん、こっちは焼けたあっ」

緑子が必死の形相で、オレガノをのせたフランスパンを運んでくる。

「ちょっと待ってよ」と、母が台所から荒い声をだす。

「だめだよ、焼けちゃったんだもん」と、緑子も荒い声を返す。「はやく、はやく」と母を急かす。冷蔵庫から白ワインを一本持ってくる。

きりりと冷えた白ワイン。冬子は目を疑った。

「お屠蘇《とそ》じゃなくて、いいの？」母に聞かれないよう、声をひそめて緑子に訊く。

「日の丸万歳な感じが嫌だって直談判《じかだんぱん》したんだもん」

緑子は得意げに小鼻を膨らませた。鰹のたたきを仕あげた母が、慌てて席に着く。祖母の席にも皿や箸を添える。ぽん、と栓を抜き、グラスに白ワインをとくとくと注ぐ。どの音も新鮮だった。多分、家族で聴くのははじめてだろう。

今、歴史は塗りかえられたのだ、と冬子は思った。

「三時間置きの授乳がなくって楽よねえ」

母がラタトゥイユをとり分けながら、しみじみと言った。冬子は困って、ちいさく頷《うなず》く。グリンピースをフォークですくうのに緑子が格闘している。

「やっぱりこの子は、おばあちゃんの生まれかわりね」

白瓜を口に運びながら母は言う。鷹揚《おうよう》に聞こえるが真剣な声だ。冬子がなんと答えて良いものか躊躇《ちゅうちょ》していると、緑子は指でグリンピースをつまみあぐねているところだった。

「だって豆って滑るんだもん」

緑子は指先を舐めながら、目を見開いた。

「いいじゃないの、パリジェンヌみたいで」

母は笑って、グラスの白ワインを喉を鳴らして呑み干した。冬子は鰹に薬味を散らしながら、指でつまんだりしたら祖母に叱られる、と思いながらも一緒に笑った。

「パリジェンヌみたいって、お母さんパリなんか行ったことあるの？」

緑子がフォークにグリーンアスパラを突きさして訊く。

「冬子の子どもは、絶対に女の子ね」

問いには答えず、母はしらっと胡瓜に塩をつけてぽりぽりと齧《かじ》る。おそらく母には、批難しているつもりなどまったくなかった。しかし冬子はここのところ、子どもの話題になるたびに、なぜかつるしあげられているかのような気持ちになってしまう。この題目に限っては、ことさら傷つきやすいなにかが、母のなかにも自分のなかにもあるようだった。そこへ横から緑子が、

「うん、あたしも女の子だって信じてる」

と、はきはき答えた。あたかも緑子の子どもであるかのような立派な口ぶりだった。

そして三人は顔を見あわせて、一斉に笑った。

グリンピースごはんと海老のおすましに至る頃には、あらかたの皿が空になった。緑子は穴だらけのジーンズのボタンを外し、丈の短いTシャツをひっぱって、ぽこんと突きでた腹を隠した。母は「着物にしなきゃ良かったわねえ」と恨めしそうにつぶやいた。それでもみんなきれいに平らげ、二十三本の蠟燭《ろうそく》を緑子が吹き消し、ケーキを切り分けた。

毎年、緑子への贈り物は母が選ぶことになっている。そうするといつも大体、間違いがないのだ。今年は、ルビー色の地に金色の蓮の花がぎっちりと刺繡《ししゅう》してあるシルクのタンクトップだった。緑子は「かわいい!」とそれを抱きしめ、母は「よそゆきに、いいでしょう?」とはにかんだ。冬子には、それを着てどこへ行ったら良いのやら、皆目見当のつかない代物でもあった。けれど冬子は「とっても似あう」と淀みなく微笑んで

拍手をした。祖母ならきっとそうするだろう。母もそろって拍手をして、しあわせな贈呈の席となった。

「さくらんぼ、洗いましょう」と、母が席を立つ。冬子はハーブティーをカップに注ぐ。緑子はケーキをもう一切れ食べようか思案しているようだった。窓のむこうの空は薄く曇っていて、遠くまでぼんやりと霞《かす》んでいる。空いた皿が、かえって充ち足りているように見える。なにを話すでもなく、ただ笑い、ただ食べる。それで充分愉しかった。


三時間置きの授乳もおむつ替えも不要だけれど、腹の子どもは泣くのである。

冬子は、車の助手席で「もうじきだからね」と言いながら自分の腹をなだめる。ほとんどの場合、冬子が食事をとると泣きやむので、「お腹がすいたよ」という合図なのだろう。徹がにわかに焦っている。冬子をちらちらと見やり、運転が荒くなる。徹はまだ子どもの泣き声を聞くと慌てふためいてしまうのだ。冬子の方には、はじめからなんとなく確信めいたものがあった。この子は自分の身体の中にいるのだから、「危機的状況」なのか「不快の合図」なのかその差は自分にはわかる、と。そして、今は「不快の合図」なのだから焦っても仕方がない。「運転、気をつけてね」と冬子は落ちついた声をかける。徹は「うん」と横顔で答えて、眉根をよせた。

金曜日の夕方は、せわしない。こんなちいさな町でも、駅前のロータリーも道路も混んでしまい、ちょっとした渋滞になってしまう。

「ゆうべのカレーでいいよね」

不安を滲《にじ》ませた声で徹が訊いた。このところ徹は、子どもが泣きはじめると、自分もはんべそをかいているみたいな表情をする。

実際、徹はほんとうによくやってくれていた。

今の冬子の腹は、いってみれば妊娠九カ月の二倍の大きさと重たさである。むろん自分の足元は見えないし、立ったり座ったりすることすらままならない。妊娠十カ月を過ぎると、子どもの成長はめっぽう早いのだ。

妊娠十一カ月を過ぎた頃、徹は中古の車を購入した。ぼけた灰白色《かいはくしょく》の車で、なんの変哲もないところを、冬子はいたく気にいった。そして今日のように送り迎えをしてくれたり、買い物をしてきてくれるようになった。妊娠十三カ月を迎えた頃には、移動しやすいように中古の車椅子を購入し、休日に掃除や洗濯も手伝ってくれるようになった。

徹は、料理がほとんどできない。せいぜいできて目玉焼きくらいなものだった。冬子は妊娠十五「僕がやるから、冬子はいいよ」と言ってくれたまでは頼もしかった。冬子は妊娠十五カ月目に入っていた。しかし、ゴムのような目玉焼きに麩《ふ》の浮いた味噌汁、という献立が二日続いた時点で、夫婦は話しあいの場をもうけた。まず冬子が「どんなことがあってもインスタント食品はやめよう」と決まりをあげた。そして「コンビニエンスストアやファストフードはもっての外《ほか》だし、店屋物やデリバリーや外食も、油や塩分がきついから避けたい」と冬子は申しでた。「朝ごはんと昼ごはんは自分でどうにかするけれど、せめて夕ごはんはちゃんとしたものを食べないと、この子の成長が心配だ」と説いて聞かせた。この話しあいの中で、徹は終始、頷いていた。その日の徹にはなにを言っても暖簾《のれん》に腕押しで、不安な表情を浮かべてばかりだった。冬子は前途の多難さに肩を落とした。

ところが翌日、徹は「中学校の飯盒炊《はんごうすい》さんでカレーライスをつくったことがあったよ」と、豚肉と玉葱とじゃがいもとにんじんとカレー粉を買って、得意満面で帰ってきた。話しあった甲斐《かい》があったというものだ。冬子はあたたかい気持ちで見守った。以来、今日までの三カ月間、夕ごはんはカレーである。カレーは野菜もたくさん煮こめるし、一度つくれば三日は日持ちする。日持ちするどころか、美味しくなる。もともと冬子は、妊娠するまで食べるものへの執着などないに等しい質《たち》だったし、本来食べるものなんて栄養にさえ気を配っていれば充分なのだ。なんといっても、かの国では毎日毎食カレーである。徹のつくってくれるカレー。それだけで充分、嬉しいではないか。

「うん、ゆうべのカレーがあるもんね」

パパのカレー嬉しいねえ、とつけ足して、冬子は腹の子どもにたっぷりと微笑みかける。徹が、ぴくっと冬子を見た。子どもの泣き声はいよいよ切迫して聞こえている。徹が身をこわばらせる。冬子は徹にもたっぷりと微笑みかけた。

乳飲み子の泣き声は、ほんとうに独特で、冬子はせつなくなる。渾身《こんしん》のちからをこめていて、「泣く」というより「鳴く」に近い。言葉にはならないもの、しなくても良いのかも知れないものの数々を、まるで知っているみたいだ。大人になると、こんなふうには、泣かないし鳴けない。

冬子は、生玉子の黄身を匙《さじ》の先で崩しながら、聴き惚《ほ》れる。

今日は二日目のカレーだ。冬子は二日目のカレーには生玉子を落として醤油をかける。徹はとんかつやメンチカツをのせる。三日目のカレーには茹でたブロッコリーや海老を添える。四日目には新しいカレーに更新。つまり三日目に鍋がちょうど底をつき、つくりたての初日のカレーとなる。

この三カ月というものローテーションを乱したことは、まず、なかった。のっけから冬子は、徹のカレーを「美味《おい》しい」と褒め讃えた。惜しげもなく、褒めて褒めて褒め倒した。なにしろ嬉しかったし、それ以上に助かった。あの目玉焼きが続いてゆくかも知れない恐怖を味わった身としては、飯盒炊さん式カレーでも御馳走だった。しばらくすると、冬子は「これだけ美味しいカレーなんだから生姜も入れてみたら、すごいだろうな」とか「こんな美味しいカレーなら、それこそ白身のお魚もあうわよね」

などと、ひとりごちるようになった。たまたまである。後日、徹はかならずそれを実行して見せた。不思議なことに。これはおそらく、どこかで徹が聞いているのだ。そう思うと冬子は励んだ。あれやこれやと味に深みをもたせる技《わざ》を、ひとりごとの体裁をとって、さりげなく助言した。確実に、徹の腕は上達していった。それは、夫と自分が「あ、うんの呼吸だ」と思える、はじめての出来事だった。そして今や徹のカレーは、めまぐるしい進歩の途上にある。豚肉からはじまって、チキンにビーフ、マトン、白身のお魚、あさりやいか、ムール貝。豆もトマトもほうれん草も、野菜の類いはなんでも煮こむ。チーズを足してヨーロッパ風カレー、ココナッツミルクを足してタイ風カレーにすることもあるし、鰹だしを足して蕎麦屋《そばや》風カレーにすることもあった。ここへきて、夫婦の暮らしは、順風満帆という言葉がぴったりなはずだった。

匙ですくって冬子がカレーを食べはじめると、腹の泣き声はまたたくまにおさまった。とりこんだ洗濯物を畳んでくれている徹と目があう。あったそばから逸らされた。

またただ。

ここのところ徹は食欲がないようで、ごはんの時間も微妙にずらす。ふいに長いため息をもらす。腹の子どもの泣き声がはじまる瞬間とおさまる瞬間には、やたらと目があう。あったそばから逸らされる。顔色を赤くしたり、青くしたり、土色にして、長いこと縁側に佇《たたず》んでいたりもする。つい先週も、「人間ドックで精密検査を受けてきても良いかな」などとためらいがちに言いだし、検査の結果は良好だったにも拘《かか》わらず、あからさまに落胆して帰宅した。どこか痛いの？　と訊ねても、じっと押し黙る。どうも様子がおかしかった。

「今日のカレーもやっぱり美味しいね」と、冬子は今日も褒めた。徹のこめかみの血管がみるみる浮きあがった。耳たぶが、ほおずきのように紅くなる。膝の上で結んだこぶしが、余程つよく握りしめているのか、血の気を失っている。

「お代わり、いる？」こちらも見ずに、わずかに震える声で徹は訊いた。


二十三歳のお誕生日の贈り物が、真珠のピアスだなんて。

真珠だなんて、辛気《しんき》くさい。こんなもの冠婚葬祭にしか似あわないじゃないの。

上等なこの二粒の真珠が、それなりに高価なものだというのも分かる。どうせ六月の誕生石だ、それも知っている。光や角度によって色を変えたり輝いたりもしない、このしぶとさ。ただまるまると白いだけの、このふてぶてしさ。

辛気くさくて大嫌い。

「よく晴れた午前中なんかに、切り硝子《ガラス》が、光を通してプリズムをつくっているでしょう？　地面や壁や床に、七色の虹みたいな光の影をつくるの。影なのに七色なのって素敵だよね。でもちょっと角度が変わったり光の加減が違ってしまったら消えちゃうんだよ。ようするに、完璧じゃなくちゃそれってできてくれないし、見られない。だからそれって『只今、完璧ですよ』って証しなんだと思うんだよね。それが欲しい。すごく欲しい。あたしのお誕生日に」

緑子はそう頼んだはずだった。ほかでもない、海くんに。

こんなもの海くん以外の人に貰ったって意味がないし、海くんにしかねだっていない。あの時、海くんはとりたてて眩《まぶ》しくなかったけれど眩しそうに目を細めて、確かに笑った。だから緑子は、快諾してくれたのだとばかり思いこんだ。だから嬉しくなって、「冬の終わりの午前中に射す、羽みたいに軽くて、蜂蜜みたいに濃い光がつくるプリズムがいい」とまで注文をつけたのだ。

海くんだったら叶えてくれると信じていたのに。

今日は一日中ふたりで過ごそうと約束していた。最近は、海くんがお医者さんになったせいで、たっぷりとは会えない。だから、午前中はお母さんのマンションでお祝いをして、午後はふたりで思いきり怠惰《たいだ》に濃厚にべたべたする。昼夜を舍《お》かずセックスをして、海くんの手料理を食べる。眠たくなったら海くんの脇に鼻先を埋めて、好きな時に好きなだけ眠る。海くんが「午後からなら、なんとか時間がとれそうだから」と言ったから、そういうふうに予定をたてた。それなのに。

今どういうわけか、緑子は、海くんの勤める大学病院の屋上で、煙草を吸っている。

辛気くさいこと、このうえない。

「やっぱり病院に戻らないといけなくなっちゃってさ」

お母さんのマンションまで迎えにきてくれた海くんは、車を発進しながらそう言って、緑子へ贈り物を手渡した。そして、「どうする？　家まで送ってもいいし、どっかよるならそこまで送るよ」とあっさり続けた。緑子は迷わず「じゃあ、病院に行って」と答えた。海くんは、まるで無愛想なタクシーの運転手みたいに、返事もしないでここまで車を走らせた。

海くんの手料理。

緑子は、質素でも失敗しても、海くんのしなやかな指がつくりだす料理ならそれだけでいいと、注文したのだ。だってそれだけで充分、甘美な指を海くんは持ち得ているから。海くんの指がたとえば玉葱の皮を剝《む》き、たとえば肉に塩をまぶす。それは、女の子の服をやさしく脱がす仕草や、すべらかな肌をくまなく撫でる手つきに似ているかも知れない。料理をする海くんは、もっと野蛮で荒々しいのかも知れないし、もしかしたら結構、煽情的で貪欲《どんよく》かも知れない。あるいは意外に神経質で執拗《しつよう》かも。こうしてめくるめく妄想をくりひろげるところから、もう既に緑子の中でスペシャルディナーははじまっていたのだ。それをいきなり前日になって「イタリアンの店、予約したから」などとあしらわれ、「やっぱり今夜は無理だからキャンセルいれておいた」という一言でしめくくられてしまった。どちらも気に喰わなかった。それならば缶詰めミートソーススパゲティの方が百万倍誠意がある。

空はどこまでも平たく、のっぺりとしていた。のっぺりとしたまま、じきに夜だ。ビルや家々の窓の灯りも、地上を走るミニカーみたいな車のランプも滲んできた。緑子は海くんを待っていた。もちろん「待っててね」とも「迎えにくるよ」とも言われてはいない。でも、待っているべきだと思ったし、迎えにくるべきだと思ったのだ。ある種、賭けのような気持ちで。

それに、さっきからどうしても気になって仕様がないことがあった。

あの看護師のことだ。廊下ですれ違ったあの女性。海くんに上目遣いな会釈をして、海くんも爽やかに微笑み返した、あの光景は一体なんだったのだろう。あきらかに他の看護師とのやりとりとは異質だった。まるで、彼女と海くんのあいだにだけ、細くねばっこい糸がこまかく張り巡らされているみたいだった。富士額でふっくらとした輪郭の、白衣の天使みたいに偽善的な、あの女。

せっかくのお誕生日なのに。

去年のお誕生日は、まだ海くんと出会ったばかりで、緑子は自分のお祝い事なんてまったく頭になかった。緑子のすべてを海くんが占めていたし、自分のこまごまとしたことなんてどうでも良かった。あの頃は、海くんのためだけに生きていたから。しばらく経ってふと思いだし「そういえばお誕生日だった」と告げた時、海くんは緑子を抱きよせて「来年は一緒にいよう」と囁《ささや》いた。その声は、焦《こ》がしたお砂糖みたいに香ばしくて甘かった。いかにも深刻で、不思議なくらいさみしそうだった。緑子は笑い話のつもりだったのだけれど。

愉しいことを考えなくちゃ。緑子は、気をとり直してフェンスのむこうを眺める。空と地上の境がなく、つうっと爪先をのばしたらそのまま歩いてゆけそうだ。足元にちりばめられた町灯りの上を歩くのは、きっと愉しい。きらきら光るものが、緑子は好きだ。永遠にきらめく宝石の類いもきれいだけれど、ほんの束の間しかきらめいたりしないものの方にずっと惹《ひ》かれる。だって、それを手にいれるのは至難の技だし、そこに居あわせた特別な幸運も感じられるから。海くんがどうやってプリズムを贈ってくれるのか、そのことにこそ価値があった。多少の誤差があっても緑子は構わなかった。もっといってしまえば、木もれ陽のきらきら、水面のきらきら、夜景のきらきら、自然につくりだされる束の間のきらきらならば、どれでも良かった。ただ、いつでもそれを見たい時にとりだして見ることさえできれば。緑子は、フェンスに指をかける。爪先もかけて、数段よじ登ってみる。フェンスはつめたく湿っていて、心臓がどきどきする。

そこへ、風に乗って病院食の匂いが届いた。反射的に、プラスチックの食器と、ふやけたごはんが目に浮かぶ。「閉めますよ」と間延びした声にふりむくと、重たい扉から警備員が顔をだしていた。夜になると、ここは鍵をかけて閉鎖されてしまうのだ。
この辛気くささ。
泣く気すら起きないくらい、緑子は失望していた。

徹は、男三人兄弟の二男坊だ。徹の父親は公立中学校の国語の教師で、母親は保母さんだった。大学へ入学するため十八歳で上京した徹にとって、実家の家族というものは照れくさいばかりの存在のようだった。あれだけ人なつこく無邪気な徹が、実家の御両親には「ああ」と「いいや」だけを巧みに使い分けて、ぶっきらぼうに応対する。そのあまりの落差に、冬子は驚いたものだ。徹の実家はちいさな田舎町にあった。すこし外れれば平野があり、ただひたすらに実直なあぜ道があった。それは、ぺたりとして半透明なオブラートを連想させ、徹の家族からも冬子は同じ印象をうけた。

冬子の妊娠が十月十日《とつきとおか》を二週間近く過ぎた頃、徹の御両親から電話があった。これまで、徹の実家とは徹が、冬子の実家とは冬子が、それぞれ主に応対してきた。だからその場は、徹が「ああ」と「いいや」だけで現状況の説明をしてくれた。冬子は、子どもを腹からむりやりにひっぱりだすことだけは避けたかったのだ。産婦人科の先生も、冬子の母もどうにか納得してくれたけれど、それは他人には説明しにくい気持ちだった。徹の兄にも弟にも、既に何人かの子どもがあった。徹の子どもは初孫ではなかったせいか、厳しく問い質《ただ》されずに済んだ。それどころか「まだまだ若いんだから、これから幾らでも授かりますよ」と冬子は姑にやさしく励まされ、徹は「ほっといてよ」とやはりぶっきらぼうに電話を切った。その会話や電話の切れ方は、なにか不吉な誤解のされ方をしているようにも感じられた。しかしへたに誤解を解いて、御両親に上京でもされてしまうことの方が恐ろしい。冬子には、説得できる自信もなく、台所と居間と寝室しか部屋数のない狭いこの家で、もてなしきれる余裕もなかった。そして良心の呵責《かしゃく》にさいなまれながらも、誤解は解かずにおいたのだった。

もしかしたら、そのことが今も尾をひいて、徹の周囲に沈鬱《ちんうつ》な空気を漂わせているのだろうか。縁側に佇む徹のポロシャツの藤色と、庭に咲きはじめた紫陽花《あじさい》の淡い紫が、馴染んでいる。湿気を含んだ夜気もとり巻く。雨が降るのかも知れない。

冬子は、グレープフルーツの皮を剝き終える。グレープフルーツの粒は、雨の日の濡れたアスファルトの地面に似ているな、と相変わらず思う。

子どもの頃、まだ祖母と一緒に暮らす前は、母とちいさな緑子と三人暮らしだった。梅雨は、母の好む三つの過ごし方があった。どれもほぼ強制的な、散歩とプールとカレーだ。

雨の日の散歩は苦手だった。姉妹は雨がっぱを着せられ、長靴をはかされた。雨がっぱは肌にひっついて、長靴は踵《かかと》をあげるたびにかぽかぽと鳴った。ちいさな緑子は、水たまりがあればわざわざ足を運んででも、かならず飛びこむ。冬子は、どんなちいさな水たまりも避けて歩く。母はそんな冬子をいつも不甲斐なさそうに見たし、冬子も期待に添えていないことが、子どもながらによく分かっていた。かなしかったけれど、こういうものはどうにもできない。早く大人になって、傘一本と雨水を通さない長靴以外の靴をはける身分になりたい、と願っていた。一足で大概の水たまりを跨《また》げる大人に。

プールにいたっては「雨の日はどっちにしたって濡れるんだから、泳がなくちゃ損よ」というのが、母の言い分だった。温水の区民プールは、スポーツセンターの地下にあった。階段を降りるとむうっとした塩素の匂いがした。温水プールのあの不自然な生あたたかさ。知らない人の髪の毛がへばりついたすのこや、タイルの目地に黒くこびりついた黴《かび》。隅に重ねられた端の欠けたビート板。お手洗いの赤茶色のゴムサンダル。どれをとっても気持ち悪かった。そのうえ冬子は泳ぎがへただった。クロールの息つぎのたびにプールの水をしこたま飲んで、帰り道には何度も何度もげっぷがでた。

けれどカレーは好きだった。味というより調理過程が冬子の性にあっていた。母は何種類ものスパイスを調合して、一日がかりでカレーを煮こんだ。ちいさな緑子を膝にのせて、爪にやすりをかけて形をととのえたり、アロエやキウイの果肉を顔中に敷きつめてパックをしたり、本を読んだりのこれらすべてを同時進行させながら、母は鍋の番をした。冬子は母の傍らで、雨垂れの数を数えたり、自分や母や緑子のほくろの数を数えたり、いつものようにぼんやり過ごした。いつもと同じように過ごしていても、カレーを煮こんでいるだけで、なにかしている気分に浸れた。どうも雨の日のカレーには、「雨だからなにも良いことがなかった日」を「雨だから一日かけてカレーを煮こめた日」へと変えてくれる効力があるようだった。それは、なにをしていてもなにもできていない気分に陥りがちな冬子にとって、生まれてはじめて実感できた、いわゆる充実感というものだった。

表は雨。カレーの香り。鍋の音。

懐かしいな、と冬子は思いあたり、グレープフルーツの汁でべたべたになった指を拭いた。棚から絵本を一冊選びだし、ちいさな声で読みあげる。

「このこぶたさん　かいものに」と読みあげると、腹の子どもは「あっ、あっ」と声をあげて興味を示す。「このこぶたくん　おるすばん」冬子は唄うように節をつける。「このこぶたくん　ビフテキたべて　このこぶたさん　はらっぺこ」好奇心も旺盛に、腹の中でもぞもぞと動きだす。

「このこぶたくん　ないている　ウィー　ウィー　ウィー　ぼくはまいごに　なっちゃった」

冬子の見るものすべてを、子どもも共に見ているのだ。「見る」というより、正確には「感じる」のだろう。今の冬子の眼は、子どもの眼だ。冬子の耳は子どもの耳だし、冬子の舌は子どもの舌。冬子の心が感じる情緒《じょうちょ》も、へその緒が栄養を届けるように、子どもへまっすぐ届けられる。それは近頃、成長と比例して顕著だった。

妊娠十一カ月を過ぎてからというもの、冬子は教育方針を立て直した。それまでは、あくまで胎教であり、「おびただしい毒のような情報を遮断して、純粋なこの子の個性を守る方針」だった。しかしその方針は、腹の子どもの成長には見あっていない。もはや、この子は妊娠十一カ月であると同時に、生後一カ月でもあるのだった。これからは、生後なりの方針、つまり成長に見あった方針が必要だ。いつまでも丈の足りないものを着せているわけにはいかないように。

そもそも世の中には、知らなくても良いものや知らない方が良いものは、ごまんとある。とはいえ自分で危険を察知して、選り分ける能力も育んでゆかなければならない。親の役目は、毒草の密生する場所を教え、飲み水の湧く場所を教え、外敵がひそむ場所を教えるようなものだ。

きっと野生の動物ならばそうするだろう。

腹にあっても胎教ではない、もはや教育なのだ、と。

そして冬子は「なるべくたくさんの良質なものを、共に見て、共に聴き、共に嗅《か》ぎ、共に味わい、共に触る」ことを、教育方針として選択したのだった。それからの冬子は、精力的に絵本を読みあげ、音楽に耳を傾け、季節の香りを嗅ぎ、滋養のあるものを味わい、木肌や大地をなるべく触るよう、心がけた。冬子は毒味をするかのように絵本を厳選した。この子がそれをまた、ここまで育まれた自身の純粋な個性で、選りすぐることが望ましい。

この子のお気にいりは、こぶたさんだ。生の子豚を是非とも見せてあげたい。動物園に行かなければならないのだ。たとえ雨がっぱをはおるはめになったとしても。

縁側では、徹の背が輪郭を失い、今にも紫陽花の淡い紫に溶けいってしまいそうだった。

おかげさまで夜泣きはめったにしない。朝はそれなりに早いけれど、この子は手がかからない方だろう。冬子は簡単な朝ごはんを終えて、庭先の洗濯竿から銀色の雫《しずく》が垂れていることに気がついた。雨がしっとりと降りそぼっていた。

「三時間置きの授乳もないし、おむつ代もかからないし、ちゃんと育っているんだから、母親にしたら、子育てが楽で有り難いのよ」呑気《のんき》な調子で母は言う。

祖母の裁縫箱を届けにきてくれたのだ。祖母が途中まで編んでいたこの子の産着《うぶぎ》を、冬子は自分で編み終えたくて、裁縫箱をゆずりうけた。昨日、持ち帰るつもりでいたのだけれど、腹の重たさに注意力が奪われ、うっかり玄関に忘れたのだった。

「男の人も育児に参加しやすいでしょう。すごく有り難いと思わなきゃ」

母が、徹のいれてくれた煎茶を啜る。徹は、寝癖のついた髪を気まずそうに押さえながら隅の方へ、つくねんと座った。

「母親は、母乳の具合を心配したり、おっぱいがはって痛むこともないし、助かるものよ。男の人は育児の喜びを分けて貰っているのだから、ほんとうに有り難いわね」

母は続けた。寝起きのせいもあってか、徹は無反応だった。

もともと徹は、多分ほんのちょっと冬子の母を敬遠している。「はあ」と「そうですよね」だけで応対しようとしても、しきれない強靭《きょうじん》さが母にはあった。冬子の知る限り、母はたまに、男の人へ意地悪になる傾向があった。母に言わせると「男の人の生返事は美しくないから腹が立ってくる」そうで、「だから問いつめたくなるの」だそうだ。冬子は、徹が気の毒だった。どうしようかと考えあぐねているうちに、ゆるゆると母は畳みかけた。

「これだけ母子がそばにいられるんだから、さみしがって夜泣きすることもないし、病気も事故もいち早くわかるでしょう。素晴らしいことだわ」

一言毎に母の声は温和になってゆき、瞳は刻々と氷のような憂いを含んでゆく。

「徹さん。試練っていうのはね、もう試練を受ける準備ができているから、神様がお与えになるものなのよ」

素人目《しろうとめ》にはわからないけれど、母はすこしいらだってきたようだった。

徹は岩と化していた。なにか反撥でもしているかのように、かたくなだった。

「お昼、食べていってね」と冬子が情けない助け舟をだす。

すかさず徹は立ちあがり、台所へと逃げていく。苦々しい声で「そうですよね」とようやく口を開く。「そうなのよ」母のいらつきは瞬時に氷解してくれた。

祖母があいだにいたなら簡単に捌《さば》いてしまう事態だっただろうな、と冬子は思った。自分はまだまだ修行が足りない。台所で徹がカレーの鍋を火にかけた。母はあざみの柄のワンピースをひるがえして立ちあがり、「ついでに寄っただけだから」と帰って行った。徹は、無言のままふたたび寝室へと戻って行った。

動物園は久しぶりだ。

冬子はさして動物好きでもない。けれども十代の頃は、しばしばひとりで訪れた。おおきな公園の外れにある、さびれたちいさな動物園だった。入場料は三百円で、象がいて猿山があり、ちいさな観覧車とくすんだ温室があった。訪れるのは大概、冬の学校帰りや、授業をさぼった秋の朝だった。閉館まぎわも開館したても、同様にがらんとして客足はいつもまばらだった。

十代というものは、とかく人間関係が複雑になるものだ。言葉と顔色と行動がちぐはぐで、そのうえひとりひとりの人格も複雑化するので、難易度はぐっと高まる。すくなくとも冬子には、十代のそれは高度過ぎた。女の子たちは、ほとんど聞きとれないような早口で喋《しゃべ》りまくり、くるくると秒単位で機嫌も変貌《へんぼう》する。表情に現われている部分はほんの一部にしか過ぎず、さっきまで泣いていて今は怒っているが内心では笑っている、なんてことはざらにあった。一方、男の子たちは廊下も教室も騒々しく駈けまわった。なにが面白いのかわからないようなものに絶叫し、みんなして熱中する。かと思うと、急にそわそわとした表情になって喧嘩っぱやくなる。詩人みたいに傷つきやすそうな雰囲気を漂わせたかと思えば、突然浮かれて女の子たちを囃《はや》したてはじめる。そして女の子たちはそれを嫌がった。けれどどうも、ほんとうに嫌がっているわけでもないらしかった。

どれも冬子には、難解過ぎて、異様に疲れた。

仲たがいもしていない、厳しい問題があるわけでもない。けれども時々、頭の中が無闇にこんがらかった。こんがらかってどうにも手のほどこしようがなくなると、冬子は動物園を訪れた。大体いつもロバを眺めた。ロバは一心に草を嚙む。ロバからは、逡巡《しゅんじゅん》や混乱は微塵《みじん》も見うけられなかった。延々と、草を嚙んだ。なにも考えていないようだった。あるいは、草のことだけ考えているようでもあった。

草のことだけ考える。ただただ目の前の草を嚙む。

冬子はその姿勢に慰められた。そうありたいと、そのつど思った。生きもののあるべき姿勢が、そこにはあった。

今日の冬子の目当てはロバ。この子は子豚。徹は。

そういえば徹と動物園へ行くなんてはじめてだった。夫が一体どの動物に惹かれるのか、冬子は今まで想像してみたことさえなかった。


緑子の部屋のカーテンは分厚い。もう海くんへのお弁当作りには飽きたので、最近は宵っぱりだ。大概、夜明けと共に眠りにつき、正午頃に目覚める。朝日を通さない分厚いカーテンは、夜型人間には必需品だ。晴れていればカーテンをひいただけで、ぱあっと部屋があかるくなるのも気持ちがいい。でも、今日は小雨がぱらついていて鬱陶《うっとう》しい。薄いコーヒーを飲みながら、緑子は煙草に火をつけた。雨が降っているので、お母さんをプールに誘おうと思いたち、電話をかける。雨が降るとなぜかプールで思いきり泳ぎたくなるのだ。それにはお母さんも同感らしく、ならば一緒に行こうとふたりはたまに誘いあう。二十回呼びだし音を数えてもでないので、仕様がなく受話器を置いた。

今日はなにをしよう。

海くんはこない。もちろん約束もしていないのだけれど。

緑子は贅沢《ぜいたく》はしない。海外青年協力隊で貯まった貯金で暮らしていて、一カ月に一度、友達の雑貨屋へ、自作のビーズのアクセサリーや革細工のチョーカーを卸《おろ》す。ビーズの手袋は半年かかった。自分用に作りはじめたけれど、あまり似あわなくて売ってしまった。安定も展望もないけれど、それで結構まかなえる。大体、贅沢なんて退屈したばかりがするものだ。緑子はそういう類いのものを憎んでいるくらいだった。

オールブランのシリアルをぽりぽりと齧る。角砂糖もひとつ齧り、考える。

今日はなにをしたらいいんだろう。

おばあちゃんの額は例外的にうまくいったけれど、海くんと恋に落ちてからというもの、緑子は夢中になってなにかを作ることがなくなった。ビーズを見てもむらむらと繫ぎたくはならないし、布を触っても縫いたい衝動は起きなくなった。それまでの緑子は、ごはんも睡眠もそっちのけで、調子がでれば何日でも、完成まで集中できる質《たち》だった。それが今では。多分すこしずつ失くなっていったのだ。いつからなのか、わからないけれど。今でも作ってはいるけれど、それは微々たるお小遣い稼ぎと暇つぶしのためだった。今日はなにを着たらいいんだろう。海くんと会わない日は、なにを着てもつまらない感じがしてしまう。あんなに愛していたパンクもめっきり聴かなくなった。食べることにはもともとあまり燃えない方だし、海くんとばかり会っていたから友達とも随分遊んでいない。つまらないことばかりだ。

いつからだろう。こんなふうに、つまらなくなってしまったのは。

緑子は、そんなふうに思った自分に、ぞっとした。

おおきな声で唄いながら、ベッドのシーツの皺をのばす。曲は「蛙の唄」のひとり輪唱だ。適当なところまで唄ったら、適当に輪唱パーツに乗りかえる。この曲は終わることがないので、こういう作業にはうってつけだ。輪唱パーツは声色も変えればより面白い。洗濯機に洗剤を撒《ま》いてスイッチをいれる。掃除機をかける。マグカップを洗い、ゴミをまとめて玄関に置く。お風呂場の黴を溶かす。ついでにシャワーも浴びて、髪も洗う。どうせなら掃除前と同じように散らかして、もう一度やり直そうかと思いつく。その場合、片づけ直すのはどうということもないけれど、散らかし直すのは困難のきわみだろう。シーツやゴミはなんとかなっても、洗濯物やマグカップを汚すのはすごく面倒だし、黴にいたってはお手あげだ。ようするに、散らかるにはそれなりの時間と労力が不可欠で、一朝一夕には散らかれないってことだ。部屋も、頭の中も、きっと心も。

いつからだろう。海くんと会っていても、つまらなくなってしまったのは。

ひと通りのことを終わらせても、このぞっとする言葉は、緑子の心から消えてはくれなかった。

「どの動物が一番愉しみ?」

冬子は、車椅子を押してくれている徹に訊いた。

雨がっぱをぱたぱたと雨粒がたたいて耳許で鳴る。都内のおおきな動物園は砂利《じゃり》が敷いてあり、車椅子の車輪もがらがらと鳴った。

徹の機嫌はすこぶる悪い。冬子はもう一度訊いてみる。

「男の人だから、やっぱり虎とかライオンが愉しみ？」

狸《たぬき》の檻《おり》を通り過ぎ、あらいぐまの檻を通り過ぎてゆく。そんなはずもないけれど、声が届かなかったのかも知れない。冬子はもう一度だけ、徹に訊く。

「それとも猿山の方が見応えがある？」

「じゃあ、それで」

いかにも億劫《おっくう》そうに徹は言った。冬子は後ろをふり返った。徹の視線の先には、傘をさした親子連れがいた。少年が不躾《ぶしつけ》な眼差しを冬子の腹へ、まじまじと注いでいる。少年の母親は冬子と目があうと、少年の腕をたぐりよせて、こわごわ去って行った。まるで、見ちゃいけません、とでもいうように。

こういうことは何度かあった。妊娠十三ヵ月に入った頃から徐々にはじまり、今ではもう慣れっこだ。他人の視線はみな、好奇と恐れの入り混じった不躾なものだった。なんの迷惑もかけていないのに迷惑そうな表情をして、みんな足早に立ち去った。それから、憐《あわ》れむようなそぶりで耳打ちしあうのだ。なにも可哀相がられることなんてないのに。冬子に、やましいことはない。だから全然、気にしていない。けれど徹はいつまで経っても、その手のことに慣れないようだった。

冬子は徹を見あげた。徹は俯《うつむ》いていて、フードに隠れて顔が見えない。かける言葉が見つからなかった。徹のフードは小刻みに震えて、縁からぽたぽたと雫を垂らしていた。

子豚は、ふれあい牧場にいた。草地のまわりに、檻ではなくて木製の柵《さく》がある。兎に触れるコーナーがあり、天気が良ければポニーにも乗れるらしかった。子豚は母豚の腹の下に、そろって鼻先を突っこみ、もちもちとひしめきあっていた。毬《まり》のように丸まって、きれいな桃色だ。冬子が「ほら、こぶたさんだよ」と話しかける。腹の子どもはこれと言って反応はなく、ぴんときていないようだった。「このこぶたさん　かいものに」と節をつけて聞かせると、「あー、あー」と可愛らしい声をあげた。腹の内側をぽこんと蹴る。冬子はそれだけで、息がつまるくらい満足だった。

子豚の隣の柵には、産まれたての子馬がいた。子馬はまだほんのちいさな赤ちゃんなのに歩いていた。こちらはすらっと痩せて、焦茶色の毛並みがつやつやしている。

「お馬さんの赤ちゃんは産まれて、すぐ歩くんだよ」冬子が感心していると、

「馬だからな」徹はつめたく言い放ち、車椅子を押しはじめた。

「もう帰るの？」

「腹が減ると、またどうせ泣くんでしょう」

「だって赤ちゃんなんだから」

「泣きだす前に帰るよ」

とても言い返せなかった。徹は尋常でない重苦しい空気を身体中から発散させている。

そして、夫が惹かれる動物は迷宮入りしたまま、親子三人ははじめての動物園を後にした。

「なんで産まれてこないんだよ？　おかしいだろ？　ぼ、僕は今までそんな悪いこともしてないし、崇《たた》られる憶えもないし、病気もないし」

三日目のカレーで夕ごはんを済ませ、唐突に、徹はそんなことを言いはじめた。

「そんなのは俺の子どもじゃないよ。誰の子どもなんだよ。俺は認めないからね」

徹のこめかみに血管が浮きあがり、淵のように険しい皺が眉間に刻まれている。全身から放電しているかのように、ぴりぴりとまわりの空気を震動させていた。

恐れが過ぎて、怒っているのだ。

冬子は動揺してはいけないと自分に言い聞かせる。動揺はかならずこの子に伝わってしまうから。そう思った瞬間、冬子の頭はすっきりと冴えわたった。

「徹とわたしの子どもだよ」

冬子は励ますように言った。徹を励ましているのか、それとも腹の子どもなのか、自分を励ましているのかはわからなかった。徹の苦渋に充ちた顔。なんでも良いから逃げる抜け道を、探しているみたいだ。それは迷子の子どもみたいにも見える。あまりの心ぼそさから、迷いこんでしまった自分も、自分を見失ってしまった母親をも責めているような。冬子は心の中だけで、迷子になったこぶたくんの節をなぞる。

「このこぶたくん　ないているウィー　ウィー　ウィー　ぼくはまいごに　なっちゃった」

可哀相なこぶたくん。可哀相な徹。

慈しむような気持ちが冬子の胸に甘くひろがる。徹は、縁側に佇《たたず》んで腕をくんだ。最近の定位置である。日に何度も、時には何時間も、あそこで思案していたのがこんなことだったなんて。

「あ！　あいつだろ？　俺とつきあう前の、あのちゃらちゃらした、代理店だかなんだかの、胡散《うさん》臭いやつ。あいつの子どもだろ？」

ああ、戸川くんね。冬子は思った。思ったけれど言葉にはしなかった。戸川くんの子どもなわけがない。しかし徹は自分の閃《ひらめ》きに照らされて、目には生気が蘇《よみがえ》り、息を吹き返したようだった。鬼の首でもとったように、徹はいきいきと冬子を見た。徹の揺るぎない眼光に、冬子はすこし身構えた。

「君、今までの男のこと、全部、俺に話したって、言ったよね？」

「話してるよ」

「ありがちだけど、宇宙人にさらわれた、とか、ないよね？」

「ないよ」

「昔、つきあってた男に宇宙人とか、いないよね？」

「いないよ」

「へんな病気の人なんかも、いないよね？」

「いないと思うよ」

「思う、じゃ困るよ！　思う、って随分、曖昧《あいまい》じゃないか？　それはつまり、宇宙人とかへんな病気の男がいたかも知れない、ってことだよね？　そうなると、そいつは僕の子どもじゃなくて僕のせいじゃないかも知れない、ってことだよね？」

徹ははしゃいだ。身ぶり手ぶりを大袈裟《おおげさ》に加え、自分の正しさを全身で訴えた。おうちへ帰る道を見つけた迷子の子どもみたいに、頬には花のような笑みが咲いた。

徹の笑顔が冬子は好きだ。なんというか牧歌的なのだ。

「久しぶりに笑ったね。パパの笑顔ちゃんと見せてあげなきゃね」

冬子は腹の子どもにうながした。腹の子どもは、くふくふと軽やかな笑い声をもらした。

ほんの一瞬の家族の団欒《だんらん》。

そして徹の微笑はみるみる枯れた。

「もし広告代理店のやつじゃないとしたら、その前の、あのすごい真面目《まじめ》とか言ってた学生か？　真面目すぎて、ちょっとへんだって言ってたし、そいつの子どもじゃないのか？」

それは伊東くんだ。「ちがうよ」冬子はちいさな声で答えた。ふと見ると、なぜか徹はかなしげな静寂に包まれていた。見覚えのある表情。ひがんでいるような目つきで窓のむこうを見据え、唇は尖《とが》り、小鼻が腹立ちで緊張している。

「あ。その前の、殴ったとか殴られたとかいう、あの男だろう？　暴力男で刺したとか刺されたとか、言ってたし」

「刺しても刺されてもいないよ」それに名前もちゃんとある。北島くんという名前。

次の瞬間、冬子はようやく思いあたった。この見覚えのある表情は、やきもちを妬《や》いている思春期の少年のものだった。

「だって、その前の男は、はじめてのやつだろう。不良だったんだろう？　頭のおかしいやつだったって言ってたな。そうだよ、そいつが一番怪しくないか？」

小山田くん。

彼だけは冬子にとって確かに特別だった。この腹の子が、小山田くんの子どもでないことは明瞭だけれど、冬子はもうなにも言えなかった。

「こわいよ」

徹はつぶやいた。もう拗《す》ねたような少年の顔つきではなく、中年にさしかかろうとしている疲れきった男の顔だった。それは、老人になった未来の徹の姿を思わせた。肩をこごめて両腕を垂らし、なにを見るともなく視線が放りだされている。

「こわいんだ」

徹が哀れだった。自分の腹にこの子がいてくれるから実感できている数々のしあわせな心地を、徹は知らないし、多分一生、知ることができないのだ。冬子は今、母としてつよくあらねばならないと、試されているのだと実感した。

交わりが今やセックスになってしまったことについて、緑子は考えていた。

さして飲みたくもない苦いコーヒーが、青い小花をプリントしたカップの中で冷えきっている。店内にはラジオが流れていて、どの客も大人しく過ごしていた。ショウウィンドウに飾られた、蠟でできたプリンアラモードの噓くさい兎りんご。背もたれにレースのカバーをかけられたモスグリンの硬いソファや、割烹着《かっぽうぎ》をつけたウェイトレスのおばさん。一輪挿しの埃《ほこり》っぽい造花も、壁にかかっているくすんだ風景画も、昔の応接間みたいで、懐かしいはずもないのに懐かしい。こんな時代の記憶なんてあるはずがないのに、なぜか。

なにかが違ってしまっている。

そう緑子が勘づいたのは、海くんと恋に落ちて十カ月は経っていて、通算六〇〇回くらいは交わった頃だった。数えていたわけじゃないけれど、ざっと計算すると約五五〇回目あたりから、つまり冬の終わり頃から、なにかがすこしずつ違いはじめた。たとえば、心では相手のことが大好きなのに、身体はあまり触れたくないような時があった。あるいは、相手の気持ちは求めていないけれど、肌が触れることだけを望んでいるような時もあった。それらは緑子の体感だけれど、海くんからも感じられた。出会ったばかりの夏の頃は、すべてを欲していたのに。緑子が橙色から金色に髪を染めかえた頃には、ふたりともすべてを欲してすべてを捧げるような幸福な瞬間はなくなっていた。海くんは、サービス精神の旺盛な単なる男になってしまっていたし、緑子だって技巧的な探究心にそそのかされてしまっていた。それでも、なにかにつけて交わった。春のぬるみに惑わされて、他にどうすることも思いつかないみたいに、ひたすらに交わった。

するとそれは、もはや交わりではなくなってしまった。

交わりでないのなら、これは単なるセックスだ。やっていることは一緒だけれど、あきらかに、なにかが違ってしまっていたのだ。

考えはそこでいつも煮つまる。気分転換しようと、緑子は斜め前に座っている女の子たちの会話に聞き耳をたてた。ふたりとも二十歳くらいで、前髪を眉の上でまっすぐに切りそろえた女の子は勝気な喋り方をして、どうも恋人の他に好きな男の子ができてしまったらしかった。もうひとりの女の子はボーダーのTシャツの背を丸めて、煙草の空き箱を解体した紙で鶴を幾つも折りながら、鼻にかかる声で生返事をしていた。

「わたしは、どっちも好きなんだよ」と、前髪のそろった女の子が言う。

「うんうん」鶴を折りながら、もうひとりが相槌《あいづち》をうつ。

緑子は、冷えたコーヒーを啜りながら耳を傾ける。ふたりの隣には、黒い革製の道具箱がある。料理専門学校か美術学校かなにかの帰り道なのだろう。

「恋人の方は尊敬もしてるし、一緒にいて楽だし、やさしいし」

「そうだよね」

「でも、もうひとりの彼の方はなんか全然、違うふうに好きっていうか」

「へえ」

「やっぱり気も遣うし、新鮮っていうのはあるけど」

「ふうん」

「だからどっちが好きとかって決められなくて、どっちもおんなじふうに好きなんだよ」

「そういうのって、あるよね」

ない、と緑子はきっぱり思った。もちろん口にはださなかったけれど。

「で、どっちかに決めなくちゃって思うでしょう」

「ああ」

「でも全然、決められないんだよね」

「わかる、わかる」

わからない。緑子は断固としてそう思う。だんだん腹が立ってきて聞き耳をたてるのはやめにした。恋人とあたらしい彼と、ふたりとも好きならそれでいいんじゃない？　緑子は思った。それが嫌ならどっちかに決めればいいんじゃない？　とも。なにしろ決めなくちゃいけない義務はない。決める権利は自分にある。悩む理由がわからなかった。それにしても、どうして女の子たちの話は、いつも堂々巡りなんだろう。けれど今の緑子も、堂々巡りをしていない、とは決して言えない。悔しいけれど、ある意味彼女たちと同類だ。

緑子にとって、ふたりにひとりを選ぶなんて簡単なことだった。なにせ緑子は「海くんとおばあちゃん」でさえ秤《はかり》にかけ、自分の意志で選びとったのだから。緑子は、海くんが好きだ。それは揺るぎない。けれど。

海くんに触れても、腹の底から笑みが溢《あふ》れるような幸福感は、もう舞い降りない。身体を離す折りに、さみしくてさめざめと泣くこともなくなった。そのかわり時々、海くんとベッドに横たわっていると、心だけ抜けだして、天井の隅の小暗いところに自分がいるような気持ちになった。

緑子は、伝票を握ってレジへむかった。雨はまだ細く降っていた。往来は週末だけあってにぎわっている。相合い傘をしている恋人たちがやたらと目につく。懐かしいな、と緑子は思う。緑子は傘を持たない主義だから、相合い傘なんてほとんどしたことがない。それなのになぜか。ショウウィンドウの蠟でできたメロンソーダごしに、さっきの女の子たちがまだ話しているのが見える。遠目からだと、彼女たちは暇つぶしには見えなかった。むしろもっと親密な空気で壁をつくり、誰もよせつけないように守りあっているみたい。懐かしい、と緑子は思う。彼女たちみたいなずるずるしたお喋りはしない主義なのに、なぜか。両親に手を繋がれて黄色いレインコートを着た子ども、ケーキの箱を雨粒から守るように抱えたおじさんも、黒々と濡れた地面や銀色に濡れた放置自転車まで、懐かしかった。どれも謂《いわ》れのない懐かしさだった。アパートへ帰るつもりだったのだけれど、緑子は立ち尽くした。世界は、懐かしいはずもないのに、懐かしいものばかりで泣きたくなる。

ふいに、不自然なくらい陽に灼《や》けた男の子が「どこ行くの？」と何度も訊いてきた。まだ肌寒いのに二の腕をあらわにして、声はひっかいているみたいに甲高《かんだか》くて、唇の端にピアスの穴の跡があるのも気持ち悪かった。心の中で、彼の隣に海くんの姿を並べてみる。やっぱり圧倒的に海くんは素敵だ。彼からは安っぽい香水の匂いがして、鼻孔がつんとした。まがいもののライムの匂い。緑子は、にらみつけた。それからどんどん歩きだした。「なんだよブース」と彼が吐き捨てるのが聞こえる。かちんときたけれど、それでもふり返らなかった。

一方で、あの冴えない彼とセックスだけならば、しても構わない気持ちもあった。不思議とそう思ったのだ。彼のお喋りや笑顔は要らないし、もちろん、緑子だってあげたくもなかったけれど。

あたしはきっと、懐かしんでるんじゃない。さみしいんだ。

緑子はそう気づいて、夜の雨の中に海くんの匂いを探した。


午前中の東京は雨だったけれど、高速道路のインターを降りる頃にはあがっていた。ライラック色の花びらみたいなワンピースに、細くて長い緑子の金髪は相性がいい。足元はごつい黒のブーツをはいて、裏革製のジャケットをはおった。緑子はかなり満足していた。最近の海くんが、口を開けば「冬子さんでさあ、論文書きたいんだよね」とか「こんな症例、世界初だと思うんだ」とか「教授が興味持っちゃってるんだよね」とか「うちの病院へきてくれないかなあ」とか、そんなことしか言わないことを除けば。

湖が見たい、と言いだしたのは緑子だった。ちょっとした思いつきだったのだけれど、海くんはしぶしぶ立ちあがって車の鍵をポケットに突っこんだ。嫌ならばそう言ってくれればいいのに。しかし今更、ひっこみがつかなくなった。海くんは、きっと口論になるのが鬱陶《うっとう》しかったのだろう。だから緑子は、意地でもはしゃいで見せるしかなかった。はしゃいで見せているうちに、ほんとうにわくわくしてきてもいた。海くんが退屈そうにしていると、高速道路で居眠りをしかけた時でさえ、くだらないことを喋り続けた。

後で自己嫌悪に陥りそうだとうっすらわかっていても、とめられなかった。

湖畔はさむざむしかった。遠くに靄《もや》がかかって、空と水面の境を曖昧にしている。釣りをしにきた親子連れが一組と、観光バスからぞろぞろと降り立つご老人の団体の他には誰もいなかった。

「ほうとう鍋でも食べようか」

海くんがのびをしながら、想像していたよりもずっと愉しげな声で言った。見回せば、湖畔にはさびれたレストランやホテルが並び、軒先では巨峰味や桃味のソフトクリームを売っている。たまの休日に恋人と湖畔を訪れた割にはしみったれた昼食だけれど、緑子は頷いた。どれも同じに見えたので適当にレストランを選んで、見晴らしの良い二階席にあがり、ほうとう鍋とビールの中瓶を注文した。ふたりで窓の外を眺めて、黙って食べた。湖は灰白色《かいはくしょく》に煙り、ほうとう鍋はぬるくて、つめた過ぎるビールには身震いさせられた。緑子は、自分のライラック色のワンピースがこの場にそぐわないことを、しっかり自覚していた。反対に、海くんの白いシャツはどこにでも大概、馴染んでしまうことも。

海くんはボートを漕《こ》いだ。オールをかく腕がたくましくて、緑子は見惚《みと》れた。見惚れながらも心に浮かんだのは、はじめてセックスをした男の子のことだった。

人は、産まれる場所も時間も、誰が親かも、自分では決められない。初潮でさえ、あたしになんの断りもなく強引に踏みこんでくるものだ。終わりにするのは、それこそ人生そのものも、自分で決められるのに。だから緑子は「はじめての男の子は、自分の意志で場所も時期も相手も決める」ことを選択した。そう考えついたのは、緑子が十五歳の時だった。そして、すぐに実行した。まず気にいっている男の子三人に直談判した。あたしとやることってどう思う？　と。あたしはあたしの意志でそうしたいんだけれど、君にもそれを選択して拒む権利もあるだろうから、これは打診なんだけれども、と丁寧に説明した。他にもふたり今のところ候補がいる、とつけ加えることも忘れなかった。公明正大にゆきたかったのだ。パンクバンドでベースをやっていて素晴らしく指のきれいな男の子と、すごく恥ずかしがりでぽつぽつとしか喋らないのにバイクの話となるととめどもなくなる男の子と、華奢《きゃしゃ》な背中をしているくせに画板へむかうとものすごく熱を孕《はら》んだ線を描く男の子の三人だった。どの男の子も案外、快く了承してくれた。そのうえ誰もが、俺なんかでいいの？　と訊いた。その割に、なんで俺なの？　とは問われなかったけれど。それから一カ月かけて慎重に選考し、熱を孕んだ線を描く男の子と、緑子は成し遂げた。彼だけがそんな打診をしてからも、他の男の子たちみたいにべたべたしてこなかったことが決め手となった。十六歳になる二カ月前だった。

安ホテルには季節外れのひからびた蜜柑《みかん》があり、行為自体はなんてことはなかった。自分は成し遂げられたのだ、という自信だけがついた。彼の背中はやっぱり華奢だったけれど、腕は意外に骨が太く筋肉の稜線がたくましくもあった。腕枕なんかについやすのはもったいなくて一晩中眺めた。まるで、しなう草の蔓《つる》みたいだった。以来、緑子は男の腕にめっぽう弱い。

「もし冬子さんが協力してくれたらさあ、研究とか論文とかで、忙しくなるかも知れないや」海くんの呑気な声で、緑子は我にかえる。

「今までみたいに遊んでらんないかもなあ」

お願いだからそんなこと言わないで欲しい。かあっとみぞおちあたりが熱くなり、頭に血が昇ってゆく。なにもかもを終わりにする権利は、緑子にも当然ある。すくなくとも、そう信じていたいのだ。

「もう帰る」

知らぬまに、緑子はそう言っていた。帰るにも道がないので、湖に飛びこんだ。水はつめたくて、全身に鳥肌が立つ。一心不乱に岸を目指して泳ぎだす。

緑子は、海くんともう一度だけ交わりたかった。そうしたらなにもかも終わりにできるのかも知れなかった。

日曜日だというのに、徹は寝室で枕に突っぷしている。ほとんどそれは立て籠りに近く、朝ごはんも昼ごはんも、冬子の分だけ用意して自分はなにも食べなかった。ごはんを餌のようにさしだす様は、徹の消耗しきった精神の表れだと冬子は感じた。身に覚えがあるからだ。この分では、徹は一日こうしてふさぎこんでいるつもりなのだろう。それもそこはかとなく、冬子にも身に覚えのあることだった。

冬子は子どもの頃から、大人しい子だね、と言われ続けてきた。いたって普通だよね、とか、ごく平均的だ、とか、その手の見解をふんだんに浴びて育った。異存はないし、むしろ安心だった。言いかえれば、足並みそろえてちゃんとやれている、ということでもある。冬子は冬子なりに、慎重に慎重を重ねてきたのだ。

台所の流しの下から宝箱をとりだす。息がきれて、ふくらはぎが、ぴん、とはる。宝箱の蓋《ふた》をあけ、父へあてた手紙の束の奥から、アドレス帳を探りあてる。

少女じみたシールの跡がある水色のアドレス帳だ。ここには、冬子が今まで親しんだ人々、ご恩を頂戴《ちようだい》した人々の、住所と電話番号が記されてある。もしも誰かが亡くなった場合、あるいは冬子が死んだ場合、いつでも連絡がとれるようにと、お嫁にゆく時そっと忍ばせてきたのだった。冬子にしてみたら開陳しても構わなかったが、徹という男はこまめに嫉妬《しつと》するので隠しておいた。かつて冬子は恋人と別れる運びになると、いつか亡くなる際は連絡が欲しいと頼み、弔わせて貰う約束を交わした。未練がましさからではなく、一度は親しくなったもの同士の当然の義理だと考えていた。そのためのアドレス帳が、こんなふうに役立つとは思いもしなかったけれど。

戸川くん、伊東くん、北島くんと小山田くんの電話番号を、冬子はメモに書きうつす。冬子は冬子なりに一晩考えて、彼らに問うしかないのだと思い至った。「あなたの子じゃないよね？」と。「宇宙人だったり、へんな病気をうつしていないよね？」とも。まずはひとりひとりに電話をして、できることならば会って貰って、冬子自身の目で確かめるしかない。どう確かめれば良いのかはわからないけれど、なにもしないよりはずっとましに思えた。徹の疑念を晴らして、恐れをすこしでも和らげたい。それはひいてはこの子のためでもある。もう何年も会っていない彼らに会うことは勇気が要るし、推定十七キロもある腹の子をひとりで支えて行くことにも不安はある。

けれども、注意深く熟考したのだ。今までもそうだったように、このことについても。いたって普通な、ごく平均的な、かつ妥当な方法だろう。すくなくとも冬子はそう評価され続けてきた、その自負もある。

戸川くんとは事務員時代に、恋人同士のようなものだった。彼は広告代理店に勤めていて、同僚に連れて行かれた居酒屋で知りあった。出会いしなから、気さくで、自信家で、よく喋る男だった。混んだ居酒屋でも充分に声が通るのは威圧的だったけれど、箸袋でちいさな舟を折って箸置きを作ってくれたので好感をもった。「夜景のきれいなバー」や「都内随一の南欧料理屋」に、週末となると連れて行かれた。情報誌に載っている類いの薄暗い空間だ。店員が常連にだけ見せる愛想をむけると、彼は「はじめてきたんだけどね」とかならず慌てて注釈をつけた。あるいは焼肉屋。こちらは平日でもしばしば行った。冬子はふっくら焼けた椎茸と、芯が甘い長葱を好んで食べた。彼は「週に二、三度は食う」らしく、ロースやカルビ、ぐにぐにと噛みきれない臓物まで、生ビールでぐいぐい呑みこんだ。仕事で疲れた顔になっていても、こってりとした脂が注入されると、彼はたちまち快活になった。冬子には、焼肉が彼の常備薬のように感じられた。だから、多少のクリーニング代がかさんでも目をつむった。

一方、伊東くんは、誠実で、爽やかで、穏やかな男だ。それはもう、退屈といえないこともないくらい。もともと短大時代の友達の友達だった。何度か集まってバーベキューをしたり、ボウリングに行った。そして、いつのまにやら恋人のようなものになっていた。おっとり者同士で見ているだけで癒《いや》される、と友達にはひやかされた。歯が真白く、両親や妹とも仲が良く、高校時代のテニス部のエピソードを何度でも語った。自分の通う大学のテニスコートの粗末さも頻繁に嘆いた。彼は、いつでもハンバーグ定食を注文した。ドライブインでも、ラブホテルでも。彼はハンバーグの置いてある店と置いていない店を敏感に嗅《か》ぎ分けられる嗅覚《きゅうかく》を持ち得ていた。ごく稀にハンバーグが置いていない店に遭遇しても、できるだけそれに似たケチャップ味の肉料理を注文した。彼といると、世の中はこんなにハンバーグで溢れているのかと、感心したものだった。

北島くんの恋人のようなものだった頃の冬子は、まだ高校生で、彼は高校を中退してペンキ屋で働いていた。傷害事件を起こした噂があり、近隣の高校生たちからは恐れられていた。繁華街で声をかけられ、警戒はそれなりにしたけれど、話してみるとやさしくて涙もろい男だった。そのうえ彼は豪快だった。豪快で喧嘩《つか》がつよく、豪快ではぶりも良く、豪快で嫉妬深かった。冬子はしばしば、胸ぐらを摑まれたり、ののしられたり、殴られた。あの男を見たとか、スカートが短いとか、そんなきっかけで。彼は殴った後、ほろほろと泣いて謝った。そのたび、「もう二度としない」と誓うのでしばらく信じた。そして彼は、餃子《ギョウザ》が好きだった。ののしり殴って泣いた後も、餃子を食べてラーメンであたたまると、彼はひとしきり落ちついた。気が落ちつくと、冬子の痣《あざ》や傷をいたわって、絆創膏をはり消毒をしてくれた。それから、人さし指で片耳を頰の方へ押しつけて「餃子」をやってくれる。冬子にはそれが好ましかった。彼は泣けばかならず、俺は冬子を恐れているんだ、と弁明した。こんなに非力な冬子が恐れられるのは、どうにも不条理な発想だった。

冬子にとって、男との交わりというものは食肉のようなものだ。

太古、人間は草食動物だった。たとえば今でも野生の猿がそうなように、与えられなければ肉は食べない。だから人間はもともと肉を食べなくても生きていける。けれどもひとたび食べれば圧倒的に精がつく。精がつき癖にもなる。交わりは、精をつけてくれる肉のようなもの。なにかのついでにうっかり一度きり交わった男も、友達だったはずなのに幾度かずるりと交わってしまった男も。むしろ男そのものが食肉のようなものなのかも知れなかった。なくてもこと足りる。いつでもむこうからやってきて、食い尽くせば、どちらからともなくただ去ってゆくのだ。

けれども、小山田くんだけは特別だった。特別なご縁を感じた。やってきて去ってゆくような食い散らかしではない、繫がりがあった。

小山田くんは、まるで南国の果実みたいな男の子だった。

平素、小山田くんはほとんどなにも食べなかった。大麻やその他もろもろの、ドラッグが彼の栄養だった。たまの気紛れで、バニラアイスがどさっとのったアップルパイなどを口にしたりもするのだが、半分も食べきれなくていつも冬子に皿ごとよこした。背が高くて瘦せていて、ひらひらと踊るように歩いた。実際、愉しい気分ならどこでも踊った。両親の仲が芳しくなく、「冬子に似ている」という姉がいて、もこもことした白い犬を飼っていて、呆れるくらい繊細だった。

彼は時々、不動産業をいとなむ父親の金庫から、お金を盗んでいた。ある日それが、ばれてしまった。ふたりで海へ行く約束をしていた前日だった。「家出する」彼は深夜の公衆電話からそう言った。怒ると父親は凄《すさ》まじく殴るから、というのが理由だった。

今にも雨が降りそうな春休みで、海は雲を敷きつめた空と同化しながらごうごうと波を返していた。その日、冬子はお弁当をこしらえていった。家出をするならなるべく節約した方が良いし、食べてちからをつけた方が良いのではないかと、思い至ったのだ。朝五時に起きて、卵焼きを焼いて、ウインナーとピーマンを炒めて、鶏の唐揚げを揚げて、おにぎりを握った。彼は、お弁当箱の蓋を嬉しそうにあけて、おにぎりを齧った。それから箸で、不器用にウインナーをつまんで、海に放った。「これは嫌い」と、いたずらっぽく笑いながら。ウインナーはグレイの海へ、すっと消えた。それから、半分齧ったおにぎりを海へ放り、唐揚げを放った。それらは次々とゆるやかな放物線を描いて、海へ呑まれていった。ある種の鮮やかさに、十五歳の冬子は感動した。驚きはしたけれど、胸がすく思いだった。お行儀は決して誉められたものではない。でも、彼のごく率直なその行動が愛おしかったのだ。彼はいつもそうだった。言葉も表情も行動も寸分違《たが》わず一致していた。ごくごく純粋に。そして祖母直伝の甘い卵焼きだけは、平らげてくれたのも微笑ましかった。

交わっても交わっても、小山田くんとのそれは南国の果実のようだった。見たこともない面白い形をして、舐めれば甘く、齧ると酸っぱい。成分が自然と心身に染《し》みこむような豊穣《ほうじょう》な匂いがした。彼は、離れて育った双児《ふたご》の姉弟のように冬子を慕った。冬子は彼を、未来に授かる子どものように慈しんだ。それから、ふたりは自然と別れていった。なにせ十五歳だったのだ。

それでも冬子がふさいだ気持ちになると、どこからともなく現われた。反対に彼が傷つけば、ばったり町角で会えたりした。会えればそれだけで充分治った。まるで、植物が枯れては芽吹くみたいに。なにか痛手を負えば、自然と、呼んだり呼ばれたりする。お互い別の恋人のようなものができてからも、ご縁は巡った。

冬子の体内で、子どもがごろりと寝返りをうち、冬子は尻餅をついた。台所には雨音が響く。とつとつ垂れる音と、ぴちぴち跳ねる音、それから降り注ぐ、さらさらという音。雨音は、揚げ物をしている時の油の跳ねる音に似ている。そういえば随分長いこと、その音を聞いていなかった。料理も満足につくれない身体だからだ。徹の苦労が思われて、冬子の胸がちくりと痛む。

冬子は明日、この子の母として彼らに会う。

「早かったね。ごめんね」

ベッドの端に腰かけて、照れた声で海くんが言った。

「もうちょっと我慢できるんだけどな、早かったね」

海くんは悔しげに小首を傾げる。それから腕をのばして、横たわる緑子をこえ、枕元にあるスイッチをひねり、照明を仄《ほの》あかるくした。そして、いつものように洗面所へ行って手を洗う。これはセックスをした後の、海くんの癖だ。まるで汚れたものでも触った後みたいに熱心に手を洗う。ラブホテル特有の奇妙な磨《す》硝《り》子越しに、裸で手を洗う海くんの影が見えて、それは相当にまぬけだった。医者だから手を洗うのが癖なんだよ、とどうせ言い訳をするだろうけれど。

「早さ、って、遅い、があって、早いがあるのよね？　それって尺度よね？　誰と比べて、なにと比べて、早い、とか言うの？　全国平均とかあるの？」

緑子は訊いた。ここ最近の単純に疑問だったことだ。もちろん海くんがそんなことを気にしはじめたのも、ここ最近のことだった。

「だって女性は遅い方がいいんでしょ」

海くんは生真面目な顔をして、備えつけのタオルで手を拭きながら答える。そんなことどこの女性が決めたことなんだろう。あたしになんの断りもなく、そんなこと。

「早さ、って分量でしょ。だから比較してはじめて、早いとか遅いとか平均とかがでるのよね？」

ちょっと突っかかった口調になった。たちまち海くんの眼に、つめたいものが宿る。そのつめたさは、青紫色の水晶を思わせる。瞬間、緑子はそう訊きつつも、ほんとうはそんなことを追及したいわけではない自分を知る。

「君のために言ってるんだよ」

海くんの平淡な声。

怒りは無駄なエネルギー消費なのに、君の一番興味深いところは消費しても消費してもまだ怒りに溢れているところだ。いつか海くんはそう言った。

「じゃあ、あたしと比べてるんだ？」

緑子の声はとても挑発的に響く。単にそう響いてしまうだけなのだけれど。

「あたしが十五秒でいって、あんたが三十秒でいったら、それは早いってことにならないの？　あんたが三時間でいって、あたしがそれでもいかなかったら、それも『早かったね、ごめんね』なの？」

言い終えてしまうとなんだかみじめで、緑子は完全に泣きそうだった。そしてなにかが、ことん、とちいさな音をたててくずおれるように、海くんは言った。

「そうだね。君と比べてるんだろうね」

一呼吸置いて、海くんはゆっくりと続けた。

「確かに、F1とかオリンピックみたいな『速さ比べ』じゃないよね。それに『全国平均』を気にしてるわけじゃないとすれば、他の男と比べているのとも違うよね」

もうとり返しがつかない。緑子は仕様がなく言い返す。

「早かったね、とか言われると、あたしがいくのが遅いって、遠回しに責められてるみたいなんだもん」

「ああ、そうだね。ごめんね」

海くんはつぶやいた。くずおれてしまってはならないものが、くずおれる。

かつて、海くんはものすごく早かった。それは、ものすごいスピード、ってことだ。緑子はそれが嬉しくて、海くんの気流に巻きこまれて一緒にどこまでもいけた。うんと遠くまで。緑子史上最速のスピードで。あたしたちは遠くまでいって、いったきり帰ってくることなんて、思いつきもしなかった。心も身体もすべてが交わって、ひとつの気流にどんどん巻かれた。まるで世界最大の台風みたいに。その気流の源は海くんだった。緑子はそのやり方すべてを愛していた。調節なんてしていない、海くんそのもののスピードを。

気を紛らわすように、海くんはベッドの端に寝そべった。欠伸《あくび》をひとつして、瞼を閉じる。緑子は照明を絞って、シーツを海くんの肩へと、しずかにずりあげた。またたくまに寝息が聞こえはじめる。海くんの隣へ、肌が触れないくらいの距離をとって横たわる。まるで、海岸に打ちあげられた腐りかけの二本の流木みたいに。突然、心だけ抜けだして、天井の隅の小暗いところに自分がいるみたいな心地になる。全身の筋肉は疲れ果てていて、汗や唾液やいろいろなもので表面はびしょ濡れだったけれど、自分の身体を乾いた穴みたいな存在に感じる。ぽかんと空いた、まったくの、ただの穴。物理的で即物的な、穴そのもの。やがて、天井の隅の小暗いところで、緑子は失望する。あの穴は、抜けだしたあたしの心の跡地だ。

身体は心をのっとらないし、心は身体に従わない。剥離《はくり》して、ただただはぐれてゆく。

呼び鈴が鳴り玄関のドアをあけると、海くんがいた。いつものように糊《のり》の利《き》いた白いシャツを着て、しゃらんと立っている。

「ごめんなさいね。今日は緑子はきていないわよ」

腹の重量に冬子の息があがる。今日は、彼らと会う約束があるのだ。待ちあわせの時間もあるし、徹が会社から帰宅するまでには、冬子も帰っておきたかった。「今日はおでかけだから遊べないのよ」冬子は腹の子どもに諭《さと》した。ちょくちょく緑子と訪れてくれるので、海くんには腹の子どもも慣れているのだ。

「でかけるって、ひとりで大丈夫ですか?」

海くんは大仰に目を見開いて、肩をすくめ、甘ったるい声で言った。なんだか今日は、ちょっと前のめりな、海くんらしくない空気が漂っている。それは普通の人がやれば神経を疑ってしまうような仕種だけれど、いつも過度に低温を保っている海くんがやると、ほんとうに心配で仕方がないように感じられた。

「確かめなきゃならないから」

冬子は情にほだされて、ほろっとこぼした。すると海くんは、

「あ! 病院の定期検診ですか? 病院なら僕の車で送りますよ。でも、あれですよね。まあ、正直言って、僕の勤めている病院の方が設備もいいし、いや、なんだったら僕が

冬子さんの送り迎えをしてもいいし。と言うのも、冬子さんの症例を教授に話したら興味を持たれちゃって。一度、きてくれたらいいな、なんて思って」

まるで暗記でもしてきたかのような流暢《りゅうちょう》さで、一息に述べた。

そうだ。海くんはお医者さんだったではないか。冬子は腹の重たさに耐え兼ねて、とりあえず、ずるりと三和土《たたき》に座りこんだ。

「どうして徹は、自分の子どもじゃないって言いはるのかしら？　十八ヵ月お腹にいるってだけなのに、どうしてあんなに恐れているの？　男の人ってそういうもの？」

冬子は訊いた。お医者さんだったらわからないことなどないだろう。

「そう、ですね」

海くんは答えた。一呼吸置いて、

「その子どもが、自分の遺伝子かどうかというのは、根源的な雄の不安ですね。雄にしてみたら確かめることができないし、あらゆる動物がみんなそうですよ」

今度はゆっくりと説明した。案外あっさり終わってしまい、冬子はかえってほっとした。やはり、これから確かめに行くことは正しい。なにせ、あらゆる動物の雄がみんなそうなのだ。つまりこれは、あらゆる動物の雌に課された常識的対処だともいえよう。

「なんだったら中でゆっくり、お話ししますよ」

海くんは、ほどけるように微笑んで、冬子に手をさしのべた。冬子はその手を借りて立ちあがり、「六本木の喫茶店で十一時に待ちあわせなのよ」と行き先を告げた。今日は雨が降っていないのが、せめてもの救いだった。

喫茶店には、ちらほらとしか客もなく、冬子と海くんは窓際の席へ座った。六本木の喫茶店に、冬子のXLサイズを改良したベージュのワンピースは、わずかに浮いているようだった。自身の体重が増え過ぎてしまったわけではないのだけれど、今や腹がつかえて着られる洋服も限られてしまう。一応、真珠のネックレスくらいはさげてきたけれど、それが肌に触れるつめたさも、なんだか気恥ずかしかった。冬子はあたたかいミルクを注文し、海くんは新聞をひろげながらアイスコーヒーを注文した。

「妊娠中かあ。なんか急に電話貰っちゃって、期待しちゃったよ」

相変わらず、戸川くんは二十分遅れて揚々とやってきた。

素早くコーヒーを注文して、ネクタイをほんのすこしゆるめながら、戸川くんは笑った。戸川くんが自分で笑ってくれてから、やっと冬子もかすかに微笑むことができた。戸川くんの冗談はいつもわかりにくいのだ。海くんは新聞をばさばさと畳みながら、唇の端を吊りあげて、戸川くんに会釈をした。すると、腹の子どもが泣きだした。

「あれ？　なんか子どもの泣き声、聞こえない？」

あたりをぐるりと見回して、戸川くんは不審げに言う。冬子は慌てて、本題に入ろうと心に決めた。今日のところは、こちらの事情を説明して、彼の理解を得ている余裕がない。久しぶりだね、とか、今はどうしているの？とか積もる話もあるけれど。

「え？　全然、聞こえないよ」冬子は言った。とても誠実な声がでた。そして続けた。

「あのね。なにかわたしに隠していたこと、ない？」

戸川くんが、冬子の目を見つめ返す。わずかな沈黙がいっそう腹の子どもの泣き声をきわだたせた。それから困ったように耳をかき、

「なんだよ、今更。時効、時効。なあ？　男なんてそんなもんだよ」

言いながら、快活に笑う。海くんばかりを見つめて笑った。

「子どもなんかいないのに、気持ち悪いなあ」

戸川くんはふたたびあたりを見回し、海くんにもう一度「なあ？」と同意を求めた。

海くんはよそゆきの笑みをつくる。冬子にしてみたら泣き声のでどころへ話が及ぶことは、どうにも避けたかった。切り抜ける方法を全力で模索し、知恵をふり絞った。

「この人の腹話術なの。ね？」

そう冬子は言い切った。めずらしく、すぱっとした物言いだった。戸川くんにけどられぬ範囲を推し量りながら、海くんに全身で懇願した。海くんは冬子を、短くにらみつけた。なおかつ唇をにゅうっと横へ開き、縦に微妙に動かした。

「あの、社員旅行が近いから、練習してるのね」

間一髪を切り抜けて、冬子はやんわりと微笑んだ。戸川くんは、訝《いぶか》しげにふたりを眺めながらも、

「ああ、一芸の？　大変だねえ」などと、海くんへ気さくな同情を示した。そういうところが、戸川くんの好もしさだ。協調性に富んだ大人っぽさ。戸川くんと過ごした時間、染みついて離れない焼肉屋の匂いが、冬子の心に蘇る。けれども、腹の子どもは一向に泣きやまない。きちんと本題へと入らなければならなかった。

「それでね。隠していたこと、ない？　実はあなたが宇宙人だとか、へんな病気を持っていてうつしたとか、そういう類いのことなんだけれど」

たどたどしく冬子は訊いた。上手く訊ねられていないことが、自分でもよくわかり、単刀直入に「この子、あなたの子どもじゃないよね？」とつけ足した。途端に、戸川くんは真摯《しんし》な表情で、冬子の言葉のひとつひとつを検証してくれているようだった。

「なんで？　俺らがつきあってたのって、相当以前なんだからあり得ないでしょう？」

当然のことのように戸川くんは答えた。けれども声は、あたたかかった。

「疑うんだもの」

戸川くんのあたたかさに、冬子はとろりと本音をもらした。思ったより甘える口調になった。戸川くんはしばらくじっと考えこんで、視線をあげた。

「あー、旦那かあ？　なんだよ、お前、俺にずっと惚《ほ》れてた？　なんちゃって」

男の人特有のはにかみ方で、戸川くんは言った。声に笑みを含ませて、なんでもないことのように。冬子を手招きして「俺、種なしなんだ」と耳打ちした。そして一瞬だけ、しんとした。そこには、冬子の知らない戸川くんがいた。

「だから大丈夫だよ。俺のことは忘れて、旦那、大事にしてやれよ」

快活に、戸川くんは続けた。そんな告白を頂戴するために再会したつもりではなかったのに。冬子は、殊の外しんみりしてしまった。

「俺が旦那に言ってやろうか？」

戸川くんは、冬子の顔を覗きこむ。冬子はちいさく首をふった。

ぬるくなってしまったコーヒーを、戸川くんは一息に飲み干した。戸川くんの目尻には、ほんのりと皺が見えた。快活な皺だった。笑顔の跡にできる善い皺だ。戸川くんがちっともくたびれていないことが、冬子は誇らしかった。

海くんの車に乗りこんだ途端、腹の子どもは泣きやんだ。どうも人見知りをしているようだ。母体の、つまり冬子の不安や緊張の余波もあるようだった。

お昼に近いので、冬子は持参のおにぎりを食べた。運転中の海くんにも勧めたが、すげなく遠慮された。あくまで低温を保つ海くんに戻りつつあり、冬子は頼もしく思った。すくなくとも腹話術作戦はひとりでは成し得ないものだったし、車椅子も車もなしで表を歩くのはやはりたいそうなことだった。

都内へとむかえばむかうほど、雲は平べったく延ばされていき、空気はもわりと蒸していく。久しぶりの大都会は総じてクールだった。むろん人々も。近所の商店街や産婦人科では、冬子のおおきな腹は好奇の視線にさらされる。ところが大都会では埋没するのだ。おおきな腹の浮き具合よりも、自分の着ているワンピースの浮き具合の方が、むしろ気になるくらいだった。次の目的地は、丸の内。伊東くんは、今は食品会社に勤めていて、お昼休みしか会社を抜けられそうもない、と昨日の電話で言っていた。ならば会社の近くで待ちあわせよう、と決めたのだった。

指定されたベンチに、冬子と海くんは腰かけて、行き交う人々をぼんやり眺めた。立ち並ぶ街路樹からは潤った新緑の香りがして、あちこちの店から様々なランチの匂いが流れてくる。制服のまま財布を持ってそぞろ歩く女性社員たち、爪楊枝をくわえて笑いあう男性社員たち。働く人々や、遊んでいる人々。通りは、雑然とした華やかさに充ちている。

あの頃の伊東くんはまだぽやぽやとした学生だった。あの伊東くんがこの人波の中へ紛れこんでいるなんて不思議なものだ。冬子は、ふっと可笑《おか》しい気持ちになった。

「冬子ちゃん？」

傍らに、見知らぬ男が、はあはあと息をきらして立っていた。玉のような汗をかき、たっぷりと恰幅《かっぷく》が良く、顎の輪郭《りんかく》すら覚束《おぼつか》ない男に、「伊東くん？」と問うのは失礼な気さえしてしまう。まさか伊東くんではあるまい。冬子は思い直し、「はい」とちいさな返事をした。心の中では、どちら様ですか？　と、これも情けなく言い足した。海くんは隣で、にやにやと笑いを嚙み殺していた。

「俺、太ったでしょう？」

昆布茶色のスーツの上着を脱ぎながら、男は照れくさそうに微笑んだ。

「そうね。いや。それほどでも」

冬子はついつい、うろたえた。ついつい必要以上に笑顔になる。この男が伊東くんなのだ。爽やかさは微塵《みじん》もなくなってしまっているけれど、誠実さと穏やかさは何十倍にも強化されているようだった。それに、その真白い歯だけは今でも面影を残している。そんなに悲観しなくても良いはずだ。冬子は自分に言い聞かせた。

「冬子ちゃんも、ね」

伊東くんは、鼻の頭に皺をよせて、学生時代のような親しさで茶化した。

「違う！　これは赤ちゃんなの」

冬子はついついむきになった。伊東くんといると、ついつい、の頻度がひどく増す。ついついむきになり、時々は辛辣《しんらつ》なことを言ってしまい、必要以上の笑顔にもなる。それでも伊東くんは常に穏やかだった。昔から。

「こちらは、ご主人？」

伊東くんは、海くんへ丁寧な会釈をした。冬子は手短かに「弟」と答えた。妹の恋人だから大雑把には義弟だけれど「義」は回りくどいので省略した。ついつい棘《とげ》のある声がでて、海くんは、くつくつと笑いながら頭をさげた。伊東くんは冬子の顔色を窺《うかが》って、腕時計をせわしなく一瞥した。それから「会って話したいことって、なに？」と怪訝そうに訊いて、冬子の隣に腰かけた。その瞬間、腹の子どもがふたたび泣きはじめた。伊東くんは、ぎょっとしてベンチから飛びのいた。

「腹話術に凝っているのよ」

冬子はすかさず、はっきりと言った。そして「特技なの。自慢しているの」と実姉のように、海くんへと厳しい視線を送った。海くんは渋々、唇をひくひくと動かした。その動きは先ほどのものより大味でひやひやしたけれど、「ああ。上手ですよ」と伊東くんは、さして興味もなさそうに律儀な感想を述べ、ベンチへ腰かけた。ぼろがでてしまう前に、そろそろ本題へ入らなければならなかった。

「実は宇宙人だとか、へんな病気をわたしにうつしたとか、そういうのない？」

冬子は訊いた。妙にからりとした声がでて、幾らか雑な気持ちでもあった。それは懐かしい感触だった。どうも冬子は、伊東くんと接していると、いつしか雑な気持ちになってしまうのだった。どんどん雑な気持ちになって、しまいにはどうでも良くなってしまう。それでも伊東くんは常に誠実だった。どんなに雑に扱われても、家族とテニスとハンバーグさえ否定しなければ、くどいくらいに誠意を尽くした。

「僕はねえ、もうあの時の僕じゃないんだよ」

そんな伊東くんが、はむかった。

「僕はさ、真面目すぎる、とか、一緒にいてもつまらない、とか、冬子ちゃんにいろんなことも言われたけど、でももう僕だって、そんな美人じゃないけど性格の良い奥さんもいるし、子どもだっているんだよ」

伊東くんのこめかみには血管が浮きたち、上気した頬はほんのり赤くなっている。まんべんなく汗をかき、気を昂らせて、怒りで声がうわずっていた。

「それをなんだよ？　久しぶりに会って『へんな病気うつしてない？』かよ！　今日、会うのだって、冬子ちゃんが泣きそうな感じで電話してきたから、内緒で時間とってきたっていうのにさあ！」

それは、今の容貌はさておいても、冬子の知らない伊東くんだった。伊東くんらしい誠実さで、自分の家族への愛情をまっとうしているのだと、冬子は思った。あの伊東くんがここまで雄々しくあることが、冬子には感慨深かった。

「じゃあ、しあわせ太りだね」

冬子は微笑みかけた。とりなすつもりも、すこしはあった。しかし、ついつい、も、雑な気持ちも、一切がきれいに消え去っていた。

「もう二度と電話しないでくれ！」

言い捨てて、伊東くんは歩き去って行った。

これは、伊東くんとの、はじめての心の通った会話だった。それでいてこれが最後なのだろう。けれども冬子は誇らしかった。海くんは、眉を八の字によせて微笑んだ。腹の子どもの泣き声は次第におさまり、かまびすしい通りには穏やかなひとつかみの風が吹いた。


石神井までの道路は、すこし混んでいた。突発的事故が起きてはいけないので、冬子は海くんに「北島くん」という男の癖を、あらかじめ車中で説明した。彼に再会するとなると、さすがの冬子も身体がこわばる。「じゃあ、うちにこいよ。女いるけど」と電話口で言われただけで、餃子の手土産が欲しいくらいだった。

北島くんの暮らす団地に到着すると、どこからか罵声《ばせい》が聞こえた。懐かしいあの罵声。てめえ。このアマ。殺すぞ。北島くんのものだった。冬子は息を呑み、歯を喰いしばる。

車のドアをあけて、踏みだそうとした瞬間、

「降りない方がいいんじゃない？」

海くんが車のルーフを開いて、冬子を制した。

団地の一室からは、女の悲鳴があがり、次々と物が割られる音が響いた。冬子と海くんは、その一室を凝視した。ふいに、不穏なしずけさが訪れた。腹の子どもがむずかりはじめる。すると、シュミーズ姿の女が、こちらをめがけて猛進してきた。女は裸足《はだし》のままいたるところに三原色の痣《あざ》をつくって髪をふり乱している。その後を、北島くんが追いかけてくる。角刈りの、金のネックレスをさげた、ふくらはぎのところを蝶々の羽のように膨らませた作業着姿の、懐かしい北島くんだ。

「あんたなの？　ちょっと降りてきなさいよ！　降りて勝負しなさいよ！」

女は叫び、冬子の二の腕を鷲掴《わしづか》みにした。掴んで、ねじあげて、ひっぱった。腹の子どもが泣きはじめる。お腹が空いた合図でもない、人見知りとも違う、さしせまった泣き声だった。海くんは慌てて、車のエンジンをかける。女は車を蹴飛ばしながら「逃げるのかよ！」と金切り声をあげた。いよいよ北島くんが追いついてしまう。冬子は、ぎゅうと目を閉じた。そして車は、すんでのところで発進してくれたのだった。

石神井から遠ざかり、腹の子どもも落ちついて、冬子はようやく北島くんへと思いを馳せられる心地になれた。今頃、北島くんは、彼女とラーメンなど啜っているのだろうか。餃子をつまみ、彼女に絆創膏をはってあげているのだろうか。冬子はなおも誇らしかった。北島くんの情熱は健在だった。同時にあそこには、冬子の知らない北島くんがいた。彼女と、パンチも蹴りも含む勝負ができている北島くんだ。当時の冬子はただ身を委ねるばかりだったけれど、あの彼女は北島くんへとまっすぐにぶつかっているのだから。きっと今、しあわせな暮らしをいとなんでいるのだろう。

なにも訊けずじまいだったけれど、冬子は充分に確信できた。

「冬子さんは、へんな人ですね」海くんが言った。

「どうして？」冬子が訊くと、

「今、なんか嬉しそうだったから」呆れたように、海くんは言った。

ふと冬子は、海くんは薄く切ったお刺身みたいな人だ、と思った。淡白な、品の良い、白身のお刺身に、とてもよく似ている。脂ののった肉のような男たちとの再会のあとだけに、冬子はひそかに癒された。

「よお」

小山田くんはふわりと手をあげた。丹念に漉《す》いた薄紙のように歩き、まるで昨日も遊んだ友達のように微笑んだ。彼が経営している渋谷のクラブが、待ちあわせ場所だった。店内は深海のように蒼暗く、ゆらゆらと数人の若者がうごめいているのがかろうじて見えた。つくつくと肌に刺さるような、ずくずくと突きあげるような音楽が、四方八方から聞こえてくる。小山田くんを見ると、若い女の子たちが色めきたち、男の子たちは恭《うやうや》しく挨拶をした。若者ばかりのそこでは、冬子はあきらかに大人過ぎていて場違いだった。海くんでさえ白いシャツを発光させ過ぎていて所在ない様子だった。そして小山田くんは人さし指をすいっとふりおろし、魔法のように店員に音楽のボリュームをさげさせた。自分の手足の長さを持てあました、すとんとした佇まい。髪が肩までのびていて、昔より幾らか筋肉を蓄えたこと以外、なにも変わってはいないない小山田くんだった。壁際に並べられた椅子に腰かけながら、小山田くんは手招きした。冬子と海くんもそれに倣《なら》っておずおずと腰かけた。たちまち腹の子どもが泣きはじめる。小山田くんは喰いいるように冬子の腹を眺め、さっそく冬子と海くんは腹話術作戦の準備にとりかかった。ところが、「おもしれーな、それ」小山田くんはけたけたと笑った。

「え？　うん。でしょ？」冬子はためらいつつも即座に答えた。

「へえ。そういうもんなんだあ」

小山田くんは笑いながら、おかしくてたまらない、とでもいうように腹をよじった。冬子はたちまち祝福されているような心持ちになり、頰が熱くなるのが自分でわかった。それから唐突に、彼はやわらかそうな肌合いのシャツの襟をはだけた。

「見て見て、これ」

胸元には、タトゥーがあった。鎖骨の下のあばらの辺に、Kenjiと彫ってある。文字は青いインクで書いたように淡く輪郭をぼかしていて、きれいな筆記体だった。

「自分の名前にしたんだよ。いいっしょ？」あかるく跳ねた声で言う。

「普通、好きな女の名前とか入れますよね」

海くんは思わず吹きだした。随分こばかにしたような、それでいて好感のこもった訊き方だった。実際、それは迷子札のようだった。けれどもこういう場合、小山田くんには好感しか通じない。正確には、他人の言葉など聞いてもいないのだ。いつも。

「かっちょいいっしょ、これも見て」

案の定、小山田くんは屈託もなく、にこりとした。一見すると海くんの言葉を聞いているような、その実なにも聞いていないような、彼独特のいつものまあいだった。それから袖をたくしあげて、光沢《こうたく》のあるたくましい左腕をさしだした。肘《ひじ》の内側には、刃物で切りつけた幾筋もの傷痕があった。ぷくりと盛りあがった傷痕。みみずのように太いものもあれば、糸のように細いものもあった。まあたらしい皮膚のものもあれば、均《なら》されて馴染んでいるものもあり、どれも痛々しく這《は》っていた。

「俺、もうあれはやめたんだぜ。やめるとき、すっげえ辛くってさあ。だって幻覚とか見まくるんだよ。そんとき、ここ切ってさあ。でもやめたんだよ。あれは身体ぼろぼろになるよ。だめだね。俺、えらいっしょ？」

冬子は泣きたい気持ちだった。海くんは今度は笑わなかった。小山田くんだけが、さっきと変わらぬ跳ねた声で続けた。

「だから今、身体、鍛えてんの。えらいっしょ？」

「うん、えらい、よかったね」心をこめて冬子は褒めた。

「冬子がずっといてくれたら、俺、あんななんなかったかもよ」

小山田くんはさみしそうに、唇をすぼめた。冬子は「うん」と正直に頷いてしまってから、慌てて「ううん」とちいさく首をふった。腹の子どもの泣き声はいつのまにか、むずかりに変わっている。冬子は小山田くんが恋しかった。ふたりのあいだには、誰もよせつけないような、濃くなめらかな空気がとり巻きはじめていた。海くんが気まずそうに目をふせても、それは一向に薄まってゆかなかった。

「あのですね。実は宇宙人だとか、あるいはへんな病気を持っているとか、そんな心あたり、あるわけないですよね」

幾らか投げやりな口調で、海くんが訊いた。呆れを通りこして、ほとんど無関心な物言いだった。小山田くんはすこしもったいぶってから、

「俺、宇宙人なんだ。ね？　冬子には昔、言ったよね。親父も母ちゃんも、だからあいつらはほんとうは俺の親じゃなくってさ、俺は宇宙人から産まれたわけよ」

と、嬉しそうに身を乗りだした。その話は冬子もよく憶えていて懐かしかった。

十代の頃、小山田くんは両親と喧嘩をすると、しばしば冬子に話して聞かせ、じゃあお姉ちゃんは誰から産まれたの？　と訊くとあからさまに言葉につまるので、よくからかったものだった。深夜の公園や忍びこんだ屋上で、続けざまに煙草を吸いながら、小

山田くんは飽かずに喋った。お父さんにもお母さんにもよそに恋人があって、お姉ちゃんには黒人の恋人があって、昼も夜も小山田くんはひとりぼっちだった。

「お父さんとお母さん、お元気？」

懐かしさのあまり、思ったより老《ふ》けた口調で、冬子が訊いた。

「っていうか、宇宙船のお迎えがきたら冬子も連れて行ってやるって、昔、約束した？　したよね？」

霧の中で眼を凝らすように、小山田くんは冬子を見つめた。冬子が「うん」と頷くと、「そうだよ、約束したじゃん」と何度も何度もくり返して、小山田くんはけたけた笑った。急に冬子は、なにかがほんのすこしだけおかしいことに気がついた。空気はいっそう濃くなって、今にもふたりを閉じこめそうなくらいに、厚くうねっている。すると海くんは、しずかに席を立った。

「まだここにいる？　冬子んち門限あったよね？　昔より遅くなった？　お前んちの母ちゃん、こええよなあ」

小山田くんは、冬子を肘でこづいた。昨日まで一緒に遊んでいたような軽やかさ。明日もまた一緒に遊ぶかのようなあかるさ。笑うと前歯のささやかな隙間が垣間見えて、端正な顔がわずかに崩れ、冬子はいつでもときめいてしまう。

その時、冬子の耳に、早く立ち去らなければいけない、と警告が聞こえる。

「もう、帰らなきゃ」

「おう、ほんじゃあね」

ものわかりの良い子どもみたいにこくんと頷いて、小山田くんはふわりと手をあげた。

冬子は泣いてしまわないように用心しながら、

「からだに気をつけてね」と、祈りをこめて言った。

もう会えないのかも知れない。

冬子は、そう思った。

この世に溢れる、言葉になんてしなくても良いかも知れないものの数々を、小山田くんは知り尽くしていた。それ以外の常識的かつ一般的なことには、まるで無頓着《むとんちゃく》だったけれど。他人の話など聞きもしない。会話にはいつもなんの脈絡もない。それでいて肝心なことだけは、いつでも寸分違わず、すくいとった。独特な伝え方と伝わり方で、傷つくことも傷つけることも決してなかった。ふたりが抱きしめあうと、自然と混じりあってゆき、次第に自分で自分を抱きしめているような心地になった。冬子は彼といると、自分がほんのすこし男の子になったような感じがして、彼は冬子といるとほんのすこし女の子になるように感じられた。ふたりともが、男の子であり女の子でもあって、男の子でも女の子でもない生きものになった。ふたりのあいだのありとあらゆる境界線は、常に曖昧にぼやけていた。やがて、重たいおおきな扉が閉じてゆくように、ゆっくりと世界が閉じていった。そこは途方もなく居心地が良かった。同時に、途方もなくさみしくもあった。小山田くんとふたりきりの世界は、ひとりぼっちの世界に、限りなく似ていた。そっと世界を閉じる。それが小山田くんとの繋がりのすべてだった。十代のあの頃、ふたりきりで世界を閉じてしまうには、まだ早すぎた。そうして今では、もう遅すぎる。冬子は、もはや母であり、ひとりぼっちの生きものには戻れなかった。冬子には、これからやらなくてはならないことがたくさんある。この子を産み、育てなければならなかった。小山田くんが昔となにも変わりないことが、せつなかった。自分が「母」という生きものに変わってしまったことも、せつなかった。だから、もう二度と会ってはいけないのかも知れなかった。

コインパーキングの支払いを済ませるでもなく、忠実な飼犬のように車の脇にしゃがみこんで、海くんは待っていた。冬子は歯を食いしばって、よたよたとたどり着いた。誰の助けもなしで歩くと、背骨がそり返って折れてしまいそうなくらい身体が傾《かし》いだ。

「気が済みました？」

車のエンジンをかけながら、海くんは訊く。冬子は息をととのえながら、頷いた。

「うちの大学病院でちゃんと調べましょう」

「男の子か女の子か、言わないでいてくれる？」

遠慮がちにお願いすると、海くんは「いいっすよ」と爽やかに笑った。閉めきっていた車内は蒸し暑く、車が走りだすと窓をあけて、埃っぽい湿気た風を吹きいれた。

結局、かつての恋人たちは、総じて宇宙人ではなかった。むしろ小山田くんなど、ほんとうに宇宙人だったならどんなにか良かったか。彼自身の生き易さのために、ではあるけれど。へんな病気も持ってはいなかったし、うつした気配は微塵もなかった。みんな自分の時間をまっとうに生きていて、冬子などあきらかに彼らの人生の部外者だった。今更、嘘をついたとしても彼らにはなんの得にもならないくらいに。どれも過ぎたことだった。

一方、わかったことも、ひとつあった。それは、冬子にとって徹がもっともぶきみな生きものだということだった。今まで出会った男の中でも、とりわけ共感しにくくて、なにをしてもごわごわとかさばった違和感があり、もっとも遠いところで生きている。そうかと思えば気紛れにこちらへ侵入してきて、目の前をうろうろする。奇妙な気遣いをして、突拍子もない抜け道を探しあて、牧歌的な笑顔をもち、カレーの腕をとことんあげた、夫というぶきみな生きもの。そもそも夫というものがぶきみなのか、徹そのものがぶきみなのか、そこの違いは定かではないけれど、あまたいる男女の中から、お互いに選び抜いた仲ではあった。

冬子は、徹を夫に選んだ。それだけは確かだった。

腹の子どもは、どの男にも人見知りした。それも確かなことだった。

二日目のチキンカレーに生玉子を割りいれ、今日の報告を切りだす機会を、冬子は息をつめて窺っていた。徹はささ身フライに醬油をまわしかけ、大人しくカレーを口に運びつつも、視線もあわせないような警戒ぶりを、まだまだ地道に続行していた。徹の匙と皿が、規則正しくかちゃかちゃとぶつかる。いざ言いだそうとすると、どう喋れば良いものか、喉のあたりがぐっと狭まる。蒸し暑くなってきたからそろそろ茹玉子《ゆでたまご》に切りかえよう、とか、ぼちぼち衣替えをして夏物をそろえなくちゃ、などという些末《さまつ》なことが頭の片隅で膨張する。そうこうしているまに、手つかずの冬子のカレーには、早くも薄い膜がはりはじめてしまっていた。

戸川くんの注文したブレンドコーヒーが目に浮かぶ。

伊東くんのアイロンのかかったハンカチが思いだされる。

北島くんの罵声が耳に蘇る。

小山田くんのすべてが心を占める。

ふと顔をあげればそこには、最後の一口を食べ終えようとしている徹が歴然といた。

「今日、確かめてきた」弱々しい声で、冬子は言った。

「どうやって？」徹は頰をひきつらせて、ゆっくりと匙を置いた。

「会いに行った。会ったらわかったよ。わたしが徹をちゃんと選んでたってわかった。徹もわたしを選んだんでしょう？」

一瞬、徹は静止した。それから気をとり直し、憮然《ぶぜん》とした声で訊き直した。

「なに？　説明になってないし、納得できないよ」

そうでしょう、と冬子も思い、そうとしか言えない冬子でもあった。

「理解できなくてもいいよ。産まれたらわかるもの。わたしにわかってるみたいに、この子だってわかってる」

言い終えると、涙がつるつる流れでた。今日一日我慢していた分のあらゆる涙と、今日一日の緊張と、うまく伝えられない自分の拙《つたな》さと、夫に腹の子どもを疑われている不《ふ》甲斐《がい》なさも、いっしょくたに流れでた。悲しみの伝導率というのは、喜びよりもずっと素早い。冬子のかなしみはまたたくまに伝わって、腹の子どもも泣きはじめた。祖母のお葬式以来、泣きたいようなことがあっても「母」なる自覚が押しとどめて、冬子は泣きはしなかった。けれどもその分、ひとたび泣きはじめてしまうと、後はとめどがなかった。「ごめんね」と腹の子どもに詫びながらも、しゃくりあげた。これで徹はとうとう逃げていってしまうのだろう。そんな徹の姿が冬子には容易に想像がついた。

「よしよし、お父さんだよ」

ところが、徹は腹の子どもをあやしはじめた。はじめはおそるおそる指先で触れ、やがて楽器を奏《かな》でるかのような自由さで、冬子の腹ごしに子どもを撫でた。

「ほらほら、泣かないで」

徹が甘やかな声で囁くと、腹ごと子どもはぴくんと動き、全身でうけとめているのが冬子にも申し分なく伝わった。

「いない、いない、ばあ」

徹にあやされると、腹の子どもはたちまち笑った。その笑い声は、こだまのように冬子の中で響きわたった。あたたかいものが喉元を流れ過ぎ、体内におさまってゆくように、冬子もつられて微笑んだ。あやし続ける徹の表情には、「父親」という、冬子にとって未知なる生きものを想起させる兆《きざ》しがあった。なにか力強いもの、勇ましいもの、揺るぎないものの持てる、今はまだ微々たる兆しだった。

「明日から、海くんの大学病院に変えるね」

ティッシュで鼻をかみながら、冬子は言った。思うさま泣いてしまうと、自分でも驚くくらい、すっきりと整理整頓されたようだった。

「やめなよ」

ぽつりと徹はつぶやいて、すうっと表情を曇らせた。もうすっかり平素の徹に戻っていた。

「どうして?」冬子が訊くと、

「裸、見られるのいやじゃん」ばつが悪そうに、徹は答えた。

冬子は、くすくすと笑った。徹もつられて、くすりと笑った。「そうだね、でも」と冬子が口籠《くちごも》ると、徹は自分の皿をさっさと片づけはじめた。皿を洗う水音と、陶器のぶつかる音がして、そこここの空気は一気に散らばっていった。途端に食欲もわいてきて、冬子はカレーの薄い膜を、ついと匙で破りとった。


徹が風呂に入っている隙に、冬子は三日に一通と決めてある父への手紙をしたためた。「お父さんへ」と書いたそばから、先ほどの徹の子どもをあやす勇姿が心に浮かび、青いインク文字は小山田くんの胸に彫られた筆記体の字面《じづら》を思いださせ、冬子の頭の中でそのふたつの印象がぼんやりと合体したものが、当座のお父さん像となった。

それにしても、徹はぶきみだった。徹といると、世界へ通じる重たいおおきな扉は、閉じる暇も与えずに、なぜだか洋々と開け放たれてゆくのだ。肝心なことであればあるほど、どうしようもなく共感できず、ほとんどの場合、仕方なしに開いてゆくのだけれど。それは案外、徹にしかでき得ないことでもあった。

そして「今日は、懐かしい人たちに会いました。おからだお気をつけて。冬子」と手紙をしめくくり、水色のアドレス帳とともにいつものように流しの下の宝箱へとしまいこんだ。

お姉ちゃんに盗《と》られた。緑子はまっさきに、そう思った。

「明日から、冬子さんがうちの大学病院にきてくれることになってさ」海くんは鼻高々に告げたのだった。妙に機嫌も良く、猫撫で声で「帰りによっていい？」などとめずらしく電話があったので、緑子はシャワーを浴びて、スパンコールをちりばめたサーモンピンクのよそゆきのスカートにはき替え、お化粧も念入りにし直した。それなのに、手土産のシャンパンは、海くんとお姉ちゃんのお祝いのためのものだった。

それって大体、お姉ちゃんにとっても、めでたいことなわけ？

緑子には淡い疑問が残っていたけれど、それよりも海くんの浮き足だった態度がひどく気にいらなかった。なんでも、これで教授に気にいられたら新人の中でも目立てる、のだそうで、そうしたら贔屓《ひいき》だってして貰えるだろうし、とにかく奇病中の奇病であることには間違いないのでどう転んでも得がある、のだそうだ。そして、検査と研究がはじまるからいよいよ遊んでられなくなるかもな、と申し訳程度につけ足した。

シャンパンの栓を抜きグラスに注ぐと、黄金色の泡がしゅわしゅわと弾ける。かちん、と乾杯をして、海くんは「僕と冬子さんの門出だな」と気障《きざ》な声色で言った。もうその頃には緑子は、この男ってばかじゃないかしら、とは思ったものの、あのぼんやりのお姉ちゃんもさほど憎らしくなくなっていた。シャンパンは空きっ腹に染《し》みわたり、黄金色の泡が、身体中をきらきらと駈け巡るみたいだった。クラッカーを齧って二杯目のシャンパンを呑み干すと、海くんは床へぱたりと横になって眠りに落ちた。緑子は煙草を吸いながら、海くんの語った今日一日の出来事を思い返した。

お姉ちゃんと一緒に、なぜかお姉ちゃんの昔の恋人に会いに行き腹話術の真似をさせられたことや、車のボンネットをへんな女に蹴られたこと。どの男も強烈で、冬子さんて大人しそうに見えるけど結構あれだよね、と笑っていたこと。まあ、気が済むまでつきあえばいいか、と実ははじめから思っていたこと。冬子さんもそう言ったし、もしも殴られそうになったら走って逃げればいいや、と内心では開き直っていたこと。

海くんはほんとうに残酷だ。お姉ちゃんに、そんなことをしても意味がないと、教えてあげることだってできたはずだった。大学病院を勧めたのだって、お姉ちゃんの身体のためじゃなく自分の社会的利益のためだけだ。海くんは気の好いように見えるくせに、ほんとうはつめたい。気の好いように見えるのは、黒目がちな瞳や、痩せているからえくぼのように見える頬の縦皺《たてじわ》のせいだと、自覚さえしている。自覚してふんだんに行使もするのだ。それもかなり的確に。

お姉ちゃんは不幸な女だ。緑子はつくづく、そうも思う。

延々と夫に浮気をされた挙げ句、珍奇な子どもを身籠って、その子どもは自分の子どもではないとあんな夫に疑われ、なぜか昔の恋人に会いに行くはめとなり、しまいには妹の恋人に利用されて大学病院で研究されてしまうなんて。お姉ちゃんらしい顚末だ。緑子が分析するに、ぼんやりと呑気さがあいまって過剰に災いするのだろう。その割に学生時代から、恋人に深夜に呼びだされ家を抜けだしお母さんにしこたま怒られても、殴られて悲惨な青痣をつくって帰ってきても、翌朝にはけろりとしていて、本人は意外となんでもないようだった。華奢《きゃしゃ》なうなじやら潤みがちな瞳が、けなげなふうに見せるのだけれど、その実なんだかとりあえず、そこに身をおいているだけのようでもあった。一見するとそれは見抜けない、しかし目を凝らすとだまし絵みたいに、お姉ちゃんの周囲にはぼやあっとした粒子が浮かびあがってくる。すると身近な人々は彼女の無傷さに、逆に傷ついて空回りをはじめてしまい、とことんまでいってしまう。歯止めが効かなくなってしまうのだ。

悪循環。

緑子は同情するのは好きじゃない。相手を見くだしているみたいで、かえって失礼な気がしてしまうからだ。けれども、お姉ちゃんは同情に値した。すくなくとも今日のところは値することにした。

お姉ちゃんは、可哀相な女だ。

緑子はそう思うことにして、海くんを盗られた憎らしさをちゃらにした。それからスパンコールをちりばめたスカートを脱いで、ほとんど見飽きた海くんの寝顔を肴《さかな》に、三杯目のシャンパンをちびちびと舐めた。

海くんは約束どおり、午前十時かっきりに車で迎えにきてくれた。今までお世話になっていた産婦人科のおじいさん先生には申し訳なくて、冬子は何度となく胸のうちで謝った。大学病院といういかめしさに、気押《けお》されるようなわずかな緊張感は拭えずとも、昨日の思いつめた気持ちに比べたら、なんてこともないようにも感じられた。母子手帳と保険証だけ持ってきて貰えれば充分ですから、と海くんは言ってくれたし、おそらく問診程度で終わるのだろう。空は今日も曇っている。光がまわりこんでいて、晴天よりもかえって眩しい。眩しくて目を細めていると知らぬまに眠気に誘われる。この心もとなさは多分、眠っているのか起きているのか一瞬わからなくさせるこの密雲のせいだ。冬子はそう自分に言い聞かせて、深呼吸をした。

大学病院に到着すると、冬子は車椅子に乗せられた。海くんは白衣をひるがえして、威風堂々と車椅子を押した。外来の患者の時間帯で、廊下は混みあっていた。ぱたぱたと立ち働く看護師や、順番待ちをしている患者とそのつき添いの幾人かが、冬子の巨大な腹を凝視して、波が割れるように道を開いた。まるで狩った獲物でも見せびらかしているような、いつもと違う自慢げな海くんの様子に、冬子はすこし怖じけづいていた。

二階の隅にある産婦人科の診察室で、車椅子から降りて椅子に腰かける時も、巾着袋《きんちゃく》からハンカチをだして握りしめる時も、冬子はその一挙手一投足を見守られた。というよりも、不愉快なくらいくまなく観察された。海くんは冬子のそばを離れて、お医者さんたちの列の末端へつく。お医者さんたちと看護師さんたちは総勢十五人ほどいて、ずらりと並んで丁重な自己紹介をはじめた。冬子はどぎまぎと「はあ」とだけ相槌をうった。はじめに名乗られる役職の部分の「教授」とか「部長」とか「准教授」とか、そのあたりから早くも冬子はこんがらかる。すると名前も顔もお愛想も、誰ひとりとして頭に入ってこなくなり、三人目からは「はあ」と答えるだけで精一杯となった。

パステルカラーのコウノトリのモビールが、窓際で空調に吹かれて揺れている。こんなにたくさんの人にとりかこまれたのは一体いつ以来だろう、と冬子は考える。

結婚式だって身内だけでこぢんまりと挙げたものだった。教会で式を挙げ、家族だけで食事会をして、会社の同僚や友達には幾つか個別にささやかなお祝いの会をもよおして貰った。どの時も、主だって冬子がとりかこまれるようなことはなく、大体ものごとは母を中心に動き、年輩の女性社員を軸にまわった。それに人なつこい徹が一身に注目を集めてくれて、こまめに仲立ちしてくれたから、冬子は端っこへ参加しさえすればまにあった。そういえば、小山田くんはいつも女の子たちにとりかこまれていたものだった。先輩も後輩も、よその学校の女の子まで、甘いものに蟻《あり》がつくように群がった。彼からドラッグを買うのが目当ての女の子もいたし、むろん彼自身が目当ての女の子も大勢いた。小山田くんは、どの女の子も区別がついていない割に、どの女の子にも等しく笑いかけた。媚《こ》びるでもなく礼儀を尽くすというのでもなく、息をするように笑いかけた。おかげで冬子もほんの幾度か、体育館の裏や焼却炉のそばで女の子たちにとりかこまれたことがあった。けれども「あんたが小山田とつきあってるって子？」と先輩たちにとりかこまれた、放課後のあの時だってせいぜい一度につき四人がいいところだ。こんなにたくさんの人にとりかこまれたのは、生まれてはじめてのことだった。もしも今後こんなはめに陥るとしたら、死んで棺に入る時くらいなものだろう。

「お写真、撮らせて貰ってもいいですかあ？」

看護師の社会的な声色に、冬子は突然、現実へとひき戻される。よくよく考えもしないで反射的に「はあ」と返事をする。ハンカチを握る手がこまかく震える。冬子は完全に、あがっていた。

診察台に横たわると、黄ばんだ低い天井が眼に飛びこんだ。身体の真ん中で上下を仕切るカーテンはくすんだピンク色で、いやにぴらぴらとした生地だった。ぴらぴらとした生地のむこう、冬子の開いた股のむこうでは、総勢十五人ほどの人間がひしめきあった。ひしめきあって、ためつすがめつ観察しているようだった。薄いゴム手袋をはめた人の指らしきものが挿入され、つめたい金属らしきものが挿入される。もたもたと検査は長引き、丸だしの内腿がすうすうしてくる。カーテンのむこうからは、「ほう」とか「はっはあ」とか「ふむふむ」とか、意味のない声ばかりが聞こえてくる。カメラのシャッター音が不躾《ぶしつけ》に響き、終わったフィルムを自動で巻きあげるジーッという音が聞こえる。冬子はこの状況を把握できなかった。総勢十五人ほどもの冷静沈着な人間に、自分の裸の股のあいだを、かぶりつくように見つめられているこの不条理。「恥ずかしい」も「恐ろしい」も「泣きたい」も、ちょっと吹き飛んでしまうような異常な状況。

ああ、そうか。今、自分は眠っているんだ。

冬子はそう疑ってみる。内診が終わり、下着をつけてワンピースの裾を直す。採血のためのゴムチューブを二の腕に巻かれる。医者たちはそれぞれ用紙になにか書きつけたり、こそこそと耳打ちしあっている。看護師たちは血圧検査や体重測定の準備で忙しい。うっすら気が遠くなってきて、どくんどくんと血の流れるのが身のうちから聴こえてくる。ちょっとチクリとしますよ、と注射針が刺さる。いたい、と冬子は感じる。

ああ。今、自分は起きているんだ。

愕然《がくぜん》と、冬子は思い知った。けれども後すこしで検査も終わるはず。過ぎてしまえば笑い話だ。きっと母は腹を抱えて笑うだろう。緑子は、ぼんやりしてるからだよ、と呆れかえるだろう。何本もの試験管に大量な採血をされて、淡々と血圧を計り、体重を計る。あとは超音波検査くらいなものだろうか。やっとこれで解放される。気を抜いた瞬間、「細胞、採っちゃうんで、舌だしてください」と看護師が微笑みかけた。「これは痛くないですよ」と細長い紙のようなものを手にしている。普通、産婦人科では子宮以外の細胞は採らない。子宮や胎児の細胞検査だって任意なはずだ。そのくらいは冬子にも知識がある。慌てて不安を眼で訴える。それから不満も充分こめる。すると看護師は「この後、おめめとお耳の検査をして、お胸のレントゲン撮りますね。直腸と心電図も、今日中にやっちゃいましょうね。あとは脳波と頭部CTスキャンをとって、簡単なカウンセリングで今日は終わりです」と、あやすように述べた。ですが、でしゅに聞こえるくらい、こちらの機嫌を窺っているのが、ことの重大さを露《あらわ》にしていた。そんなことになっているなんて。隅の方に陣どった医者たちの合間に、海くんを眼で探す。助けを乞う冬子の視線に気づいたはずの海くんも、そこにいる白衣を着た全員が、獲物をいたぶるような冷徹な眼差しで冬子をねめつけた。

この人たちは白い悪魔だ。

そう思った途端、腹の子どもがいきおいよく泣きだして、総勢十五人ほどの白い悪魔が「おお」と感嘆の声をもらした。

温水プール。

それが排出する二酸化炭素や無駄遣いしている水の量について考えると、緑子は胸が痛む。この大量の清潔な水を、遠い異国の痩せてひからびた田畑に撒くことは、簡単にできそうなのにできなくて、飢えて喉を渇かせた子どもたちに飲ませてあげることも、緑子程度の小市民にはできなかった。大体こんな平日の昼間だというのに、区民プールにはそこそこ人がいるものだ。別に金持ちじゃないけれど、健康やダイエットに気配りできるくらいの生活をいとなめる、そこそこ裕福な人々が。だから緑子だけではなく、ここにいるみんなで貪《むさぼ》っているのだ。遠い異国の地の死に瀕《ひん》した人たちから、生命そのものを横どりしているも同然だ。なぜなら世界は等しくはないものだから。

平泳ぎをしながら、緑子はその考えを消化していた。大概、泳ぎはじめはそういう考えにとらわれがちで、何本かこなしているうちに消化できてゆく。お母さんは別のレーンで泳いでいて、あの人のクロールはきれいがあって結構いい。緑子が50メートルを二本泳いだところで早くも笛が鳴り響いた。ざばりと誰もが水からあがる。緑子とお母さんはベンチに座って髪を絞り、休憩時間が過ぎるのをぼうっと待つ。お母さんは泳ぎ続けたくてうずうずしているから、いつもふたりはほとんど会話をしないのだ。

さびれた温室みたいなこのプールは、天窓から空が覗けるし、四隅に配置されている南国風の植木もありふれた種類でほっとする。冬場はどうもつめたい隙間風が吹いているらしくて鳥肌が立つし、夏場は天窓からの陽射しで屋外にいるのと同じくらい陽に灼けてしまう。タイルもところどころ剝《は》がれているし、ベンチやシャワー室も不潔ではないけれど簡素だ。この設備が完璧じゃない感じは、罪悪感をほどよく薄めてくれるので、緑子にとってほぼ完璧だった。平日の昼間は、ふくよかで胸のおおきな女ばかりがやたらにいる。おばあさん、おばさんたち、「おばさん」と呼ばない方が良さそうな年頃の女たち。自分が一番若いだろうな、と緑子は思う。けれども、それは得意な気持ちにはさせてくれない。なぜなら緑子は痩せっぽちで、胸だってあるかなきかのささやかさだから。

掌サイズの胸がいい。

その言葉を聞いた頃、緑子はまだ高校生で、はじめは友達の友達が退屈しのぎに言いだしたような、どうでもいい発言だった。そもそも緑子は「自分のチャームポイントは脚だ」と信じきっていたから、胸についてはなんの関心も抱いていなかった。どの男の子もすらりとした子鹿のような脚を褒めてくれたし、自分でもそう悪くないと思っていた。脚のきれいな他の女の子の存在はちょっとだけ気になったけれど、胸のおおきい女の子はどことなくばかに見えたし、実際ばかでもあったから、胸の大小については気持ちが動いたことも特になかったのだ。

巨乳もいいけど、やっぱり掌サイズだよな。ところが、

と、彼は断言したのだった。巨乳はともかく「掌サイズ」というサイズは初耳だった。

その言葉には、オーダーメイド的な贅沢《ぜいたく》さがあり、それでいて成り金的ないやらしさは

ない、ハイテクなようで伝統的な、流行や世俗に左右されないもの、ぴったりと添うような良質なものの響きがあった。すくなくとも当時の緑子にはそう響き、翌日にはひとりで銭湯へでむいた。掌サイズをこの目で確認したくなったのだ。そうやって意識して見てみると、大小の違いもさることながら、女の胸は様々だった。つんと上向きなくの字の胸や垂れ下がるようなへしの字の胸、丸い胸に尖《とが》った胸。木の実のような胸もあったし、坂道のように傾斜している胸もあった。胸板が厚い人は胸はちいさく見えて、腰の細い人は胸が大きく見えた。顔にほどこす化粧にも似て相当にトリッキーであり、顔そのものに似て同じものはふたつとなかった。まるでニューヨーク近代美術館展でも巡っているみたいに、モネ風、セザンヌ風、モディリアーニ風、様々な裸婦が、神々しく湯けむりに浮かんだ。そうかと思えばふとした瞬間、たとえば無心でせっけんの泡をたてている姿や、脱衣所で足の裏を拭いている仕草は、名もない女がどの頁でもしなをつくっているエログラビア誌さながらに生々しかった。結局どのサイズが掌サイズなのか、ということはうやむやになった。そんなことよりも、緑子の胸はちいさい、と意識させられてしまったことの方が衝撃的だった。はるかに。

ばかばかしい。と、今なら思える。「掌サイズ」なんて「男の掌の標準サイズ」がなければ成立しないはずだ。サイズっていうものは、ものの寸法で、評価の基準なんだから。Sサイズとか九号とか洋服のサイズみたいには、「掌サイズ」なんてものは存在しない。掌がちいさい男ならちいさい胸の女でよくて、掌がおおきい男ならおおきな胸の女じゃなくちゃ駄目だ、ってことだ。たとえば「僕は掌がおおきすぎるから、君の胸のサイズにあわせて指をつめるね」というふうには決して思いつきもしない。ようするに、男の掌のサイズに、女の胸があわせなくちゃならない仕組みになってる。そういうことは「男の掌の標準サイズ」をきっちりもうけてから言うべきだ。男の人は、いっつも平均とか標準とかを気にして、競争しているみたい。

ばかみたい。

笛の音が耳をつんざく。

緑子のささやかな胸には、海くんの掌ではおおきい、おおきすぎる。

ばしゃん、とまわり中に水飛沫をあげて、緑子はプールへ飛びこんだ。

タンドリーチキンと野菜のサモサをふたりで注文して、緑子はバター風味の豆のカレーとナンを、お母さんは唐辛子の効いたマトンカレーとサフランライスを頼んだ。茶色い小瓶に入った味の薄いインドビールを、ちいさなグラスに半分こする。お母さんは喉を鳴らして一気に呑み干す。すぐに残りを全部つぎ足して、もの欲しそうに小瓶を眺めるけれど、追加するのを我慢しているようだった。

お母さんは緑子とふたりきりで外出すると、いつからかこんなふうなのだ。こんなふうに、同世代の友達同士みたいにつきあうようになってしまった。多分、緑子が中学生になるかならないかのあたりから。「同世代」というのは、お母さんが緑子の年齢にあわせて若返るだけでなく、緑子がお母さんの年齢にあわせて年老いることでもあり、ふたりの中間くらいの年齢に「同世代」はぬらりと横たわっていた。加えてお母さんは、緑子がニジェールから帰国した後からすこしずつ、別々に暮らすようになってからは頻繁に、おばあちゃんが死んでからは著しく、緑子の妹みたいになってきている。

「最近はどうなの？」

運ばれてきたタンドリーチキンに齧りつきながら、お母さんが訊いた。

「べつに」

野菜のサモサを切り分けながら、緑子は短く答える。ネタにする気だな、と思うから、喋ってあげたい気もするけれど、海くんとの最近のことはうまく言葉にできない。

「お姉ちゃんさあ、まだ産まれないの？」

「冬子はぼんやりだからどうせ訊いても的を射ないでしょう。それで？」

さりげなくスライドしたつもりだったが、敢《あ》えなく撃沈されてしまう。きっとお母さんは締切りが近いんだろう、と緑子は思う。

緑子がそれを知ってしまったのは、忘れもしない十七歳の夏休みだった。緑子はその頃、パンク仲間と夜を徹してうだうだと遊んでばかりいたものだから、その日も深夜に近い朝帰りだった。ビールをたくさん呑んだから、喉が渇いてなにか飲もうと忍び足で台所へむかった。そこに落ちていたのだ。しずまりかえった台所に。

四百字詰め原稿用紙がただ一枚。

パメラの瞳にためらいが宿るのを、ジョナサンは見逃しはしなかった。ジョナサンは愛らしいパメラをきつく抱き締め、情熱的なキスをした。

「パメラ、結婚してくれるかい？　君こそずっと僕が探し求めていた女性なんだ」

「でも、イザベルが……」

「彼女との婚約は解消した。それにもしも君と出会えなければ、僕は真実の愛を知らないままだっただろう」

「本当はあなたに会った瞬間から愛していたの」

パメラは耐えられず、背伸びをしてジョナ

サンのまぶたに熱い唇を押し当てた。水平線を夕陽が甘く包んでいる。まるであの日のように。パメラの頬は幸福に輝いて、ジョナサンは喜びに溢れ、耳許でささやいた。

「これは僕らの運命なのさ！」

二人は再び、今度は愛に満ちた優しいキスを交わし、ほほ笑みあった。

END

と、原稿用紙には鉛筆で書いてあった。「合挽肉《あいびき》300グラム　牛乳　食パン　かぶ」や、「――ちゃんから電話あり　4時半くらい」や、「戸じまり　火の元　気をつけてね」などで、慣れて親しいお母さんの文字だった。しかしパメラはないだろう。だってセンスがなさすぎる。緑子はその紙をそうっと床に戻し、後日かまをかけることにした。ふいをついて試してみよう。できればふたりきりの方が都合がいい。

「パメラ」

背後から、緑子は呼んでみた。お姉ちゃんは会社に行っていたし、おばあちゃんは買い物にでかけていたので、絶好の機会だった。居間で新聞を読んでいたお母さんは、ほとんど条件反射みたいにふりむいた。緑子と眼があうと、頬を赤くしてはにかんだ。それから、「美味しいものでも食べに行こうか？」と妙に潤んだ声で誘ってきた。お母さんは隣町の中華料理屋で、甘ったるい海老チリソースとだまになったかた焼きそばを閉店まぎわまで箸でつついた。文学少女がとりがちなもじもじとした姿勢で、思わせぶりにはぐらかし、しつこくねばった。そして緑子が、もうどうでもいいやと痺《しび》れをきらした頃、ようやく打ちあけた。

お母さんは、ハーレクインロマンス的恋愛小説のゴーストライターだったのだ。

以来、緑子は恋をすれば話して聞かせ、恋をしていなくてもたまに誘われて、つきあわざるを得なくなった。日陰の身でいなければならないさみしさを愚痴《ぐち》られ、それでも読者たちの少女心を守っていかねばならない自分の使命について熱く語られ、しまいには「みつけてくれて、ありがとね」なんて言われてしまったから。

カレーが運ばれてきて、緑子は急いでサモサの残りをほおばりながら、今日はやけにお母さんの肌つやがいいことに気がついた。

「恋人でもできたんじゃないの？」

緑子は、自分でつくってしまった沈黙を逃がすためにも、わざと捌《さば》けた口調で訊いてみた。するとお母さんは、

「男なしでも充分生きられるけど、ロマンスなしじゃ生きられないのよねえ」

などと、うそぶいた。それから急に母親の表情になって、空いた皿をテーブルの端へとてきぱきよせた。お母さんは他人の恋は根掘り葉掘り聞きたがるけれど、自分の恋については慎重でなかなか話したがらない。会話はそこでぷつんと途切れた。

緑子と冬子は七歳も年齢が離れた姉妹だ。「ふたりの父親は同じ男で正真正銘の姉妹だ」と、そこだけ強調し、なぜかお母さんは公言した。かといってその口ぶりは、お父さんたる男への一途な恋心というのではなく、お母さん自身の誇りのために「そんなにわたしは、ふらちじゃないわ」と言いきっているようにしか見えなかった。お母さんの言う「ふらち」は、まるで駄菓子の一種のような響きなのだけれど。

緑子の勘では、彼女は、結婚もしないで子どもをふたりも産んで、たったひとりの男のために、それこそ日陰の身に徹して七年ごし、いや、もっと長いかも知れない年月を一身に背負うような、よくできた演歌の女ではない。なにしろあたしとお姉ちゃんの母親なのだから。なにかもっと傍目《はため》にはどうでもいい、彼女自身の身勝手なこだわりで、こういう人生を選択しているに違いない。たとえば口癖にしている「わたしの魂は自由でいなければ死んでしまうの」とか、その程度のことが案外、真相なのかも知れなかった。恋人くらいはいただろうし、ボーイフレンドもいなくはないだろう。なにを今更少女ぶってるんだとかんぐると、ほんとうに内気で恥ずかしがりな面があったりもして、結構もてる方だとも推測できた。「デートするのはエステに行くより安あがりよ」とか

「アクセサリーなんて自分で買っちゃみっともないわ」とか、あまりに下世話な教訓もあるにはあった。一方「理想の男っているものよね」とか「人生が変わっちゃうかも知れないな」などと、うっとりされてしまうこともあった。

けれど正直言って、緑子はそこまでは知りたくない。お母さんには、あくまで、お母さんでいて欲しいのだ。そんな瞬間は、今までめったになかったけれど、それでも。どうせお父さんなんてまるっきりなんの印象も摑めないからどうでもいい。けれどもお母さんには、桃子という女ではなくて、お母さんでいて欲しい。緑子はちいさい頃から、ひそかにその望みを抱き続けてきた。おばあちゃんが死んでしまった今となっては、ふいに心の底から欲してしまう時がある。それに大人になったらそんな気持ちは失せてゆくものかと思いきや、大人になるにつれ望みはほとんど飢えのように深まりつつあって、持てあましてもいた。

どことなくふたりとも上の空でごはんを終えて、お母さんと駅前で別れると、緑子は電車には乗らず何駅か歩いて帰ることに決めた。ひとりになると不思議とほっとして煙草に火をつけた。ぷらぷらと線路沿いを歩きながら、緑子はロマンスについて考えはじめる。セックスについて考えるよりはずっとましに思えたからだ。

海くんとの出会いは最高にロマンチックだった。

あれはまだ夏のはじめで、でもあたしはトンボ石で作ったたわわなネックレスをきわだたせたかったから、気の早い袖なしの黒いワンピースを着ていた。海くんは、今ではすっかり恒例の、白いシャツに濃紺のパンツだった。細い路地にある結構レアな中古CD屋で、あたしはCDを物色していた。海くんは店の前で車が故障してしまい、充電切れの携帯電話を片手に店の電話を借りていた。あたしは携帯電話なんか持たない主義だから、その後ろ姿を見て思わず笑った。まだその時はちょっとばかにした気持ちだった。あたしはふりむいた海くんの困った顔が、まるで太陽色の毛並みの、瞳はやさしいけれど、立派な脚と鋭い牙を持った高潔な大型犬みたいで一瞬で恋に落とされた。あの瞬間は海くんいわく「鎖骨が海の珊瑚《さんご》みたいにきれいに浮きでていて、あどけない笑顔が可愛らしくて、それなのに小悪魔みたいな色っぽいワンピースを着ていたあたしに一発で悩殺《のうさつ》された」そうだった。あたしたちは牽引《けんいん》車がくるまでのあいだ、店の前でずっと見つめあっていた。随分待ったはずなのに、あっというまだった。喋りだしてしまうのがもったいないくらい、ふたりともときめいていた。これぞまさしくほんものの恋人だとふたりともがわかった。それからすぐに、海くんは携帯電話なんか捨てちゃって、あたしは髪を太陽みたいな橙色に染め抜いた。

最高だった。

でももしかしたら。最高に、陳腐《ちんぷ》かも。

だってこれって、お母さんの書く小説並みのそらぞらしさだ。こんなの他人事《ひとごと》だったら「センスないし安易過ぎる」と間違いなく批難する。緑子の背筋につめたいものが走った。もう一度、集中して思いだしてみる。あのロマンチックな瞬間の隅々まで。もしあれがほんもののロマンスだったなら、何度思い返したって普遍的なはずだから。頭の中でもう一度、完璧に再生してみよう。緑子でも海くんでもないまったくの他人の視点で、たとえば映画かなにかを観るみたいに。

やっぱりだ。

そうして緑子は、ロマンスについて考えることは、セックスについて考えるよりもはるかに苛《か》酷《こく》だということも、知ってしまった。

そこは個室で、ベッドとパイプ椅子と折り畳みのちいさなサイドテーブルがある。寝巻きは洗いたてのものを置いていってくれたし、シーツもかろうじて白く清潔だ。古い型のテレビもあって百円玉を投入しないでも見放題だし、お手洗いと質素な洗面台もある。四階の窓からは萌える木々の枝葉が望めるし、栄養バランスを計算されたあたたかいごはんは運んできてくれる。海くんがつまらない気を遣ってくれたので女性雑誌の最新号も何冊かある。ドアの表から鍵をかけられてしまっていることを除けば、ものすごく優遇されているのもわかる。

いたれりつくせりの軟禁状態。

半日かかったあらゆる検査のあいだ、腹の子どもは泣き続けた。ひきつけを起こしてしまうんじゃないかと思うくらい泣き続け、ほんの時々ばたばたと暴れた。冬子が絵本の「こぶたさん」を暗唱してみても、ハンカチをおもちゃに見たててあやしてみても、まるで反応を示さない。ビスケットを齧ってみても、オレンジジュースを飲んでみても、やはり延々、泣き続けた。それは冬子自身の心境と完全に一致していた。けれど、その場はどうにもしてあげられなかった。せつない泣き声に追いたてられるように、一度は冬子もそこを逃げだそうと試みた。とある検査室から次の検査室への、移動の隙をついたのだ。冬子は勇気をふり絞って駈けだした。その動きは冬子なりの精一杯のものだった。しかし、おそらく牛のようにのろまだった。わずか三メートルほども離れられたかどうかのところで、すぐに看護師に捕まって「そっちはお手洗いじゃないですよう」と、とんちんかんにたしなめられた。たしなめた割に看護師は、冬子の行動の真意に気づいてもいて、いつのまにか医者たちに告げ口をしていた。検査が終わると、総勢十五人ほどの医者と看護師、つまり白い悪魔たちは、冬子を車椅子に乗せたままこの個室へと導いた。

「今日から入院しちゃいましょう。ここでよく調べた方がいいですね。明日からもうすこしこまかく調べたいので、わたしたちも協力しますから、お母さんも頑張りましょうね」

と一番年輩らしき医者が、傲慢《ごうまん》な笑顔をむけた。

「もう二度とこんなところにはこないからね」

と冬子はその時、腹の子どもに念を送っていた。一同はぞろぞろと列をなして去って行き、海くんは一番年輩らしき医者に肩をしかと抱かれていた。「そんなの聞いてません」とか「ちょっと待ってください」という、冬子にしてはかなり意志的な抗議の声は、白い悪魔たちの卑劣な高笑いでもろくもかき消された。そして、あれよあれよというまにドアは閉められ、表から鍵をかけられてしまったのだった。

あれからもう二時間近く経つけれど、腹の子どもは一向に泣きやまなかった。その泣きざまは、研ぎ澄まされた感受性のかたまりとなって、世界中の理不尽や悪しきものたちに懸命に噛みついているかのようにいたいけだった。冬子は途方に暮れていた。どうにか思いつける前向きな考えは、せいぜい「きっと一日何万円もするだろうこんな個室に、ただで入院できるなんてそうそうないことだ」という程度で、それはいっそう気を滅入《めい》らせた。窓から、隣の敷地に水色のテントがはってあるのが見えて、工事をしている様子が窺えた。おかげで部屋中に金属のぶつかる鈍い音が鳴りわたり、子どもの泣き声に合いの手をいれる。泣き声がやにわにおさまると、カーンカーンと人をいらだたせる金属音が立ちあがり、耳障りだなと冬子が思った頃には、腹の子どもが泣き声のいきおいを復活させる。この先どうしていったらいいのだろうという心ぼそさと、気の遠くなるような怒りが、ちかちかと冬子の中でも交互に出入りした。今こそ泣きたい気持ちだったが、今こそ泣けはしなかった。この子が泣かなければ、おそらく冬子が泣いてしまっている。冬子が泣けば、むろんこの子も泣くだろう。どのみち一緒に泣くことになる。それが母子の宿命でもあった。

冬子は自分の一番素直な気持ちに従って、心を閉ざすことを決意した。決めて閉ざすのははじめてだったが、閉ざすこと自体は冬子にとってそう難しくはない。かつて、それから今も、ずっとこの子にそばにいて欲しいと、冬子は願わずにはいられなかった。ひとつ身体から離れていってしまうことをさみしがったし、それらを汲みとってくれているかのように腹にとどまってくれている子に甘えもした。だからここで一生を終えてしまうことになろうとも、この子とふたりきりの世界ならば構わない。それは冬子が三十年間かけて習得した、たったひとつの防御方法であり攻撃手段でもあった。

薄闇がゆっくりと降りてくるのを、冬子はじっと見つめていた。配膳車がドアの前で停まる。カチャリと乾いた音をたてて鍵が開く。夕ごはんを運んできた看護師が「まだ泣いてるんですねぇ」となれなれしく話しかけながらサイドテーブルをだしてくる。冬子はそのまま宙を見つめて一切返事をしない。この夕ごはんを食べるべきか、食べないで抗《あらが》うべきかは、後でこの子とよく相談しなければならない。看護師はプラスチックのトレイをサイドテーブルにのせて、「なにかあったらいつでも呼んでくださいね」とナースコールをつまんで示す。冬子はむっつりと黙ったまま顔を逸らした。こんなにつよい態度は祖母や母、緑子にだってとったことがなかった。痛々しい笑みをはりつけた看護師は、ふたたびカチャリと鍵をかけて行く。ぺたりぺたりと足音が遠ざかる。もう誰の声を聞くことも、誰に喋りかけることもないだろう。ケージに入れられた実験用モルモットの気持ちに共感して、ブロイラーの気持ちにまで発展して、もう二度と食肉は口にしないと冬子はかたく誓う。

冬子の心にあきらめのようなものが、さらさらとひろがってゆく。

さらさら、さらさら、さらさら。

冬子、冬子。

徹の声が空耳のように聞こえてくる。こんな非常時に徹の声を耳のうちに聞くなんて可笑《おか》しなものだ。冬子はふっとほころんでしまう。しかしその途端、腹の子どもの泣き声がやみ、水を打ったようにしずまりかえった。

「冬子、冬子」

冬子はドアに耳を押しあてた。ドアのむこうからは徹の声が確かに聞こえる。

「この子が泣きやまないの」

閉じかけていた扉をふいにこじ開けられて、冬子は思いもかけない涙声になった。

「どうなってんだよ？」

声をひそめて徹は訊いた。

「この子が泣きやまないの」

「どうしたらいいんだよ？　どうなっちゃってんの？」

「この子が泣きやまないの」

「冬子。大丈夫だから、ごはん食べなね。俺、いや、お父さんが」

「この子が泣きやまないの」

おもむろに腹の子どもが泣きはじめる。徹はもういないのかも知れない。慌てて冬子は窓から地上を覗きこむ。工事の水色のテントの脇をすり抜けて、徹が足早に帰って行く後ろ姿がちいさく見えた。その背は薄闇でも滲《にじ》むことはなく、グレイのスーツも溶けいることなく凛《りん》としていた。冬子は最後まで見送って、徹のひそめた声を思いだし、ここへたどりつくことすら困難だったのだろうと悟る。プラスチックのトレイには、冷めてしまった鶏の照焼きと乾ききったいんげんの胡麻和えと、ごはんや味噌汁が、不味《まず》そうに並んでいる。冬子は箸を手にする。徹が、ごはん食べなね、と言ったから。徹の存在に泣きやんで、徹の不在に泣きだす子のためにも、食べてちからをつけなければ。とどのつまり、冬子の扉をこじ開けるのはかならず徹だ。たれの甘過ぎる鶏肉をほおばると、涙がこみあげた。鶏肉も涙も、ぐっと飲みこむ。冬子は、食肉を口にしないというたてたばかりの誓いを、早々に撤回しなければならなかった。

消灯時間に一度、海くんが顔をだした。冬子はかたく唇を結んだ。海くんはなにやら上機嫌でまくしたてた。冬子はなるべく聞かないように努めていたので、ほにゃほにゃと柔らかい音しか耳には入ってこなかった。鍵束が白衣のポケットから取りだされるのについ目が奪われて、「隣にいるんでなにか要るものとかあったら言ってください」と隙をつかれ、例によって爽やかに微笑まれてしまった。その笑顔を無視するのは、冬子もさすがに胸が痛んだ。けれども海くんはさして気にとめた様子もなく、鍵をかけてあっさりとでて行った。足音は隣へと吸いこまれてゆき、おそらく研究室なのだろうと冬子はぼんやり想像した。

深夜をまわっても、腹の子どもはぐずり続けた。夜泣きなどしない子だったのに。今のことも これから先のことも考えたくない、正確には考えても仕方がなかったので、冬子はベッドに横たわり、かつてのことに思いを馳せた。あまり懐かしくなってしまっても辛くなるので、さし障《さわ》りのないことを思いださなければならなかった。冬になると蜜柑を食べ過ぎて指が黄色くなっていた子どもの頃の友達の顔が思いだせないことを思いだし、十代の頃に女の子たちがみんなして買い漁っていたやけに写実的な動物柄をプリントしてある洋服メーカーの名前が思いだせないことを思いだし、祖母と母と妹と暮らしていた頃の鋳物の数が正確に思いだせないことを思いだした。ともすれば、どうでも良くなってしまいそうなこの匙加減がかなり難しく、これを習得するのが当座の冬子の課題となった。ちょうど、事務員時代の年輩の女性社員に貸したまま帰ってこない本の内容が思いだせないことを思いだしたところで、けたたましい警報機のベルの音が鳴った。冬子は、びくっと身をこわばらせた。けれども隣には海くんがいるし、賊の類いなら鍵はかかっているし、多少の怪我をしたってなにせここは病院だし、多分わたしたちは大切なお客様だし、と皮肉なくらい安全なことに気がついた。階下はばたばたと騒がしい。建物の揺れもなく煙りもない。地震や火事ではないようだった。腹の子どもが驚いて泣きはじめてしまったので、冬子は「大丈夫だよ」と何度も囁きかけた。

しばらくすると、廊下を駈ける足音が近づいてきた。キュッキュッと気持ちの良い靴底の音をたてて、病室の前で足音は停まった。ここには残念ながら侵入できないのにと冬子は思う。

「冬子、起きてる？　冬子、起きて」

ところがドアのむこうからは、はあはあと息をきらした徹の声が聞こえるではないか。腹の子どもがぴたりと泣きやむ。ドアノブが回りたくても回れずにガシャガシャとひっかかる。冬子は急いでベッドから起きあがりドアへ耳を寄せた。徹の声を聞いた瞬間から、なぜか冬子の膝はがくがくと笑っていた。突然呼吸も浅くなって、血の気がひいてゆくのがわかった。押しこめていた恐ろしさや不安が、身からだらだらとだらしなくこぼれているかのようだった。

「なにやってんすかあ？」

ドアのむこうから声が聞こえた。

海くんだ。

冬子は咄嗟《とっさ》にパイプ椅子を摑み、必死に窓辺へひきずって行く。パイプ椅子が杖のような役目を果たし、案外苦もなくたどりつけた。パイプ椅子を思いきりふりあげて、ふりおろす。ガシャン、と大袈裟《おおげさ》な音をたてて窓が割れる。破片は飛び散り、冬子は踏んでしまわないように注意して後ずさった。

鍵をあけてドアがいきおいよく開く。狙《ねら》いどおりだ。

「なんちゃって」

いずまいを正して冬子はふりむいた。徹に。それから海くんにも。ふたりは啞然《あぜん》としていたし、冬子はもうなにもこわいものなどないような気持ちになっていて、その分照れくさい感じもしていた。徹は冬子を抱えようと、冬子の両脇に腕をさしこんだ。しかし腹がおおきく重たくて抱えられるはずもない。階下からは何人もの追っ手の足音が迫ってきていた。冬子と徹が、海くんをねめつける。夫婦の呼吸で訴える。迫力勝ちしか逃れる手立ては今はない。とにかく海くんに思考する暇を与えてはならなかった。きょとんとした表情で、うながされるまま海くんは冬子の左脇に腕をさしこむ。冬子の右脇には徹の腕がさしこまれ、三人は病室をでた。非常灯の緑色に染まる薄暗い廊下へでて、全力で階段へむかった。階段はいっそう薄暗く、階下からは追っ手の足音が鋭く響いた。降りることを断念して、慌てて三人は踵《きびす》を返し、階段を昇って行く。足元が危うく、冬子はほとんどひきずられるようにして上を目指した。階段は呆気なく行きどまり、四階の上は屋上のようだった。冬子は、海くんの白衣のポケットの鍵束を思いだした。ぜいぜいと息があがった海くんを、ふたたびねめつける。ぜいぜいと息があがった徹も、不思議と同時に海くんをねめつけていた。勝負はあった。

「わーっ」

やけっぱちの、けれども妙にあかるい声をあげ、海くんは鍵束をとりだした。いよいよ追っ手に追いつかれる、ぎりぎりのところで三人は屋上へと滑りこみ、すぐさま徹と海くんは物干竿やベンチや灰皿を運んでドアをふさいだ。

夜空はひろびろとしていて、久しぶりの運動の後の汗は爽快《そうかい》だった。冬子は解放感に充たされて、フェンスに指をかけた。徹はひゅうひゅうと息を荒らしてへたりこみ降りる手段について考えあぐねているようだった。海くんは日頃よっぽど運動不足なのか、いつまでも腿や肩を揉《も》みほぐしていた。地上は霞んでいて、灯りのある窓からは人々のいとなみが見うけられた。あらためて夜空を見あげると、雲が層をなしてゆっくりと流れ、月を輝かせたり隠したりしている。屋上へくること自体も随分久しぶりで、冬子はぬるい風を自由そのもののように愛おしんだ。

ふと見れば、両手を夜空にひろげて天を仰ぐ人影があった。人影はこちらに気がついたようで、ふわりと手をあげた。

小山田くんだった。

「よお、どうしたの？」

呼んでしまったのかも知れず、呼ばれてしまったのかも知れない。冬子はそう思うと言葉につまり、胸が熱くなった。そこへ徹が慌てて駈けよった。冬子は「中学の時の、同級生で、小山田くん」と、ひとまず紹介した。柔軟な徹はとりあえず「はあ」とだけ言って会釈をしてくれた。それで充分、小山田くんにはなにがしか伝わるはずだと冬子は期待した。しかし小山田くんは徹に応えず、

「宇宙船。お迎え待ってんの」

冬子にだけまっすぐ微笑んだ。

「うん？　あ、そうね」

冬子は躊躇《ちゅうちょ》しつつも相槌《あいづち》をうつ。徹と海くんが呆気にとられているうちに、一体なにをどこからどこまで説明したら良いものか、傾向と対策を大至急考えなければならなかった。しかし小山田くんは彼独特の規則正しさで、

「冬子がきたから今日あたり、まじにくるかな。ここ結構、穴場なんだぜ。見てみ、手、

こうして」

と、両手をひろげて天を仰ぎ、手本を見せてくれるのだった。小山田くんはやさしく冬子にうながした。やってみろ、ということだ。小山田くんの笑顔は断るすべなど思いつけないほどあどけなく、冬子がとにもかくにも両手をひろげようとしたその時、

「一応ここは関係者以外立ち入り禁止なんで、君、後でいいから下にきてください」

と、海くんがまことしやかな医者の口調で横槍《よこやり》をいれてしまった。

「なんだ、てめえ。誰に口利《き》いてんだよ？　やんのかよ？　俺のこと誰だと思ってんだよ、こら、なめんじゃねえぞ、おら」

当然、小山田くんはすごんでしまった。目をむいて、ざらりと低い声をだし、うなるように、海くんの胸ぐらを摑みあげた。殴っちゃうかな？　と、冬子は思った。小山田くんは罵声を浴びせかけながら、じりじりと海くんを更に摑みあげる。海くんの足元が宙に浮きかかっている。殴っちゃうよね？　冬子は確信した。

「手、こうしてからどうするの？　どうしたらいいの？　小山田くん、ねえ？」

両手をひろげて、冬子は鳥の羽のようにばたつかせ一心に誘ってみる。小山田くんはまったく自然の生きものだから、冬子にできうることはこのくらいなものだ。

「うるっせーよ」

小山田くんはふりむいた。ほんのすこし海くんの胸ぐらを摑む手がゆるむ。

「宇宙船、くるんでしょう？　くるって言ったじゃん？」

もうすこしだ、と冬子は悟った。宇宙船を呼びたいと、まず冬子自身が信じこみ、目があった瞬間ちからをこめて誘いこむ。小山田くんに伝わるように、そのことだけを考える。小山田くんはいつも誰かと喧嘩すると、たとえ勝ってもかなしそうだったことも胆に銘じる。小山田くんは海くんを乱暴に突き放し、しぶしぶ冬子の方へと歩みよった。

「お前、門限、いいの？」

ふてくされて小山田くんは訊いた。

「まだもうちょっと平気。でもできれば、もうちょっとしたら帰らないと」

小山田くんは、まだ興奮を残して唇を尖らせつつも、真摯《しんし》な空気を身に纏《まと》いつつあった。海くんは蒼白になっていて、徹は無理もないけれど呆然としていた。

「お前んちの母ちゃん、こええもんな」

小山田くんは肘で冬子を軽くこづいた。冬子は、うん、と微笑んだ。

「宇宙船にね、俺はここに居るよ、って教えるんだよ。よーく念じんの。よーく念じなきゃ駄目なんだよ。ここに居るよって。ここが大事」

うん、と冬子は答えながら、かつて何度も教わったその宇宙船の呼び方を、心の中だけでそらでなぞっていた。ふたりで両手をひろげて、天を仰ぐ。

冬子は小山田くんに混じってゆき、小山田くんは冬子に混じってくる。さらさら、さらさら、とひろがるあれは、小山田くんにもあるのだろうか。もうじき空気が濃く厚くなってゆくね。じきに、なめらかに閉じていってしまうね。閉じてゆくことはこんなにさみしかったかな、と冬子は思う。忘れていたんだな、と申し訳なく思う。わたしたちは、なにをあきらめられなかったのかな、と自分に問う。そういうのって青くさいかな、と反省する。でも、あきらめきれないものだよね、と腹の子に言い訳する。欲ばりでごめんね、と小山田くんにすこし謝る。ずっとここにいたの？　と小山田くんに訊いてみる。ずっとここにいるの？　と。すべて心の中だけで。でも冬子は、ほんとうはそんなこと訊かなくてもわかっている。ただ別れがたいだけだ、ということも。

「小山田くんはさあ、ここへどうやってきたの？　鍵がかかってたでしょう？」

できるだけ平静を装って、冬子は訊いた。

「へえ、知らねえ」

小山田くんはそっけなく答える。ほんとうに興味がないのだろう。

「うん。でもどうやって降りたらいいの？」

「あれ」

小山田くんはあらぬ方向を顎《あご》でさし示した。突然いきいきと笑って、建物の裏側へ悠々と歩いて行き、冬子を手招きする。物陰になっている部分のフェンスから地上を覗きこんでみると、そこには一台の巨大なクレーン車があった。クレーンの首はずどんとのびていて、冬子たちのすぐ足元へと頭をもたげている。昼中、隣で耳障りな金属音をたてていた、水色のテントをはったあの工事現場にも、確かにあったものだった。

「かっちょいいっしょ？　恐竜っぽくない？」

と、小山田くんは悪びれる様子もなく、けたけたと得意になって笑った。

「うん。かっこいいね。でもこれって」

盗んだの？　と、冬子は眉根をよせた。安易に疑ってしまってはいけないので、最後の言葉はかろうじて呑みこんだ。

「盗ってねーよ、借りてるだけだよ。悪いことしてねーもん、いいじゃん、借りるくらい」

目をしろくろさせて小山田くんは弁解する。そういうところも、いたずらを隠蔽《いんぺい》しようとするちいさな子どもみたいで、ちっとも変わっていなかった。

「うん。でも。どうなんだろう」

借りてることになるのだろうか。無断で借りたらやっぱり悪いことなんじゃないだろうか。冬子は考える。険しい表情になってゆくのが、自分でもわかる。相当な難問だ。徹と海くんもそろそろと歩みより、冬子は彼らにも善悪のほどを問うてみるべきかおおいに迷った。小山田くんはちょこまかと冬子の顔色を窺って、

「冬子、すぐ怒んだもん。怒んなよ。ちゃんと返すからぷんぷんすんなよ」

と、降参した。冬子は仕方なく、うん、と頷いた。中学生の頃、小山田くんが万引きして停学になった事件や、父親の金庫からお金を盗んで家出した事件、パーティー券の代金をピンはねし過ぎて先輩たちにこっぴどく殴られた事件、それらにかかずらう当時の冬子の心痛がありありと蘇った。冬子はすぐに機嫌を直せそうもなく、唇をきつく噛んだ。

「だーから、返せばいいんでしょ？　ね？」

と、小山田くんは冬子の背中をぽんと叩いて、クレーンの荷台に飛び移り、するすると首をつたい、すばしっこく地上へ降り立った。ちょっと格好いいなと魅了されるくらい、わざとらしいところがなく、しかも愛嬌《あいきょう》があった。小山田くんは運転席に座り、冬子ははたと現実にひき戻される。徹に身体を支えられ、どうにか一緒に荷台に乗りこむ。足場を確認しあってから、徹が運転席の方へ手をふると、クレーン車はエンジンをかけられ、ぶるぶると震えた。こまかい震動が伝わって足元は心もとなく、冬子はひしと徹にしがみついた。冬子と徹を乗せたクレーンの荷台は、まさしく恐竜のようにゆっくりと頭をふり、木々の細い枝をぱきぱきとなぎ倒した。ゆるやかな半円を描きながら、枝につく葉を派手に散らせ、巨体は空をきった。野太い首で水色の工事テントも思うさま破壊し、頑丈な顎をしゃくるように地上を目指す。クレーンの荷台は、恐竜が土を舐める仕草のように、そっと着地した。冬子は、徹と小山田くんに担がれて荷台から降り立ち、そのまま住宅街を駈け抜けた。車を駐車しているところまでのわずかな道のりを、徹が冬子の下半身を担ぎ、小山田くんは冬子の上半身を担いだ。住宅街はしずまりかえり、小山田くんの愉しげな声がこだました。その声は、まるで南国に棲《す》む極彩色《ごくさいしき》の美しい鳥の鳴き声みたいだった。

車に到着しても、小山田くんはいつまでも、けたけたと腹をよじって笑っていた。徹は運転席へ座り、冬子は助手席の窓をあけて顔をだした。

「わたし、結婚したんだ」

さみしげに聞こえてしまわないよう気をつけて冬子は言った。

「へえ、そうなんだ」

と、小山田くんはまるで知らない国の言葉で話しかけられたかのように冬子を見つめ返した。おもむろにさっきまでのことを思いだし「面白かったね。ほんじゃあね」と笑って、ふわりと手をあげた。

小山田くんはひらひらと歩きだし、それとほぼ同時に徹は車のエンジンをかけた。冬子は、走りだした車のサイドミラーに残る小山田くんの背を目の端で探した。そここに朝日の気配は感じるものの、小山田くんはすぐに闇に紛れて見えなくなった。徹は背筋をぴんとはり、なおもなにも言わずなにも訊かなかった。冬子の心には、誰のものとも知れないような、さらさらとしたひろがりがしばらく充ちて、やがてやんでいった。

夜が明けきる前に眠りにつかないと、次に起きた時はもっとひどく落ちこむ。毎日単調に落ちこんでいるように見えるかも知れないけれど、そうでもないのだ。緑子はベッドに寝そべって、ビール缶のリサイクルマークを眺めながら森林破壊について考え、近隣でうなり続けるクーラーの室外機の音を聞きながら地球温暖化について考えていた。ビールを呑み過ぎて気がたっているせいか、考えはまとまる前にとびとびに移ってゆき、今は、美味しいものを食べることと身体に良いものを食べることは一致するのかどうかについて、問うていた。美味しいものは文化によっても違うし、それぞれの嗜好《しこう》があって、高価だったりめずらしかったりという世間的な印象も加味されがちだ。だって、そりゃあ高価ではあるけれど大体ほんとうにそれって美味しいの？　と感じるものはたくさんある。たとえば霜降りトロの刺身なんて、緑子は大嫌いだ。そう言うとみんな疑いの眼差しをむけ、それからほんのすこし傷ついたような軽蔑したような複雑な表情で「変わってるね」と返すけれど。霜降りトロの刺身は、ぬわっとしたあの舌触りといい生臭さといい、肉が歯に触る時の感覚といい、まるでむりやりされるディープキスそっくりだ。それもこちらがひどく酔っぱらって前後不覚だっていうのに、勘違いして自惚《うぬぼ》れた男がしてくるようなやつ。あんなものが美味しいだなんて、高価だってだけでそう思いこまされているんじゃないの？　と緑子は思う。それに美味しいものは大体が贅沢品で、肥満や贅沢病なんて醜いものへと誘いこむような、身体に悪いものばかりだ。ばかみたい。だけど高価さだけでいったら、身体に良いものも高価ではある。誰それさんが収穫した有機野菜も、どこそこさん家の飼っていた動物たちも、毒抜きになると値段はぐんとあがる。貧しきものは毒だらけのジャンクフードや農薬たっぷりの輸入ものしか食べられない。圧倒的に安易で低価格で大量生産の毒物だ。富んだものだけが高値を支払って、手間暇かけた身体に良いものを独占している。ひとりじめしている贅沢品を中和して解毒するために。いつだってこの仕組み。そもそも人が身体に良いものを食べたがるのは、なぜなんだろう。どんないいことがあるのだろう。身体に良いものの使命は、延命だ。だから、美味しいものと良きものはかならずしも一致しない。なぜならば、それぞれの使命が違っているから。

ちっ、と緑子は舌打ちした。それならあたしは毒にまみれてやる。毒にまみれてもへこたれない免疫《めんえき》をがしがしつけて、毒と共にタフに生き抜いて進化を遂げてやる。それがあたしの使命だ、と緑子は決定する。曇った空が、明けきりもしないでぽつぽつと雨を撒きはじめる。

海くんに会いたかった。会いたい気持ちを散らすのにもうんざりして、会いたいとただ想うことにした。会いたい、会いたい、会いたい、とだけ想っていると、ほんとうに会いたいのかが曖昧になってくる。会えた途端に煩《わずら》わしくなりそうな、瞬時にひとりになりたくなるような、会いたいと想っているだけの方がまだましだったかのような、そういう会いたさだった。

どれもこれも一致しない。まったくちぐはぐだ。なにもかもが放射線状にばらばらにはぐれていってしまう。一致していたら幸福なのに。それぞれ使命の違うもの同士が、あたしの中にすべてある。交わりとセックスだって行為はほぼ同じなのに。

じゃあ、あの行為の使命って。

緑子ははじめてあの行為をそんなふうに捉えた。だってそんなこと、さらうくらいでちゃんと教わっていなかったし、なんだかかなり結びつきにくい。行為と使命は具体的にも意識的にも全然かけ離れているし、すくなくとも今まで一度たりともそこを目指したことがなかった。

でも間違いない。あの行為の使命は、子どもをつくることなんだ。

三年目

三月はいろんな匂いがする。花の匂い、草の匂い、よその家のごはんの匂い、せっけんの匂い。世界が急激にあたたまるから、匂いが一気に立ちあがってくるんだろう。緑子は、マンション育ちのベルギーチョコレート色の子犬みたいに、くんくんくんと鼻を鳴らす。ぽかぽかと陽を浴びた、のんびりした田舎町《いなかまち》の匂いをめいっぱい嗅《か》ぐ。けれども車が走りだすと、集めた匂いはたちまち風に吹き飛ばされる。緑子の黒く染めた長くて細い髪が、頬を鞭《むち》のようにびちびち打つ。ローズ色のワンピースが、風をうけて腿《もも》まではだける。腿にはさあっと鳥肌が立ち、海くんは見むきもしない。腿のつけ根には、どうでもいい男が一昨日つけたくだらないキスマークが隠れている。それにも海くんは気づきもしない。緑子は厚手のコートをかきよせる。車のルーフを閉めて欲しいけれど、ここが密閉されたふたりきりの空間になってしまうのも気づまりなので寒さを我慢する。

海くんと会うのは十日ぶりだ。でも十日前になんで会ったのかも実際よく思いだせない。緑子は友達の写真展の手伝いで忙しかったし、海くんは海くんで研究に励んでいるらしく、最近はたまに会ってもお互い上の空だ。ゆうべも電話ですこし話したけれど、お姉ちゃんに言づてられた「山は寒いから、あったかくしておいで」を伝えて、「お風呂に入るのが大変だから、身体を拭くためのアロマオイルを買ってきて貰えるかな。お金は後で渡すから」は伝えず無難なラベンダーオイルを用意して、今日の待ちあわせ時間だけ決めてすぐに切った。

緑子は去年、年末にもよおされた元パンク仲間たちの忘年会へ久しぶりに出席して、ようやく本来の活発さをとり戻しつつあった。久しぶりに再会してみると、もうみんな大人になることに慣れた様子で、緑子の気ままな暮らしをやっかんだりしなくなっていたし、緑子の方も、大人になろうと努めていたあの頃のみんなのナイーヴな心境を、今なら理解できた。それからは頻繁に集まるようになり、そこへ行くと緑子はすくなからず元気を貰《もら》った。はしゃぎ過ぎてしまって、何日も誰かのアパートに居ついてしまったこともあった。酒を呑み過ぎてしまって、帰りがてらに男友達とつまらないセックスをしてしまうこともある。本来緑子が持ち得ている活発さよりも、いくらか過ぎた活発さではあった。それでもひとりでいるよりははるかに健全な気がした。すると緑子の心の中の海くんは、日増しに薄くなっていった。透けるように薄くなって、ほとんど透明になっていった。まるで蟬《せみ》の脱け殻みたいに、透明に。そして時々、眼の前にいる紅茶を啜《すす》る海くんや、運転している海くん、靴紐《くつひも》を結び直している海くんを見て、緑子は思った。この男は誰？　と。そう思う時の緑子の心は、水銀みたいにつめたくて、湖みたいにしずかだった。

車は山道に入り、景色はみるみる枯れてゆく。ぴりぴりと冷気が肌を刺激して、山々の頂は折り重なって墨色に見える。海くんは十時十分の角度でハンドルを摑み、運転に集中しているようだった。くねくねしたカーブに揺られて、緑子の頭はぶんぶんと左右にふられる。山道は細くうねっていて、カーブは急で先が全然見えない。トランクの中の荷物やお母さんからのお土産《みやげ》が、ごろごろ揺すられている音がする。緑子は気分が悪くなってくる。一方、海くんはちょっと愉しそうな表情を浮かべていて、挑むようにフロントガラスを見据えている。緑子はふいに海くんを見知らぬ男のように感じる。とりわけ挑むような表情が、めあたらしい、というより、ばかに見えて、緑子は目をふせる。しばらくすると、ふもとを流れる川が近づいてくる。おおきな吊り橋をわたり、いきなり道は平原になる。前方には延々まっすぐな道があり、後方にもただ一本の道がある。いくらか空気はたわんで、草波の彼方には桃の花が咲いている。緑子はコートのポケットから煙草を一本とりだす。風がつよくてライターをうまく使えない。足元にもぐりこむようにしてどうにか火をつける。気分の悪さは治まったけれど、退屈になり海くんを見やる。もはや運転席に海くんはいなくて、透明な海くんの名残《なご》りのようなものが、欠伸《あくび》を嚙み殺しながら指先だけでハンドルをきっていた。

子どもの頃、すべてのものに名前がついているなんて、冬子は思いもしなかった。ベッドの脇にはおおきな窓があり、窓のむこうではふわふわと雪が舞っている。たとえばこれは「綿雪」という名前。もたもたした雪なら「ぼたん雪」で、さらさらした雪は「粉雪」。星くずみたいな雪は「ざらめ雪」、お砂糖みたいな雪は「ささめ雪」。そもそも「雪」というものは、『ある日、空から白くきれいなつめたいものが降ってくる。それは「雪」と呼ぶらしい。でも別に「雪」と呼ばなくても構わない。「雪」と呼ぶならそれでもいい。とにかくなんだか降ってきて嬉しくなるし、触ったり愛《め》でたりしたくなる』という代物《しろもの》だった。冬子にとって、「雪」は「雪」で足りていて、万が一にも足りない場合は「もたもたした」とか「お砂糖みたいな」を足してゆけばこと足りた。それで充分だったのだ。しかしなぜか「雪」は「雪」だけではなく、すべてをきちんと隔てる名前がつけられている。こまかく分類され、どこまでも細分化されて、名前をつけられ隔てられている。その事実は、ちいさな冬子に世界の輪郭《りんかく》を獲得させるどころか、いっそうとりとめなさを感じさせるばかりだった。そして冬子は、それらにつけられた名前をとりあえず教わったように呼んではいるが、いまだかつてしっくりきたことはない。

名前。

腹の子どもは妊娠二十七カ月目に入った。産まれているところの一歳半である。しかし冬子は、かつてあらゆる「雪」を「雪」としか呼べなかったように、いまだ「子ども」を「子ども」としか呼べない。正確には「名前」というもの自体が今ひとつ捉えにくかった。生後一歳半といえば、もうじき歩く。近頃は「まんま」や「ブーブー」といった片言のお喋りもはじまっているし、お腹が空いたり眠たかったりという本能以外の、意志的なむずかり方もする。そろそろ名前をつけてあげるべきなのだろう、と思う。冬子は冬に産まれたので「冬子」と名づけられた。この子が冬に産まれる女の子なら「冬」、男の子なら「冬郎」、春に産まれれば「春子」か「春郎」、夏ならば「夏子」「夏郎」、秋産まれなら「秋子」や「秋郎」。それでももろもろのことはまかなえるのではないか。祖母も母も、冬子の子どもが女の子であることを切望していた。冬子方の親戚一同、この子は女の子だとあたり前のように信じている。しかし現実はどうだろうか。そのうえ、いつ産まれてくるのか。そこばかりは定かでないのだから名づけようもない。

願わくば子どもに自分自身で気にいったものを選んで欲しい。そんな親心もあって、延ばし延ばし騙《だま》し騙し、ここまできてしまったきらいもある。たとえば冬子は自分の名前にとりたてて不満もなかったけれど、可哀相なことに妹の緑子には不満しかない。おそらく自分の名前というものはなにも思わないか、不満を持つかの二択しかないものなのだろう。それならばこの子の気にいったものをつけてあげたい。しかしこの子がどんな名前を気にいるかは、まだまださっぱりわかりようがない。この子の好みも個性すらまだまだ見当もつかないというのに、こちらで一方的に選択してあてがうなんて傲慢《ごうまん》で無責任だと考えられなくもない。そう冬子は気を揉んでいたのだった。

選択。

子を産み育てる、というのは選択に次ぐ選択だ。子の成長に従って、選択することだけが仕事といってもいいくらいである。ここへ引越したきっかけは、やむにやまれずだったけれど、産むにも育てるにも生きものにとってもっともふさわしい土地ではある。その点ではこの選択も正しかった。山々が連なり土はゆたかで、水も空気も澄んでいる。花を咲かせる樹があり、実をつける枝がある。ひろびろとした庭には徹のちいさな畑があり、季節の野菜を実らせる。おおきな窓からそれらは見わたせて、ひよこの形をした木蓮の蕾《つぼみ》が枝の高みにとまっているのも望める。ここまでのすべての選択が正しかったからこの土地へと導かれたのだろう、とまで思えてくる。むしろそう考えると勇気が湧いた。

だから自然にまかせて待てば良い。この子が産まれてきたくなるまで、あたたかく見守れば良い。帝王切開や陣痛促進剤でむりやりに、この子をこの荒ぶる世界へと放りだしてはならない。それが夫婦の最大の選択だった。

徹はここへきてからというもの、きわめて親切な男になった。冬子は生まれてこのかた、男の人にこんなに親切にして貰ったのははじめてだった。妊娠二十カ月目を過ぎた頃から、冬子の腹は日常生活をいとなんでゆくには逸脱した膨らみを示しはじめ、ほとんど寝たきりとなった。むろん順調ではあったからそのまま妊娠し続けた。ここへ引越した妊娠二十一カ月目を数える頃には、腹ははちきれんばかりの重量となり、完全介護をうけなければならなくなった。しかし日常生活が不自由になっただけだったので、敢《あ》えて妊娠することをやめはしなかった。そして徹は親切なだけでなく、冬子の身体が不自由になってゆくにつれて、頼りがいのある生きものになってゆくようだった。どの決断も夫婦そろって迅速かつ冷静にくだし、そのつど冬子は覚悟を決め、徹は見事に実行した。

徹は、あちこち傷んだこの古い木造平家の別荘を修理して、屋根の雪を降ろし、ちいさな畑までこしらえた。冬子は父というものを知らないので断言はできないのだけれど、その様子は、かなり「父親」という生きもののようだった。輪郭さえおぼろだった徹のうなじは灼けてたくましくなり、きめのととのっていた柔らかい手の甲は、荒れてしまったけれどがっしりと分厚くなった。時には痩せてすばしっこい鼠を追いはらい、吹雪が吹きこむ壁の隙間を板でふさいだ。時間だけはふんだんにあり、試行錯誤をくり返しつつも、野菜を炊《た》いて魚を焼くようにまでなった。冬子は徹なしでは生きられない。この子も徹なしでは生きられない。それらをひきうけているにも拘《かか》わらず、なぜか徹は潑《はつ》剌《らつ》としてくるようだった。

きゃあっ、とちいさな悲鳴をあげながら、妹は寝室のドアをあけた。きゃあっ、は「久しぶりに会えて嬉しい」でも「素敵なものを発見して喜ばしい」という類《たぐ》いのものではなく、完全に恐怖と驚きの悲鳴だったけれど、ベッドの上の冬子は甘んじてうけいれた。素直さが取り柄の妹だ。そう考えると、驚かせてしまってかえって申し訳ないくらいだった。その後ろで、海くんがひきつった笑顔を保っている。それはそれで有り難い。しかし海くんは白衣をはおっていた。冬子は「こわがらなくて大丈夫」と腹に掌を添える。徹は清潔な湯や洗いたてのタオルを用意しているのだろう。腹の子どもの緊張と不安、それから恐れが伝わってくる。まもなく腹の子どもは泣きだした。白衣に対する拒否反応だ。

あの混乱、野蛮な欲望、猥雑《わいざつ》な好奇の視線にさらされた狂気の日々が、すっかりこの子を臆病にしてしまったのだ。とりわけ白衣は象徴的だった。尋常でない場面のすべてに白衣は存在していたし、確かにもとを糾《ただ》せばすべての迷惑すべての煩《わずら》わしさが、白い悪魔たちの仕業である。いつしかこの子は白衣の存在を恐れるようになった。徹がそばにいても、冬子がいくらなだめすかしても、腹の内側にしがみつくようにしてこの子は泣く。腹の皮膚たった一枚ではとても安心なんかできないよ、その白い悪魔たちから逃げようよ、だって知ってるんだ、やつらがくるとなにかかならず悪いことが起きるんだ、とでもいうように。まるで世界そのものを恐れているかのように。

腹の子どもはひとたび興奮してしまうと、おいそれとは泣きやまなかった。自制心というものが未発達な、正しい幼児の成長ぶりである。もしも子どもが母体の外にいるならば放っておいて見守る手もある。けれどもこの子は腹にいて、そこでじだんだを踏まれたり癇癪《かんしゃく》を起こされると、母体としては大変な痛みと危険を伴なった。それでいて親としては、もしかしたら今日あたりもう白衣を恐れていないかも知れない、と期待もする。試してみないとわからない。そうなってくると回避どころが肝心である。

「海くん、白衣」

冬子は腹をさすりながら、白衣姿の海くんに視線を送った。海くんは慌てて「あ、はい」と言いながら白衣を脱いだ。徹が泣き声を聞きつけて飛んできたことも幸いして、興奮の一歩手前で腹の子どもは落ちついた。緑子は時々目を逸らしながらも、一刻も早くこの光景に慣れようと努めているようだった。

徹がアルミの洗面器に湯をはって持ってくる。海くんは手を浸し消毒をする。海くんの往診がはじまる。とはいえ一般家庭にでむいてできうる限りの簡単な検査であり、海くんの研究も兼ねている。冬子たちがここへ引越すことを決めた際、研究対象となる代わりに一ヵ月に一度は診にきて貰う約束を交わしたのだった。海くんは聴診器をあてて、血圧を計る。二の腕にゴムチューブを巻き血管を探す。注射器を射して血を抜く。徹は血が苦手で顔を背《そむ》ける。緑子が「あ、あたし、お母さんからのお土産、とってくるね」と貧血を起こしそうな蒼い顔をしてでて行くと、徹もそそくさとでて行った。血液は手際良く試験管におさめられ、海くんがカーテンをひく。窓からは、緑子が気をとり直すように煙草を吸っているのが見え、徹が気を紛らわすようにちいさな畑を耕しているのが一瞬見えた。鉄棒のような形状のキャスターつき物干し竿に、羊柄の布をかけて、冬子の上半身と下半身の真ん中を仕切る。触診用に、海くんが通信販売で購入し工夫をほどこしてくれたものだ。冬子が羊を二百六匹まで数えた頃、「順調だと思います」と羊柄の布のむこうから海くんの声がした。「胎盤も、骨盤も、子宮口も、異常はないです」言いながら海くんは顔をだし、ゴム手袋を外した。それからカーテンをあけて、外のふたりに「終わったよ」と大声で報せた。

「お母さんがねえ、絶対、女の子だって言うの。あたしも女の子の方がいいな。だってさあ、一緒に洋服買いに行けるしさ、やっぱ話しやすいしさあ、気持ちとかわかるし、やっぱり女の子の方が可愛いよね」

寝室に戻るなり、紙袋いっぱいのお土産をベッドの上にひとつひとつ並べながら、緑子はまくしたてた。愉しい唄でも唄うように息つぎなしで喋り続ける妹はやさしい、と冬子は思う。どのお土産も星や花がちりばめられた暖色系の包装紙に包まれていて、やはりそこには、ふかふかの犬のぬいぐるみや、長い髪を三つ編みに編んだぱちくりした瞳のお人形がいる。ちいさなフリルのついた靴下や、さくらんぼ柄のワンピースもある。冬子は内心、困ってしまう。けれども三つ編みのお人形を腹へむけて「こんにちは」と話しかける。巨大な腹をした姉と目もあわせられない痛ましい妹のためにも、冬子はくだけた声をつくる。

「たくさん話しかけてあげた方がいいですね」

海くんは微笑んで、往診用の鞄《かばん》を片づけに行った。緑子は犬のぬいぐるみのふかふかの毛を撫《な》でながら、海くんの背中をしばらく見つめた。そして、すうっと視線をあげ、冬子の顔を正視した。冬子はにっこりと頷《うなず》いた。緑子も硬くちいさく頷いた。緑子は犬のぬいぐるみを腹へむけて「わんわん」と遠慮がちに鳴き真似をした。冬子は「わんわん、かわいいな」と、緑子の手の中の犬を撫でた。かつて姉妹で遊んだ時のように「わんわん、お腹は空いてない？　ほら、骨をあげますよ」と、冬子の指を骨に見たてて犬に噛ませる。緑子は記憶をたどりながら「がうがうがう」と犬を骨にかぶりつかせる。「あいたたた」と冬子は素早く指を外しておどけて見せる。かつてはここでちいさな緑子が笑ったものだった。今はここで腹の子どもが、くふふ、と笑う。緑子はきょときょとと目をしばたたかせたけれど、枕元に積まれた絵本を開き、ぎこちなく頁をめくる。

「おとこのこって　なんでできてる？
おとこのこって　なんでできてる？
かえるに　かたつむりに　こいぬのしっぽ
そんなもんでできてるよ
おんなのこって　なんでできてる？
おんなのこって　なんでできてる？
おさとうと　スパイスと　すてきななにもかも
そんなもんでできてるよ」

緑子は丁寧に読みあげる。それは冬子も緑子も愛読していた絵本だった。子どもの頃、ちいさい妹はこれを素直に信じていた。そして実際、すてきななにもかもでできている妹だった。けれど冬子は「すてきななにもかも」に自分は到底なれる気がしなくて、あまりの荷の重たさに愕然《がくぜん》としたものだった。腹の子どもが「もっと、もっと」と耳を澄ませて待っている。緑子は次の詩を朗読しはじめる。姉妹のあいだには、いつのまにか打ちとけた空気が流れはじめていた。

お姉ちゃんが可哀相だ。

緑子は同情するのは好きではない。でもこれはごくシンプル、ごくごくあたり前に可哀相。そのうえ怒り心頭はらわた煮えくりかえりだ。緑子は宙にパンチをお見舞いしながら、丘の方へとずんずん歩く。気が済まないのでもう一発、更に一発、加えて一発お見舞いする。緑子の後を、しょぼくれたのら犬みたいな海くんがついてくる。うなだれた海くんの影がここまで長くのびてきて、緑子の視界をかすめる。それがますます腹立たしくて今度は宙に蹴りをいれる。こんにゃろー、こんにゃろー、こんにゃろー、と三発蹴って、危うく躓《つまず》きそうになる。大体海くんが大学病院なんかに連れて行かなければ、絶対こんなふうにはならなかったんだから。間違いなく。

遡《さかのぼ》ること九カ月前。六月のあの日、大学病院からなぜか逃避行したお姉ちゃんとお義《に》兄《い》さんは、翌日きちんと正面きって入院も検査も通院も断りに行った。そのまましらばっくれちゃえばいいのに、お義兄さんはわざわざ病院まででむいて、お姉ちゃんが割った窓硝子代とお義兄さんが切りあけた窓硝子代を弁償した。海くんにも面子《メンツ》があるだろうから、と菓子折りまで用意して、へんな気まで遣ってくれる律儀さだった。それにしても、鞘《さや》から豆がでるようにつるんと結婚したあんな姉夫婦に、そんな情熱があったなんて驚きだった。緑子とお母さんは一週間はその話題で大爆笑できたし、その盛りあがり方は人騒がせではかばかしいけど、心情的にはわからなくはなかった。

問題はそれからだ。

大学病院の教授が学会で発表してしまったのだ。お姉ちゃんは妊娠二十カ月目で、うだるような八月の猛暑の中、相変わらずクーラーもかけずに寝たきりだった。お義兄さんは仕事と家事と介護に追われて、すっかりばてていた。だから姉夫婦はそんなこと知る由もなかった。

まずはじめに「世界初、妊娠十八カ月の主婦」の記事は匿名で新聞に載ったのだそうだ。堅く地味な家庭面だった。身内の誰もが気づかないくらいだった。次いでスポーツ新聞に載った。もはやお姉ちゃんはネッシーやツチノコ級の化け物扱いになっていた。それでも身内は誰も気づかなかった。そんなもの読む習慣がなかったのだ。ところがある日、「最近へんな勧誘電話が多くって、知らない人の声だとすぐ切っちゃうことにしてるのよ」などとお姉ちゃんが電話口でめずらしく愚痴《ぐち》るので、緑子は奇妙に思って、訪ねてみることにした。お姉ちゃんの家のまわりには、これまた奇妙な人々がうようよいた。緑子は、迷彩《めいさい》チョッキを着たおやじに写真を一枚盗み撮りされた。カナリア色の最高にキッチュなミニスカートをはいていたので、いたしかたないなとあきらめて「痴漢かよ」と、にらみつけ放っておいた。そして一歩、玄関に足を踏みいれた。室内は、ビジュアル的にはいたって普通。お姉ちゃんのアナログな黒電話が、じりりりり、と鳴っては切れ、切れては鳴り、ひっきりなしに響いている。サウンドは異常だった。お姉ちゃんは、がんがんに暑い寝室で耳栓をして昼寝をしていた。清潔なタオルケットを腹にかけて、すうすうと寝息をたてている。緑子はとりあえず受話器をとった。すると

「えー、末田冬子さんでいらっしゃいますか？　えー今度ですね、わたくしどもの番組でですね『驚異の妊婦、知られざるその素顔』というですね、特集を組もうということになりましてですね、取材をさせていただきたいんですよ」と一方的に畳みかけられた。ら行が絡まるねばついた声をした男だった。緑子はいきおいよく電話を切った。お姉ちゃん、これって。これって、勧誘なんかじゃないよ、と。緑子はすぐにお母さんへ電話をかけた。お母さんは「あたしの別荘があるから、そこへ引越しなさい」と指示をだした。はあ？　あたしの別荘？　と思ったけれどそれは後まわしにして、お姉ちゃんを揺すって起こし「あれって勧誘なんかじゃないよ」と緑子は諭した。お姉ちゃんは眠気をはらって、ぼうっと緑子を見つめ返した。それから、ぱらぱらと涙をこぼした。「やっぱりそうよね」と何度も言って、薄暗くなるまで泣いていた。お姉ちゃんはもともと、とろい。とろいなりにも気づいてはいた。気づいていたけど恐ろし過ぎて信じたくなかったの、とひとしきり泣いてから恥ずかしがった。お義兄さんはただただ耐えていた。お姉ちゃんの「気のせいよ」とか「暑いからそんな気がするのよ」という言葉に従っていた。なにしろお義兄さんは脳味噌なんて駆逐されちゃってるくらい疲れきっていたのだ。ちょっと箱をあけてみただけで、おびただしい数の化け物扱いの記事が巷《ちまた》に流布《るふ》されていることがわかった。家のまわりにはうようよと盗撮を狙っている人々がいて、あたらしい商売を持ちかける人々がいて、既に勝手に商売をしている人々がいて、宗教入信や悪霊祓いを勧める人々がいた。それらに迷惑している近隣からの苦情も山ほどきていて、思いいれたっぷりの赤の他人からの励ましの手紙があり、魔女狩り的な罵詈雑言《ばりぞうごん》を並べた脅迫状も届いていた。どれも同様にお姉ちゃんにとっては価値がないばかりか、迷惑千万の限りだった。

そして姉夫婦は、お義兄さんが会社を辞める区切りを待って引越した。なぜだかちょっとむかついてしまう、お母さんの「あたしの別荘」へ

九月だった。引越しは緑子と海くんとお母さんで手伝った。夜中にこっそり出発してまだ暗いうちに到着し、車内でみんなで陽が昇るのを待った。緑子は煙草を吸いに何度も車から降りたので、やぶ蚊にしこたま刺されて辟易《へきえき》した。別荘はぞっとするような山奥にある、目を疑うようなボロ家だった。まるでアメリカ映画の田舎町にでてきそうな、夕方になるとオーバーオールを着たおじいさんが軒先で老いた愛犬とビールで乾杯しそうな、それを簡易にして縮小したようなつくりだった。でも多分お母さんの目にはもっとロマンチックな建物にうつっているんだろう、とも緑子は思った。さしずめ「私はリンダ。そばかすだらけの内気な娘。リンダはアップルパイの焼き方をママから教わっていても、大好きな読書をしていても、最近の一番の関心事はトビーという危険な瞳の少年のことだった」とかなんとか、そんなとこだろう。

海くんはもちろんなにもかも知っていて、黙っていた。「僕だって教授をとめようと

したんだよ」と後になって言い訳したって、信じるなんてとてもできない。丘からは梅林が見おろせて、変わりやすい山の天気は、今や夕暮れの空を薄紅色に染めている。

「あんたのせいじゃないのよ！　ばか！　あんたが見せ物みたいにしたからじゃない！」

緑子はいくら歩いても、宙をパンチして蹴ってみても、怒りを発散しきれなかった。

「そっちこそもうすこし冬子さんにやさしくしてやれよ。気味悪がってんの、そっちだろ」

海くんは憤りを滲《にじ》ませた。今のは海くんが正論だ。五カ月ぶりに見る姉は異形だったし、気味悪がったのはあたしの方だ。緑子は反省した。もう既にこのことについての喧嘩は散々した。散々したのに何度でも責めたててしまい、お互いほんとうに後味が悪い。けれども間違いなく、悪いのは海くんで緑子ではなかった。

「山菜、天ぷらがいいかな？」

アルミの洗面器にはった湯に、ラベンダーオイルを垂らしながら徹が訊く。

「すっごく、いいと思う」

冬子が答える。今夜は、徹のちいさな畑でとれた野菜と近所でつんできた山菜の天ぷらでもてなそうと、徹はにわかにはりきっていた。

徹がタオルを濡らして絞る。ベッドで半身を起こす冬子の脚を拭き、爪先を拭く。緑子が作って送ってくれたワンピースのファスナーをさげて、背中を拭く。部屋中にまわりこむ夕方の光をうけて、ワンピースの白もシーツの白も和《やわ》らいでいる。徹の拭き方は、病人を介護するというよりも、動物が毛づくろいをしあうような単純さで、それは冬子を安心させてくれた。

「これ、いい匂いだね」

ふいに徹の声が、懐かしい音程になる。

それは、かつて夫婦がまだ夫婦ではなかった頃、いつも冬子の耳へ届けられていた音だった。高過ぎず、低過ぎもせず、うるさくもないが、聞きとれないこともない、耳により添う音だった。それを耳にした日は、ちょっと良いことがあったような気分になり、その匙加減《さじかげん》も冬子はいたく気にいっていた。

事務員時代は、「あそこに蕎麦屋《そばや》ができたね」とか「封筒ってどこだっけ?」とか、その程度の会話になると、頻繁にこの音程が冬子の耳へ届けられた。恋人のようなものになってからは、「これ閉めてもいい?」とか「いい天気だね」とか「それ取って」とか、ごく簡潔な言葉にこの音程はこめられて、冬子の耳へ届けられた。

そして忽然《こつぜん》と失くなった。

実のところ、失くなっていたことにさえ、冬子はつい最近まで気がつかなかった。近頃徹の声が懐かしいのはなぜだろう、と感じてはじめて思いだせた。ついでに、この音程をずっと待ちわびていたことも思いだした。

　冬子はずっとずっと待ちわびていたのだ。事務員時代も、恋人のようなものになってからも、夫婦になってからも。大したことは話さない。だそうとしてでるものでもなく、ださないように心がけてもでてしまう。そういう類いの音だった。それは多分、冬子の身体の芯に残っている、ふくふくとしたしあわせなものの正体の一部だった。

「喫茶店のトイレとかでよく嗅ぐ匂いだよね」

　やっと思いあたった、とでもいうように徹は言った。徹の声は満足げで、もう懐かしい音程ではなくなっていた。このラベンダーオイルの匂いについては冬子も同感だったので、ふたりはそろって失笑した。


　夕ごはんはいつも冬子の寝室で食べる。冬子はベッドで、徹は折り畳みテーブルを開いて、ふたりで食べる。けれども今日は客人があるので、おおきなテーブルを運びいれ、テーブルクロスをかけて、ありあわせの椅子を三脚添えた。寝室は途端に狭くなってしまうが、人が多いと濃縮されてにぎわしい雰囲気になる。「まんま、まんま」と腹の子どもははしゃいでいて、「そうね、みんなだと愉しいね」と冬子は笑顔をむける。徹が次々に料理を運んできて、緑子と海くんが皿や箸を運ぶ。ちいさな畑で採れたせりは胡麻和えにして、葱《ねぎ》はしゃきしゃきに炒めてあり、豆腐となめこの味噌汁にも入れてある。ふきのとうと、よめな、つくしの天ぷらは大皿に並んでいる。のびるの醤油漬けは、隣に住んでいるおばあさんに、人なつこい徹が教わった田舎料理だ。

「いただきます」

と、いつものように徹が唱える。それに倣《なら》って、冬子と腹の子どもが「いーたーだーきーます」と声をあわせる。天ぷらはさくさくと揚がっていて、葱はにゅるにゅると甘い。滋味《じみ》に溢れた味がして、冬子は徹に微笑みかけた。しかし若いふたりは押し黙ったまま、食べることに専念しているような、そうでもないような、ほとんど険悪な空気を漂わせていた。徹は淡々と振る舞ってはいるが、若いふたりをもてなしきれているのかどうか気がかりなようだった。

「海くんは食べ方が、きれいね」

冬子は、にこりとして言ってみた。「徹らしい食べ方」を遂行していた徹が、はっと息を呑んで海くんを見る。この話題は適切ではなく、すぐさま冬子は後悔した。

「あたしは、お義兄さんの食べ方の方が、全然好き。大好き」

緑子が海くんをにらみつけた。腹の子どもはその響きを面白がって「しゅき、しゅき」とくり返したが、冬子と徹は目配《めくば》せしあった。仕方がないのでひとまず笑って、鉾《ほこ》先《さき》を変えようと試みる。けれども、

「僕も、徹さんの料理の方が、全然好きですね」

海くんはあからさまに、むっと顔をこわばらせた。

「ちょっと！　なによ！　誰の料理と比べてんの？　あたしのなわけ？　なんでそうやってすぐ比べんの？　ばかじゃないの？」

緑子はきつく言い捨てた。冬子には若いふたりの話の流れがさっぱり読めなかった。読めないながらも、今ここで食卓をひっくり返されることだけは避けたかった。

「そうなのよ。パパのごはん、美味しいのよ、ねえ？　世界一ね？　パパ？　ね？」

咄嗟《とっさ》に強引な声がでて、冬子は徹に話題を託した。

「今日はちょっと工夫してみたんだよね。わかるかな？　揚げ物のコツってさ、氷水とさ、実は意外にね、粉なんだってさ」

徹はあたふたとひきついだ。緑子と海くんは押し黙り、状況は敢《あ》えなくふりだしに戻った。そこにいるみんなが食べることに専念しているような、そうでもないような具合となった。小鉢が空いて、徹と海くんが土鍋で炊いたごはんをお代わりする頃、ほんのすこし空気がゆるんだ。

「ここ、なんにもないでしょう？」

冬子は、もう一度にこりとして言ってみた。緑子は海くんを、先程よりも更に鋭く短くにらんだ。しかし今度は海くんは、目をふせて小皿にとったのびるの醤油漬けを箸の

先で弄《もてあそ》んだ。この話題も適切ではなかった。冬子が後悔するやいなや、

「狸《たぬき》がでるってね」

徹が気を利かせた。

「でそうよね、春だから熊もでそう」

「熊かあ」

「熊対策とか、しなくていいのかしら？」

「柵でもつくった方がいいのかも知れないなあ」

「畑が荒らされたら困るものね」

夫婦のどうでもいい会話は、ゆるやかに途絶えた。それからはみんな食べることに専念した。「ごちそうさまでした」を唱えるまで、誰も口をきかなかった。若いふたりをもてなしきれずに、夫婦の絆《きずな》を確かめあうだけの、春のはじめの晩餐《ばんさん》となった。

夕ごはんの後、徹は風呂を沸かして、客間のベッドにあたらしいシーツをかけてくれた。冬子は海くんに床擦《とこず》れのできない方法、ほんのすこしずつ身体をずらして床に当たる部分を変えていくコツを教わった。寝室の窓からは、緑子が夜空を見あげて煙草をたて続けに吸っているのが見えていた。

祖母の編んでくれていたレースの産着《うぶぎ》は、冬子の手によってもう随分編み足されてい

る。ベッドの枕元に置かれた祖母の裁縫箱は、今や冬子の「流しの下」だった。父への手紙はここへおさめられ、子どもの頃からのささやかな宝物もすべて移した。祖母の裁縫箱は、あたらしいお守りとなった。日がな一日このベッドに横たわり、すこしずつレースを編み足して、子どもに絵本を読みあげ、窓からの景色を眺める。徹が寝しずまると、子どもの絵本を下敷きにして父への手紙をしたためる。それが今の冬子のいとなみだった。がらりと暮らしぶりが変わってゆく中で、あたらしい習慣と古い習慣は自然に淘汰《とうた》され調整された。時々はあたらしい習慣に納得しきれず、またあたらしい環境に順応しきれず心ぼそくもなる。そんな時、残り続ける古い習慣には随分と助けられた。時候の挨拶を書き、いかがお過ごしですかと訊ねる。「落葉をかいていたら銀杏の実を見つけたらしく、夫は炒って隣のおばあさんにおすそわけしました。こんなものうちにもあるよと笑われてしまったそうですが、あの人なつこさには感心してしまいます」とか「夫が庭に桜の樹を見つけました。桜の花も葉も塩漬けにしよう、花は湯に浮かべて葉はおにぎりに巻こう、と夫婦で喜びあいました」と、あたらしい暮らしぶりを報告する。どこにいてどんな状況でも「お父さんへ」と書きだせれば、足元をすくわれずに踏みとどまれる気がしていた。

冬子は、あの大学病院で閉じこめられた日を境に、子どもにこのままそばにいて欲しいという浅ましい望みを捨てた。ずっと腹にとどまっていて欲しい、などとこんりんざい思ってはいけないと自覚もした。どうも腹の子どもが、産まれることを拒否しているように感じたのだ。この子は世界を恐れている。研ぎ澄まされた感受性のかたまりであるこの子に、ろくでもない大人の世界ばかり垣間見せてしまった、当然の報いだった。拒否するなんて意志的で、親としたら好ましくもある。しかし放っておくわけにもいかなかった。冬子は徹にその旨を告げた。すると徹は、

「こわいのは僕も同じだ。この子の勇気がでるまで待ってあげよう」

と腹の子どもへ共感を示した。父親然とした威厳があった。庭の紫陽花《あじさい》もしおれはじめた梅雨の終わり、妊娠十九カ月目に入ろうという頃のことだった。

あと半年もしたら腹の子は二歳になり、もう一年このまま経てば三歳だ。そうなってしまったら、いくら編み足したところでレースの産着を着せるのは気がひける。多分この子は男の子なのだから。

海くんがノートパソコンにむかって調べものに没頭しているそのまわりを、緑子は檻《おり》に閉じこめられた猛獣さながらにぐるぐると回遊していた。かまって欲しいわけじゃないけれど、ここまでかまってくれないのも気に喰わない。お互い他に居場所がないのだから、よもやま話をしてみるとか、会話はなくともせめてトランプぐらいしてみるのが礼儀なんじゃないの、と緑子は思う。

なにしろ山の夜のしずけさは、濃密過ぎて苦手だった。まるで深夜みたいにしずまりかえっているけれど、眠るにはまだ早過ぎる。緑子は窓際のベッドに寝そべって、いっそ海くんを透明にしてしまおうと試みる。ここにいないも同然に。心の中からも眼の前からも、海くんを追いだそうと集中する。そうでもしないとむしろ自分の方が、ここにいないも同然になってしまいそうだった。ところが集中しようと努めると、こういう時に限って海くんの存在は色濃くなっていく。緑子は跳ね起きた。乱暴にコートをはおり、ざっと髪を梳《す》く。ポケットに煙草と財布を突っこんで、客室のドアをあける。

「熊、でるってね」

ノートパソコンへむかったまま、海くんはさらりと言った。

緑子はドアを閉め、すごすごとコートを脱いだ。背後で、ふっと海くんの顔があがった気配《けはい》があり、ついでにパンツも脱いでみる。ローズ色のワンピースからのびる脚をするりとつたい降りて、黒いちいさなパンツが足首にひっかかる。あたしたちはもう相当セックスしていないから海くんの視線は釘づけだろう。緑子は勝負にでる。顎をひいて上目遣いで、じらしてじらしてしどけなくふり返る。しかし、海くんはまたもや見むきもしていなかった。かなり色っぽいはずなのに。

やっぱり海くんはあのいやったらしい看護師と浮気しているに違いない。

「またお腹こわしても知らないよ」

緑子はとどめを刺されたような気持ちで、パンツをひきあげる。

朝の子どもは、すこぶる元気だ。おはようを交わすことさえまどろっこしいかのように、目覚めた瞬間から活動をはじめる。子どもの頃は冬子だってそうだった。朝の子どもは、毛布にもぐってぬくぬくをかき混ぜなければならないし、ちゅんちゅんと小鳥が囀《さえず》れば唄い返してあげなければならない。窓についた霜を陽が溶かしてしまう前に爪でひっかいておかなければならないし、できれば霜柱もちゃんと踏んでおきたい。やっておかなければならないことばかりで、大概、朝から子どもは多忙なのだ。

腹の子どもは産まれているところの一歳半で、活動範囲はまだ四つん這いではいはいをする程度ではある。けれども好奇心は旺盛で、なんでもかんでも模倣して、触っては口に入れ舐めたり噛んだりしたい年頃でもある。朝ともなればどうしようもなく遊びたい。身体中に活力が充ちて充ちて仕方がない。すると世界へ産まれくる恐れよりも、瞬間的に好奇心が上回り、ちょっとだけ外出したくなる。正しく産まれるのはこわいから、ちょっとだけ外出して存分に遊んだら、やっぱり腹のうちに帰ってきたい。かなわぬ望みだ。かなわないと子どもはぐずる。ぐずられると冬子の場合、あらゆる疾患とも違う、外的暴力に限りなく似た、内側からの激しい痛みを伴いもする。

おかげで冬子は、ここのところ毎朝、自分の悲鳴で目覚めている。

霧も晴れきらない早朝から、腹の子どもは、手加減なしのわんぱくな拳をしゃにむにくりだす。毛布を蹴って跳ね起きるように、冬子の腹を思いきり蹴る。腹の皮膚上には、蹴ったり叩いたりするちいさな掌やちいさな足の裏の形が、くっきりと見てとれる。冬子は眠りの淵で悪夢にうなされ、それは知らぬまに悲鳴となり、あげた自分の悲鳴で目が覚めるのだ。それから、ちいさな畑を耕していた徹が慌ててやってきて、まず叱る。躾《しつ》けなければならないからだ。

「こら！　暴れるとお母さんが壊れちゃうだろ！　だめ！　しーっ！」

叱られるとかなしくて、あるいは悔しくて腹の子どもは「あーん」とわめく。もはや人間の泣き声で、「だってお外で遊びたいんだ」と感情に裏打ちされた自分の主張を訴える。一方、冬子はあまりの痛みに、自分の腹をさすることさえままならない。徹は泥だらけの右手でレモン色のミニカーを走らせ、左手ではビニール製の飛行機を飛ばし、叱りながらあやしにかかる。

「よし！　じゃあお父さんとブーブーで遊ぶか？　ブー、曲がりますよう！　いい加減にしなさい！　お母さんが可哀相だろ！　ブーン、ほら飛行機だぞ！　ブーン」

「あ！　いいなあ！　ブーブーだよ」

押さえきれない悲鳴の合間に、冬子もどうにか絞りだす。冬子の身体は、どん、と右へ引っぱられ、次には、ずん、と左へふり回される。腹の子どもが四肢すべてを駆使している健やかな証拠である。日によってはこの段階で落ちつくこともあるのだけれど、泣き声が掠《かす》れてくる日はひどく手こずる。ミニカー、叱責、飛行機。親にはこれ以上なすすべもない。子の方は、なにがかなしくてどう悔しかったのか、もう自分でも忘れてしまったに違いない。ただただ興奮しているのだ。ここまでくると、勝負は根比べへと持ちこされる。冬子が失神してしまうか、腹の子どもが落ちつくか。根比べなら冬子は負けない。徹もなかなかのものである。やがて冬子の視界がちかちかと白みはじめ、徹が早春だというのに汗だくになりはじめる頃、このきっかけがなんなのかはいまだにわからないのだけれど、なぜか腹の子どもはぴたりとしずまる。こうして毎朝、しばらくは微動だにできないくらい、冬子も徹も消耗させられる。それでも、

「自分で産まれてこれないようじゃ、男の子がそんな臆病なことじゃ、この子の将来が心配だよね。この子の勇気がでるまで、僕らはできる限り待ってあげたいよね」

徹はかならず確認する。おもちゃについた泥を拭きながら、闊達《かったつ》な笑みをむけて。

冬子は口の中に鉄の味をわずかに感じて、ぐっと飲みこむ。内臓をじかに殴られるので、たとえ相手は幼児といえども、鼻血がでることもある。男の子は総じて臆病だものね。冬子は思うが、その言葉もぐっと呑みこむ。そして朝日が地上にまんべんなくゆきわたる頃には、夫婦とも精も根も尽き果てているのだった。

午前中は、緑子の細くて長い髪を梳いて過ごした。ひととおり梳いてから、冬子はほうじ茶を飲み、緑子はコーヒーに浸した角砂糖を齧《かじ》った。今日の緑子はなんだか生気がない。黒いニットのワンピースもほとんど喪服のように見えてくるほどだ。なんでもないことで唐突にからからと笑ったりもするのだけれど、冬子以外とは口もきかない。柱に額《ひたい》をぶつけて、椅子の脚に四回も脛《すね》を打って、平板な床の上を歩き回っては数えきれないくらい蹴躓《けつまず》く。そうかと思えば今は、しおれた花のようにベッドの端へ腰かけて二個目の角砂糖をじっとコーヒーに浸している。庭先では、さっきまで洗濯物を干していた徹が、いつのまにか海くんとサッカーボールを蹴りあっていた。窓のむこうではあはあと息をきらし、サッカーボールを追いかけて、世にも愉快そうな笑い声をたてている。熱心にサッカーボールを奪いあい、走っては笑い、笑っては走る。春の陽光も、芽吹きはじめた草花も、清潔な青空も、世界中が彼らの仲間みたいに輝いている。世間話はおろか、ふたりがなにか喋りあっているところなんて、冬子は一度も見たことがない。それでも男同士というものは、サッカーボールひとつで一瞬にして、親友同士か兄弟の小犬のように仲良くなれてしまう。善良な生きものなのだろう、と冬子は眩《まぶ》しい気持ちでふたりを眺めた。

緑子は、

「あたし、男の子ってやだな」と、ちいさくつぶやいた。

「男の子って、やだ」

「海くんも？」

冬子は控えめに笑顔をつくり、ひやかしてみる。それから注意深く返事を待った。けれども緑子は黙りこくったまま、翳りかけの角砂糖を見つめた。

「緑子は可愛いから、なにがあっても大丈夫。ね？」

陽をうけてもまるで色を変えない緑子の不自然な黒髪を、冬子はしずかに撫《な》でた。一撫でごとに、緑子の拘泥《こうでい》したなにかが解けてゆくのが伝わる。そうしていると冬子は、祖母のちからを感じた。まるで自分の掌の上に、祖母の掌がそっと重ねられているかのようだった。冬子のちからと祖母のちからを注ぎこむようにして、しばらく撫でた。ふいに沈丁花《じんちょうげ》の甘い香りが風に運ばれてきて、冬子は髪を撫でながら一昨年の春を思いだしていた。妊娠三カ月目の、父への手紙を書きはじめた、あの頃だ。多分この先いくつ春を迎えても、あの春を一番大切に思いだすのだろうと、冬子は思った。けれどもそれはおくびにもださず、

「もうじきお母さんのお誕生日ね」

いじらしい妹を慰めるために、姉らしく水をむけてみる。ようやく緑子は、難しい表情でこっくりと頷いた。

昼ごはんは、白こしょうをきかせた醬油味の焼きそばで簡単に済ませた。「稲荷寿司《いなりずし》で今日こそ義妹たちをもてなしたい」と徹が言うので、冬子は祖母直伝《じきでん》の、正確には曾祖母ゆずりの料理方法を書きとめておく約束をした。窓からは、熊対策のための柵作りにとりかかっている徹と、髪を撫でてから妙に上機嫌になった緑子がそのまわりでちょっかいをだしているのが見えた。やや曖昧な記憶をたどりつつ「1、油揚げを油抜きする。砂糖すくなめ醬油とみりんと酒で、油揚げをことこと煮る。できれば一晩置いておきたい。2、ごはんに合わせ酢を加えて、炒った白胡麻を和える。」まで書いたところで、海くんが訪れた。

「退屈してない？」

冬子が訊くと、海くんは唇だけで微笑みながらベッドの脇の椅子へ座った。

「人間は他の動物に比べて未熟児で産まれます。0歳児《ゼロ》はあまりに弱くて、ひとりでは生きていけない。とても手がかかります。母親も、父親も、生まれつき親ではないから馴れない世話は大変です。だから、母体で育ち続けている冬子さんの子どもは、人間の進化した形だと、僕は思うんです。産まれてすぐに自力で立ちあがり歩きだす、自立した生きものへ進化しているんだと思うんです」

そのことについて、冬子と海くんはもう既に何度も密談を交わしている。どの密談でも海くんは、真摯《しんし》に、慎重に、寛容に話をしてくれた。いつでも最善を尽くしてくれて、冬子のわがままを尊重してくれている。しかし今この瞬間の冬子は、窓のむこうで柵をつくる徹と、その徹になぜか絡みついている緑子から、眼が離せなかった。

「論文、書けそう？」

意識は散漫ながらも、冬子はとりあえず微笑んだ。

「でも今のまま妊娠を続行していくと、母体が子どもの身体の比率に負けてしまうかも知れない。つまり冬子さんの生命の保証はできそうもないんです。色々調べてはいるんですが、このままいくとおそらく母体が犠牲になってしまう」

いつになく海くんの説明は誠実さに溢れている。冬子は、柵作りをしている徹たちに吸いよせられながらも、集中しなければいけないと努める。すると突然、なぜか緑子が徹の背中にぺたりとはりついた。

「海くんは、いい子ね。それにしても、あの娘、なにしにきたのかしら？」

思わず冬子は口走った。その割には声はまろやかで、語尾にいたってはあたかも軽口かのようにさりげなく響いた。「あたしも行く！　行きたーい！」と駄々をこねる緑子の声が聞こえてくる。「ちょっと買いだし行ってくるね」と、寝室のドアから徹がせわしなく顔をだし、海くんはさも不快そうに視線を外した。

冬子は徹と二度、死について話したことがある。

一度目はまだ恋人のようなものにすらなっていない頃で、タクシーの中だった。会社の忘年会で、二次会の沖縄料理屋は離れた場所にあり、数人に分かれてタクシーに乗らなければならなかった。冬子は、お手洗いに行ったり、お札を崩したり、忘れものがないか点検したり、うかうかしているまにとり残された。気づけば知った顔がひとりもいなくなっていて、急いで店をでた。店の前では、徹がちょうど最後のタクシーを見送り、自分のタクシーを停めているところだった。幹事は徹の上司だったので、徹は幹事助手として全員をタクシーに乗せる係だったのだ。徹は冬子を見ると、あっ、と目を丸くした。それから慌てて手招きして、ふたりはタクシーに乗りこんだ。

「いや、いや。君を待ってたんですよ」

徹はスマートに冗談めかした。こういう類いの冗談は男性社員にはつきものだけれど、切り返すのは案外難しい。ありがとう、では厚かましいし、すみません、では白けてしまうと経験済みだ。ああでもないこうでもない、と冬子が考えあぐねているうちに、もちろん忘れてたわけじゃないですよ、と徹がつけ足した。忘れるわけないじゃないですか、と気まずそうに念を押す。冬子は気の毒に思って、助かりました、と微笑んだ。それ以上会話をしようにも接点がなく、ふたりはラジオから流れるニュースに耳を傾けた。ニュースは、地方の大病院の医療ミスや都内の強盗殺人事件、高速道路の玉突き事故と、今日もたくさんの人たちが死んでいっていることを伝えていた。

「いやですね」苦々しく徹が言うので、

「こわいですね」冬子はひとまず凡庸に返した。

「僕、個人的には死ぬのなんてこわくはないけど、こういうのはいやですね」

「罪もない人たちが、不本意に死んでしまうんですものね」

僕なんかいつ死んだっていいんだけど。

徹はいきなり沈痛そうにひとりごちて、窓の方へ顔を背けた。徹の横顔にはテールランプが反射して、赤と橙色の光の玉模様が流れては消え、消えては流れていた。冬子は、なにとはなしに、それを数えた。ぼんやり眺めているうちに、徹くん二カ月つきあっていた女子大生に最近ふられたらしいよと、誰かが噂《うわさ》していたことを思いだした。その後の二次会では徹とやけに目があった。徹は泡盛をなみなみと呷《あお》って、ぐでんぐでんに酔っぱらった。何度も吐いてしつこく呑んだ。酔えば酔うほどなぜか視線がぶつかった。いつ死んだっていい、という言葉にふさわしい呑み方だった。

しかし二度目の徹は「死ぬなんて絶対にいやだよ。だって、なんかこわいじゃん」と眉根をよせた。確かその頃はもう結婚していて、近所の喫茶店で、庭木に虫がつくんだけど殺虫剤はあまり使いたくないの、とか、そろそろばあちゃんの墓参り行かなきゃなあ、とか、そんな話をしていたような気がする。徹はナポリタンスパゲティをほおばりながら、「俺、長生きしたいなあ」とあたり前のように続けた。冬子が遅れてきた玉子サンドウィッチの皿をひきよせながら「どうして長生きしたいの？」と訊くと、徹はすこし考えて「なんとなく」と答え、「死ぬのは、こわいから」と言い直した。

死ぬのは、こわいから。

それきり、死について徹と話したことはない。けれど今でもこのふたつだけは、冬子の心に浮島のようにぽっかりと浮かんでいた。日々の暮らしというものが地続きの揺るぎない大陸だとすれば、これはあきらかに浮島のような、孤立した記憶だった。

「帝王切開も考えましょう」

海くんは懇願するように、冬子を見た。妊娠し続けているのは海くんのせいではないのに、彼はいつも自分を責めているような表情をする。

「この子が自分で産まれてくる気持ちになるまで、待ちたいの」

ためらいなく冬子は言った。それは冬子だけではなく、徹の願いでもある。

「その場合は、冬子さんが死ぬかも知れないということですよ」

「それ、誰にも言わないでね」

なるべく深刻になってしまわないように、やわらかく冬子は微笑む。海くんの育ちの良さそうな額に苦渋の皺がよる。海くんには秘密を背負わせてしまって申し訳ないけれど、やっと父親らしさを身につけた徹がせっかく自分から選択したことなのだから、冬子はまっとうさせてあげたかった。

「僕はひとりの医者として、誰も死なせたくないんです。もし今現在もっと医療が発達していれば、冬子さんだって救えたかも知れないのに」

海くんは、かなしそうに瞬きを数回続けてする。ゆっくりと陽が陰りはじめて、しずけさが深まる。冬子はいたたまれなくなって、だって妊娠は病気じゃないんだから海くんは悪くないのよ、と茶化してみせる。死は、きっとものすごく痛くて苦しい。想像に過ぎないけれど、それは冬子にもわかっている。

「わたしは妊娠しただけで、それだけで充分、救われているんだと思う」

救い、というのも大袈裟だとは思ったけれど、冬子の正直な実感を伝えた。海くんは、しばらく黙って考えこんでいた。やがて、海くんの腿《もも》に涙が二粒こぼれ落ちて、仕立ての良い紺色のパンツにちいさなしみをつくった。

「僕は、進化した形だと、信じています」

そう言って、海くんはちいさく息を吐いた。海くんはやさしい男の子だと、前々から冬子は思っていた。でももしかしたら、男の子だからやさしいのかも知れない。腹の子どもが男の子だと知りはじめてから、冬子はしばしばそう思うようになった。

「海くんは、いい子ね」

海くんの頭を撫でてあげたかったけれど、それはさすがにはばかられるので、冬子は心をこめて微笑んだ。

緑子は可愛いから、なにがあっても大丈夫。

お姉ちゃんはそう言った。あたしとお姉ちゃんはふたりでひとりだ。あたしに足りないものはお姉ちゃんが持っていて、お姉ちゃんに足りないものはあたしが持っている。たとえば一緒にごはんをつくる時、あたしは器用だけれど気分屋でもあるから料理の味が毎回、変わってしまう。でも、お姉ちゃんはいつも安定してぼんやりしているから決して味が変わらない。そこでお姉ちゃんが登場してささっと最後の味つけを調整する。しかもあたしを気遣ってこっそりと。あたしは率直だからたまに誰かに乱暴な言葉を投げてしまう。傷つけたいわけじゃないんだけれど、そうなってしまうことがままある。でもそこにお姉ちゃんがいれば、大体のんびりした一言でまとめて貰える。とんちんかんなことも多いけれど、なんとなくうやむやにしてくれる。そういうことが得意なのだ。あたしはみんなを笑わせたり、愉しい気持ちにさせることができる。お姉ちゃんのぼやあっとした気持ちを、お姉ちゃん自身よりも素早く察して、代弁してあげることもある。ひとりずつではへなちょこだけれど、ふたりが一緒にいれば完璧なひとりになれる。お姉ちゃんはなぜか昔から「あたしたちは双児《ふたご》みたいにそっくりだ」と思いこんでいるけれど、あたしたちはそっくりなんじゃない。ふたりいればこわいものなし、なのだ。

すくなくともお姉ちゃんが妊娠するまでは。

お姉ちゃんは妊娠してから、ひとりで完璧なひとりみたいになってしまった。お腹に赤ちゃんがいるんだから「お姉ちゃん＋赤ちゃん＝ひとりと半分」とかなんとかいう計算になるかと思いきや、なぜか突然お姉ちゃんからは「お姉ちゃん＋赤ちゃん＝完璧なひとり」という答えが弾きだされた。どういう仕組みなのかさっぱりわからないし、別にさみしくなんかないけれど、裏切られた気分にはなった。

それでも、あたしのことを隅々まで知り抜いているお姉ちゃんであることには変わりない。そのお姉ちゃんがそう言うんだから多分間違いないのだろう。

あたしは可愛いから、なにがあっても大丈夫。

緑子はその言葉を信じることにした。信じようといったん心に決めてしまうと、身体の中で、ぱちんと火がついた。もう随分長いこと、ぐずぐずとくすぶったなにか、きな臭い火種はあった。それが一気に、ぱちぱちと火の粉をあげて炎になった。意味や使命なんてもう考えなくていい。好きなように生きればいいし、欲望のまま生きればいい。そうすればきっと、ばらばらになったり、ちぐはぐになったりなんかしないで済むだろう。海くんと出会うより以前の、かつての緑子みたいに。だってあたしは大丈夫なんだから。そう信じられた瞬間、緑子の炎は火柱となった。

ああ。思いきり走りたい気分。

そして緑子が顔をあげると、そこにはお義兄さんがいた。板とのこぎりと釘《くぎ》とトンカチを玄関から表へと運びだしていた。緑子はしばらく眺めていた。すべての道具を運び終えると、はたと目があった。お義兄さんは、おいで、と言った。なんていうか、緑子は実物を見たことも聞いたこともないけれど、まるで「お父さん」みたいに。なんの感情もこもっていない、それでいて守ってくれているような、ちょうどいいぬるま湯みたいな声音で。それで緑子はついて行った。お義兄さんは板の寸法をメジャーで計り、鉛筆で線をひいた。おいで、と言ったくせに緑子を気にかける様子もなく、愉しそうでも嫌々でもない感じで、黙々と板をのこぎりで切っていく。案外腕は浅黒くたくましくて、背中はほんのすこし丸い。お義兄さんは板を二枚切り終えると、腰をのばして休憩した。緑子はしげしげと眺めた。眺めているとだんだん触りたくなってきた。まるで「お父さん」みたいな、この男の人に触ってみたい。そう思った。はじめは腕に触ってみた。ぴた、と腕に触った瞬間、お義兄さんは、よそよそしく身体ごと逃げた。そして「仕事の邪魔をしなさんな」とちいさい娘をたしなめるかのように頬を膨らませた。いかにも「お父さん」らしい仕草だったので、緑子は面白くて何度もくり返した。腕には飽きてしまったので背中に、ぺたり、と頬をよせた。お義兄さんは一瞬、びくん、と硬直して、やっぱりたしなめるような仕草をした。結局すぐに逃げられてしまうので、触り心地は確かめられなかった。だから緑子は、気の済むまでもうちょっとついて行こうと、買いだし行きの軽トラックに便乗したのだ。

もともとお義兄さんのことは、緑子は好きでも嫌いでもなかった。どちらかといえば好きじゃなかった。お姉ちゃんが結婚しなければ、あたしの人生にはあり得ない種類だというのが第一印象だった。どうにも憶えにくい顔だちで、どっちでもいいことについてだらだらと喋り、社交辞令はきちんと叩きこまれている中学生男子。そんなところだ。「緑子ちゃん、指輪作りは愉しいかい?」と「緑子ちゃん、青年海外協力隊は愉しかったかい?」が同じ軽量になる。緑子が「はい」と答えても「いいえ」と答えても同じ軽量でうけとめられてしまう。そういう人が緑子は好きじゃないのだ。それに、のんびりしているところはお姉ちゃんに似ていなくもないけれど、自分の結婚式でおいおいと泣いたり、カラオケで古い失恋の曲を唄いあげたり、自分の写真を年賀状にしたりする自己陶酔気味なところには、心底げんなりしたものだった。

あのお義兄さんが、運転席のこの彼だなんて。

緑子は可笑しくてすこし笑った。運転席の彼は、不思議そうに緑子を窺《うかが》った。軽トラックはがたがたと揺れて、ちいさなスーパーの駐車場に停まった。

スーパーは閑散としていて、てらてらと白くあかるかった。そばに高級別荘地があるから夏場はにぎわうそうだよ、と彼が教えてくれる。緑子は、ふうん、と返事をしたけれど、そこはかとなく黴《かび》臭いような気もした。カートは彼が押してくれて、緑子はまずビールのロング缶を全種類二本ずつ放りこんだ。国産八種類とアメリカ産二種類、オランダ産とイギリス産もある。それから白ワイン一本と赤ワインも二本放りこむ。彼は魚コーナーで蛤《はまぐり》と若布《わかめ》を、野菜コーナーで菜の花と筍《たけのこ》を選び、油揚げや紅生姜《べにしようが》をカートへ入れた。緑子はクラッカーとトルティーヤチップスを放りこみ、欲しいチーズが見当らないので仕方なく6Pチーズを放りこんだ。プレーンヨーグルトと苺と白桃缶、ついでにピクルスの瓶詰めと蟹《かに》缶とセロリも放りこみ、フォワグラペーストの缶詰とアンチョビの缶詰、最後にくるみも放りこんだ。彼があんまり呆気にとられているので、緑子はにっこり微笑んだ。すると彼は、やっぱり「お父さん」みたいに微笑み返した。手のやける困った娘にするみたいに。緑子は嬉しくなって、彼の手を握った。彼は一瞬びくっと身体をひいたけれど、包むように握り返した。掌はざらざらして生ぬるく、緑子はとても心を惹かれた。欲望のない掌。はじめから最後まで、永遠に、完璧に安全な掌だった。緑子は知った。これが多分「お父さん」というものなんだろう、と。そして、彼がレジで支払いしている時も、緑子が煙草を1カートン追加している時も、ふたりは手を繋いだままだった。

帰り道も軽トラックを運転しながら、彼は手を繋いでいてくれた。緑子は離そうとしなかった。というよりも、離したくなかった。別荘へ帰りついてしまったら離さなければならないことは、なんとなくわかっていた。そう思うと、さみしくて泣きたくなった。泣きたくなると、おしっこがしたいような気がしてきた。ほんとうにしたいかどうかは定かではないけれど、すくなくともまだ帰りたくない。一本道の両脇は背の高い草むらだった。草むらは大人の背ほども丈がある。しゃがみこんでしまったら、もうすこし一緒にいられるかも知れなかった。

「おしっこ」緑子は言った。

「え？　ちょっと、ほんと？　まだあるな、どうしよう」

「停めて？」

彼はびっくりして、それから慌てて軽トラックを停めた。緑子は降りて、草むらに駈けだした。背の高い草をかき分け土を踏んで、自分の顔がやっと覗ける丈のところまで全速力で走ってゆく。遠くで風が鳴り、緑子の中の炎が焚《た》きつけられる。緑子は立ちどまった。今や炎は風に煽《あお》られてとてつもなく燃えさかっている。彼がこちらに背をむけつつも、緑子を心配しているのが草のむこうに見える。

「きて！」

緑子は、彼に思いきり両手をふった。彼は、はっと顔をあげた。緑子から笑顔がみだりに溢れでる。彼は目を見はって立ち尽くした。緑子はもはや彼が父親的かどうかということに興味はなかった。ただ素直に、あかるい炎に従っているだけだった。彼は草をかき分け、ゆっくりとこちらへ歩きだした。緑子は彼を待った。彼は炎の中心へ身を投じるかのように、おずおずと緑子の前へ立った。緑子は愛おしくなり、彼を抱きしめた。彼は突っぱねた。嫌だからではなく恐れているのだと、直感が舞い降りた。恐れられるのも無理はない。緑子は炎そのものなのだから。

「じゃあ、ちょっとだけは？」

緑子は囁いた。彼は今にも泣きだしそうな顔になった。

「じゃあ……じゃあ、ほんとに、ちょっとだけ」

緑子は彼をもう一度抱きしめた。くちづけあうと、まるでずっとこうしたかった恋人同士みたいに、ふたりは急いで草へ沈んだ。彼はみるみる炎に巻かれていった。


草むらからの更なる帰り道は、ふたりとも一言も喋らなかった。緑子は軽トラックの助手席でほとんど燃え尽きていたし、運転席にはどういうわけかお義兄さんがいて、彼はすっかり消えてしまっていた。ふたりともばかみたいに草だらけで、緑子は地面に押しつけられた尾骨がじんじん痛んでいて、お義兄さんは草の汁で汚れたズボンの膝をいつまでも拭いていた。緑子は、お義兄さんとセックスしてしまったことよりも、まるで「お父さん」みたいな彼に心を惹かれた自分自身に、傷ついていた。そのうえ彼に心を惹かれた理由は、どうしても思いだせなかった。

別荘へ帰ると、海くんは怒っていた。緑子は草だらけになった黒いニットのワンピースを脱いで、ジーンズとベビーピンク色のパーカーに着替えた。玄関では海くんが待っていて、ふたりは丘へ登って行った。昨日とはうって変わって、今日は海くんがさくさくと前を歩き、緑子はもたもたと後に続いた。なだらかな丘の稜線《りょうせん》に浮かんでいく海くんの背を見つめながら、緑子は思う。

お父さんなんかいらない。どうせはじめから欲しくなんてなかった。

その途端、緑子はせつなくなる。空はだんだんくすんできて、海くんの背もくすみはじめる。丘へ着くと、海くんは端正な横顔を透明の結晶みたいに凍らせて、言葉を選びあぐねているようだった。酷薄な海くんのことだから、きっと緑子が一番聞きたくない言葉を選りすぐっているんだろう。風が吹き抜けて、山をざわざわと騒がせてゆく。緑子の炎の残り火が、風にぱちぱちと燻《いぶ》される。海くんが女の子だったら良かったのに。薄暮にかすかな炎があかるく息を吹き返す。緑子は感じとり、直感が舞い降りる。

だから。海くんは女の子であるべきだったんだ。そもそも。

「海くんが、アメリカかなんかで性転換して女の子になって、それでずっとあたしと一緒にいてくれたら、いいのに」

海くんは虚をつかれたように緑子を見た。それからますます怒りを募らせて、「そっちが男になれよ」素気なく言い捨てた。

「あたしは女の子の方が好きだし、男の子は嫌なの。海くんが女の子になってくれたら、あたしたちずっとずっと仲良しでいられるよ。絶対にもう喧嘩なんかしないし、浮気もしないし、仲良しでいたいの」

「女性も浮気するでしょ」

緑子は一瞬どきっとする。でも浮気は大した問題じゃなくて、重要なのは、どうしたら永遠に仲良しでいられるかだ。

「でも女同士なら喧嘩してもすぐ仲直りできるんだよ」

「あのさ、」海くんがため息をつく。「冬子さんが無事に出産するまでは、僕が責任とってちゃんと診るけど、無事に出産できたら、僕は君ともう二度と会わないよ。ふたりで話しあって、終わりにしようって決めたでしょ」

「そんなのやだ! だいっ嫌い!」

「そういうふうに決めたでしょ?」

「じゃあ、じゃあさあ、今日だけ女の子になって? 今日だけでいいから。もう二度と言わないし、ふたりで決めたこともちゃんと守るから」

海くんはまるで枯れ木みたいに佇《たたず》んだ。朽《く》ちかけた灰色の枯れ木みたいに。緑子の炎は、じゅん、と音をたてて消えてしまう。あたしたちは、とうとうこんな荒れ野にたどりついてしまった。

夕方遅く、やっと買いだしから帰った徹は、めずらしく風呂場へ直行した。緑子はぱったり大人しくなっていて、これまためずらしく怒りもあらわな海くんとふたたびでかけて行った。寝室のベッドに横たわる冬子にも、買いだし先でなにかがあったとおおよその見当がついた。

冬子は、冷静に現実を見極める。

結婚前にもこういうことはちらほらあった。浮気と呼ばれる類いのものだ。結婚してからの徹には、美和さんという恋人があった。だからそれは構わない。よく慣れ親しんだいつものことだ。けれども冬子は、自分の瞳の底へちいさくて硬いなにかがためられてゆくのを感じとる。水面を打つ真白い小石や、瓶に落ちる硬貨のようなちいさくて硬いなにか。謂《いわ》れのないこのちいさくて硬いなにかを、冬子はしばらく持てあまし、祖母の裁縫箱を開いた。レース編みの金色のかぎ針。やわらかい触り心地のしつけ糸に、さらさらの絹糸、素朴な木綿糸。色とりどりの帽子をかぶったまち針は、若草を兎が跳んでいる柄の端切れで作った針山に刺してある。桜貝色の匂い袋は、かつて冬子が贈ったもので、今でも白檀《びゃくだん》を香らせている。銀色の指ぬき、ぴんとした針。刃を開くと、しゃん、と鋭い音をたてる裁《た》ち鋏《ばさみ》。そこには、子どもの頃に海で拾った貝殻や本に挟んでつくった押し花、ビーズの指輪などといったささやかな宝物と、水色のアドレス帳や古い写真も何枚か、そして父への手紙が隠されている。

わたしは隠しているのだ。

あけすけに、なにもかもさらけだして暮らしてゆくことが、人間としてほんとうは高尚なのかも知れないけれど。でも。できることなら、妻である冬子に、また姉である冬子に、隠しだてて欲しかった。そう冬子は思いあたる。それから曾祖母や、祖母や、母たちの、笑い顔を思いだす。涙がでるくらい笑っていても瞳の底はけっして笑っていない、そういう顔つきを。ひっそりとしずまりかえった瞳の底を。

海くんにはどんな色でも似あうみたい。いつも白いシャツに紺色のパンツ、秋には黒いカーディガンをはおり、冬には黒いタートルネックばかりだから気がつかなかったけれど。トランクをひっくり返し部屋中に洋服をひろげ、緑子は迷いに迷って、海くんのためにオペラピンク色のワンピースを選んであげた。このワンピースは緑子が着るとラフにたらっとなるけれど、海くんが着ると身体にぴたっとフィットして結構色っぽい線になった。襟元がさみしいのでクリーム色地に黒ばら模様のスカーフを巻いてあげて、黒いストッキングもはかせてあげる。緑子の方はベビーピンク色のパーカーに、パンジーみたいな紫色のタイトミニスカートと黒いタイツに着替える。首元には、お母さんのお土産に結ばれていた赤やピンクのりぼんを何重にもあるだけ巻く。ビーズのネックレスや水晶のチョーカー、カナリア色の羽で作ったブレスレットも、ありったけのアクセサリーを半分ずつ着ける。海くんの前髪をピンで留めて、緑子は自慢の髪を梳く。ふたりとも、すごく深い紫色のアイシャドウをいれて、アイラインもくっきり描き、ワインレッド色の口紅を塗る。緑子は最高に嬉しかったし、海くんも途中からはあきらめたみたいで、ふたりとも鏡の前でげらげら笑った。とりわけ海くんにティッシュをつめたブラジャーをつける時と、口紅を塗る時は、笑いがとまらなかった。海くんは三分に一回くらいの頻度で、女の子って大変なんだなあ、と感心したようにつぶやいていた。

もう最高に愉しかった。ふたりでこんなに笑ったのは、ほんとうに久しぶりだ。そしてふたりとも、最高に色っぽくて最高にパンクで妖精みたいに神秘的な、完璧な女の子に仕あがった。緑子は、もったいないからお姉ちゃんに見せてあげよう、と提案した。海くんは一瞬むっとしたけれど、緑子は気にせずぐいぐいとひっぱって行った。お姉ちゃんの寝室のドアをノックすると「はあい」と聞こえる。緑子は笑いを堪えてドアをあけ、「せーの」で海くんを押しだした。緑子は我慢できずに、ぷふーっ、と吹きだし、海くんは敢えてふてくされて見せる。ベッドの上のお姉ちゃんは、レース編みの手を休めてにっこり笑った。

「あら！　きれいねえ！」

お姉ちゃんがわざと女っぽい声をだすので、海くんがちょっと照れる。緑子はまた笑ってしまう。とにかくものすごく可笑しくて愉しい。お姉ちゃんも仲間にいれてあげよう、と緑子は思いついた。

「きれいでしょう？　お姉ちゃんもたまにはお化粧しなよ！　最近全然してないでしょ

う？　あたしの貸してあげるから！」

訊いてみると、お姉ちゃんは「そうね、いいわね」とくすくす笑った。

「ほんと！　じゃあ、今、持ってくる！」

緑子は走って客室へむかった。お化粧道具を適当なバッグにかきいれる。大急ぎで寝室へ戻ると、海くんはもういなくて、お姉ちゃんは編みかけのレースを裁縫箱へしまっているところだった。緑子は、お姉ちゃんの膝元あたりのベッドの上へ腰かけた。バッグをひっくり返してお化粧道具をすべて並べる。内心緑子はほっとしていた。もしかしたらお姉ちゃんは怒っているかも知れない、とも思っていたのだ。だけどお姉ちゃんはいつもどおりだった。そういえばお義兄さんに愛人がいた時も、出産に立ち会わせたい、などとは言いだしても、やきもちは妬《や》かなかった。もしかしたら怒るかも知れない、なんてお姉ちゃんをあなどっていたも同然だ。お姉ちゃんにはどの色が似あうだろう。いつも地味だから、特別きれいにしてあげたい。

すると突然、耳の後ろで、ざくり、と奇妙な音がした。緑子は息を呑んだ。

今の音、なに？

緑子は驚いてふりむいた。お姉ちゃんがおおきな裁ち鋏を持っている。そしてシーツには、長くて細い真っ黒な髪の毛が、ざらりと落ちている。緑子は首の後ろが、すうすう涼しいことに気がつく。おそるおそる触ってみると、そこにあるべきものがきれいさっぱりなくなっている。やっぱり。これは、あたしの髪の毛だ。

「なにやってもいいわけじゃあないのよ」

しずかに、お姉ちゃんは言った。おおきな裁ち鋏から指を外し、それから手にかかった緑子の髪の毛をそっとはらった。お姉ちゃんの眼は、砂漠の闇みたいに暗くて澄んでいる。お姉ちゃんはやきもちを妬いているんだ。そう思った途端、緑子の喉元にどんどん涙がたまってきた。

「面倒くさいから泣かないで」

お姉ちゃんは、口元だけでわずかに笑みをつくって、心底面倒くさそうに言った。それでも声は、まるで岩と岩の間を湧水《わきみず》が流れているみたいに、しずかだった。

「お化粧、自分でできるから大丈夫よ。ありがとう」と、お姉ちゃんは続けた。なんだか悔しくてなんとなく理不尽。それに、かなしくもある。緑子がこの長くて細い髪をどれだけ気にいっているか、お姉ちゃんは知っているはずだった。

ここでは泣けないし、絶対に泣きたくない。

涙はたっぷりたまっていて瞬きひとつでこぼれそうだったけれど、緑子はそう心に誓って寝室を飛びだした。廊下へでると、女装したままリビングの古いソファでノートパソコンをいじっている海くんが見えた。緑子は、ざっくりと首の後ろで切られた髪を押さえながら、海くんの前にぺたんと座りこむ。海くんは目を丸くして、まじまじと見つめた。それから、うわあ、とくつくつ笑った。緑子は心外だったけれど、いつもみたいに一蹴《いっしゅう》されるよりは随分ましだと思い直した。それに、「新鮮だなあ」とか、「それ、いいよ」と笑顔の海くんに讃美されるのはまんざらでもない。涙はいつのまにか身体の中へと吸いこまれていったみたいだった。

「女の子みたいに、なぐさめて」緑子はお願いしてみる。

「ええ？　なんだろ？　じゃあねえ、えっと。可愛い！　似合うわ！」

海くんは甲高《かんだか》い声をだして、ぱちぱちぱち、と拍手をした。まったくばかにしている。女の子がそんなことばっかり言いあっていると思ったら大間違いだ。緑子はむくれた。

それから海くんは、にやり、と笑って、

「わたしも髪の毛、切ろっかなあ。ねえ、ねえ、どう思う？　ねえ、ちゃんと聞いてんの？　ねえ、髪の毛、切ってもいい？　もう」

最後に頬をぷうっと膨らませた。一体どこの女の子を真似ているんだ。海くんの女の子に対する認識具合が透けて見える。緑子は半分がっかりして、半分むかついた。今日だけ女の子同士の約束なのに。

「それって、男の子といる時の女の子だよ」

「それしか知らないよ」瞬時に海くんは、男の子に戻った。

「違うの。こういう時はね、たとえば、ひどいね！　可哀相！　緑子は悪くないよ！

ひどいよ！　むかつくね！　なの」

「どうせ君がなんかしたんでしょ？」男の子の海くんが答える。

「違うもん」苦し紛れに緑子が息巻くと、

「違うもん」海くんはそっくり真似た。

「ひどいね！　緑子は悪くないよ！」試しに緑子が続けてみると、

「もういいよ」

今度は真似ずに、海くんは呆れたようにストッキングをたくしあげた。

なんであんなことしちゃったのかな。

冬子は、とぐろを巻く黒蛇のような緑子の髪の毛をはらいながら、ぼんやりと思っていた。切ろう、と決めていたわけでは全然なかった。

夫の交わり方について、冬子は充分熟知している。ああしてこうして次はこう、と暗唱できるくらい知り抜いていて、ちょっと緑子には味気なかったんじゃないかしら、と同情に似た気持ちさえあった。緑子が子どもの頃から長くて細いあの髪をかたくななまでに大切にしてきたことも、むろん知っていた。これっぽっちも憎んでなどいない。それなのになぜか、銀色の裁ち鋏は、しゃん、と鋭い刃を開いて、ざくり、と切った。生々しい音がした。髪の毛は生きものみたいに指に絡まり手にすがりつき、それから痛ましく息絶えた。

憎んではいない。ただ、許せないだけだ。許せないし、許さない。おそらく一生、許さない。なぜ許さなければならないのかが冬子にはわからなかったし、なぜ許せないのかも冬子にはわからなかった。

そこへ、徹が音もなく現われた。ベッドの端に、膝をそろえてちいさく座る。徹からは醤油を煮つめた匂いがした。いっそ稲荷寿司の話でもして欲しい、と冬子は待つ。しかし徹は微動だにせず、蒼い顔で床を凝視している。徹はこういう時、いつもとんでもなく苦しそうに見える。同時になぜか、うっとりしているようにも見える。なにに酔いしれているのか見当もつかないけれど、やっぱり徹はすこぶるぶきみな生きものだ。久しぶりに冬子はそう思う。その瞬間、徹はベッドの上へ放ってあった裁ち鋏を握りしめ、すうっとそれを冬子へさしだした。

「僕の、切っちゃっていいから」

すっくと立ちあがり、ずるりとズボンを床へ落とす。頬も額も耳たぶも紅潮させて、徹はどうも頭に血が昇っているようだった。冬子は唖然《あぜん》として徹を仰ぎ見る。徹は強情な眼で冬子を見据《みす》える。冬子の指を一本一本丹念に開いていって、裁ち鋏を握らせる。空いた冬子の左手をとり、火照《ほて》った徹の右手と繋いだ。これは一体なんなのだろう、と冬子は困惑する。つきあいきれない、と呆れもする。得体の知れない罠《わな》なのかも知れない、とかんぐってもみる。とはいえ徹は真剣そのものだ。むしろ煩悩の断ち切れた、気概に溢れた表情をしている。一方、裁ち鋏は冬子の掌によく馴染《なじ》み、ちょうど良い按配でおさまった。ずしりとしたこの確かな重量感。冬子の指は、銀色の鋭い刃を、しゃん、と開いた。徹の意気地に応えるかのように、刃はきらりと閃いた。雨あがりの空に虹がかかるように、春になればあたらしい芽が吹くように、冬子の身体は自然と動いた。冬子は繋いだ手をたぐりよせ、徹をゆっくりとひきよせた。ところが徹はうろたえはじめた。腕も腿も首筋も、肌という肌を粟立《あわだ》たせ土色になる。繋いでいる徹の掌は汗でびっしょり濡れて、唇はわなわなと震えている。冬子は自分の顔の間近まで徹を招きいれた。徹の奥歯がかちかちと鳴る。背骨をぎゅうっとのけぞらせる。徹のものの幅にあわせて、冬子の指は更におおきく刃を開いた。

どこからか、しくしくと泣き声が聞こえてくる。

さみしいよ、

さみしいよ、

と言っているかのようなその泣き声は、腹の子どものものだった。

そうね。さみしいね。

冬子は、すとんと刃を閉じた。徹は腰を抜かして座りこんだ。腹の子どもはまもなく泣きやみ、徹はへたりこんだまま冬子の巨大な腹を見あげた。

「徹のを切っちゃったら、徹も女の人になっちゃって、お母さんがふたりになっちゃうものね。徹にはせっかくだから、お父さんをやって貰いたいし。それにこの子はきっと男の子だよね。だから、お父さんがいてくれた方が、安心」

言い終えてしまうと、それは既に冬子自身の言葉だった。

この刹那《せつな》、家族のそれぞれがさみしかった。冬子は冬子でしかなく、徹は徹でしかなく、腹の子どもは腹の子どもでしかなく、それぞれが拮抗《きっこう》しあう生きものみたいにそこにいた。それぞれまったく違う根拠をもち、別々のことを考え、乱しあうばかりの生きもののように。そのことが冬子はさみしかった。

「僕も、さみしかったんだ」徹はかすかにつぶやいた。

「さみしいね」冬子はくり返した。

さみしいのは生きものの常なのに、家族はなぜか開陳しあった。それでもいったんさらけだしてしまうと、減りはしなくともほんのすこしだけ、知らぬまにさみしさは和らいでいるようだった。

夕ごはんはどういうわけか、ビールに白ワイン、赤ワインまでそろっていた。稲荷寿司に菜の花のおひたし、若竹煮と蛤のお吸い物は徹がつくり、蟹とセロリのサラダは緑子がつくったようだった。クラッカーにチーズ、フォワグラペーストにアンチョビ。ピクルスとトルティーヤチップス。それから、くるみ。緑子はヨーグルトの苺と白桃添えまで早々と並べ、「呑む前に胃に粘膜をつくるの」と悪酔いしない秘訣を語った。

冬子はオレンジジュースで、他のみんなはひとまずビールで乾杯をした。海くんは女装姿も板につき面白がってお酌をして、緑子はすすめられるますますいすい呑んだ。腹の子どもは「まんま、まんま」とはしゃぎだし、冬子は「うん、うん」と相槌をうつ。稲荷寿司はちょっと薄味過ぎて、若竹煮は随分えぐい。蛤の吸い物はじゃりじゃりと砂っぽく、菜の花はくたっとしていた。ふと見ると、徹はくよくよと俯《うつむ》いて、今日の料理のひとり反省会酒になっているようだった。とりわけなにを喋るでもなく、それぞれ呑んだり食べたりした。大人たちはみんなどことなく疲れきっていた。

「やっぱあさあ、音楽がないとさあ」

あっというまに缶ビール三本を空けて赤ワインの栓を抜きながら、緑子は言いだした。徹がそそくさと抜けだして、どこからか古びたラジオを持ってくる。埃《ほこり》をはらって電源を入れるが、うんともすんともいわなかった。しょうがないなあ、と海くんが席を立ちノートパソコンを抱えてくる。海くんはキーボードをかしゃかしゃと叩きはじめる。緑子は条件反射的にむっとして、赤ワインを二杯続けざまに呑んだ。ふいに南国のゆるやかな音楽が聞こえてきた。きゃーっ、と緑子は跳ねあがった。ノートパソコンからだった。みんなが尊敬の眼で海くんを見つめ、海くんは「うふふ」としなをつくった。緑子がいんちきハワイアンを踊りだす。あんまり硬派なハワイアンなので、みんなで笑ってしばらく眺めた。腹の子どもも、きゃっきゃっ、と天使のような笑い声をたてた。ハワイアンに飽きるとボサノバをかけた。その頃には既に半分以上の酒が呑まれていて、緑子がちいさい灯りだけ残して暗くした。羞恥心《しゅうちしん》がぱらぱらと剥がれてゆき、酔っぱらった海くんもゆらゆらと踊りはじめた。日向《ひなた》くさい音楽が部屋を充たし、緑子はそれとは関係なく闇雲に跳ねた。

徹がごしごしと顔をこすって、冬子の隣へかがみこんだ。

「君は僕のこと、どう思ってるの」

いや、ずっと訊きたかったんだけどさ、なんかね。徹はこちらも見ずに、声を落としてそう訊いた。きまりが悪そうにうなじをかく。結婚でもするかあ、と欠伸《あくび》まじりに言われたことはあっても、そんなことを訊かれたのははじめてだった。

「すごくぶきみ」よくよく考えて冬子は答えた。

「そっか」

「それで、時々すごく好き」

「え」蹴躓いたような声で徹はかたまる。

「縁側のところから、ずっと」

「えんがわ？」徹はおうむ返しする。

「多分、一生許せないけど」

徹は、えんがわ、と言ったままの顔でふたたびかたまった。徹のわの形に開いた口元を見ていると、冬子はあやふやな気持ちになってきてしまう。一体なにを許せないのだったか、許せない感じがぼやけていって、ぽかんとした粒子にとりこまれてしまう。冬子は慌てて答えを続けた。

「やさしい生きものだと思ってる」

やさしい、にひっかかったのか、生きもの、が気になったのか、徹は一瞬たじろいだ。けれども、ふっとほころんで、

「ほんとに女の人って不思議だな」徹は照れくさそうに唇を曲げた。

「あのふたり、あやしーい」緑子が、冬子と徹を指さした。それから海くんの胸板をぱかぱか叩いた。海くんが緑子の額めがけて、親指と人さし指をぱしっと弾く。なんだか可笑しくて、みんなが笑った。

「あたしはねえ、パンクがいいの」

緑子の眼が据わりはじめて、海くんがしぶしぶチューニングをあわせると、激しい音楽が流れだした。緑子はここぞとばかりに飛び跳ねた。海くんもスカーフをひらひらさせてしなやかに踊りだす。徹は力強く拳をふりあげ堂々と踊りはじめた。腹の子どもも

興奮しはじめ手足をばたばたさせている。きっと踊っているつもりなのだろう。冬子の身体もつられて左右にばんばん揺さぶられる。おそらく冬子自身が踊っているように見えているに違いなかった。

そういえば、今日一日この子はやけに大人しかった。まるで大人たちのやることのひとつひとつをじいっと息をひそめて観察しているみたいに、一日中はりつめていた。でたらめな「マイ ウエイ」が鳴り響く。音楽はみんなの笑い声をかき消し、心地よく身体を貫いていく。「やりたいように、やってきたのさ」と男がふり絞るように叫んでいる、人生の終焉《しゅうえん》を迎えて。

死は、きっとものすごく痛くて苦しい。そのことは冬子もこわかった。けれど恐れてはいなかった。正確には、どう恐れて良いものかわからなかった。たとえば、死ぬとすべて消えて失くなるという説がある。天国か地獄へゆく説もあるし、見守り続ける説もある。生まれかわりの説も、夜空の星になる説もある。

動物たちは、そんなにいくつも説いたりしないだろうに。

冬子には、どうもぴんとこなかった。どれも人間だけの了見のように思えて仕方がない。そして、ぴんとこないものは恐れようがなかった。そもそも、子が産まれてくるために母体の養分を享受《きょうじゅ》し尽くすことは、至極自然なことだ。揺るぎない大陸のような日々の暮らしのその地続きに、それだけは実感できている。

いずれにしろ、冬子はやりたくないことは、やらなかった。やりたいように、やってきたし、やらせて貰えた。そんな感慨に浸りながらも、かなり腹が痛んできていた。子どもがめいっぱい踊るので、鼻血がつうっと流れだす。みんなが激しく踊っているまに、冬子は鼻血をこっそり拭う。冬子ひとりの事情で宴会を中断してしまうのは申し訳なかったし、なによりも腹の子にとってこんなふうに愉しい時間ははじめてのことだった。冬子はこの子に教えてあげたかった。

これから産まれる世界には愉しいこともたくさんある。ただ笑い、ただ食べる。それで充分愉しめる。やりたいように、やればいい。恐がらないで産まれてらっしゃい。みんながあなたを待っているよ、と。

今は実践的に教えてあげられる良い機会だった。冬子はじっと痛みを堪えて、奥歯を噛みしめる。じわりと鉄の味がする。はたと徹と視線がぶつかる。冬子はごくりと血を飲みくだしてから、にっこりと微笑んだ。徹は冬子の笑顔に応え、とん、と軽く高く飛び跳ねた。緑子が、きゃーっ、きゃーっ、きゃーっ、と嬌声をあげた。どうも気にいりの曲のようだ。ギターが鳴りドラムが響きベースが刻まれ、曲は次第に盛りあがってゆく。徹も緑子も海くんも腹の子どもも、いきおいに乗って、あーっ、と叫ぶ。

どん。

曲の激しい一撃にあわせて、冬子は倒れた。

む？ なんの音？

せっかくシドが「PRETTY VACANT」を絶叫してくれてるのに。緑子は、お姉ちゃんの方をふり返った。けれども酔っぱらってうまく焦点があわない。仕様がないので緑子はふらふらと歩みよる。よく見てみると、お姉ちゃんはベッドへばったりと倒れていた。緑子は慌てて身体を揺すった。お義兄さんも異変に気づいて駈けよった。海くんが音楽を消して灯りをつける。それからお姉ちゃんの脈をとり頰をはたく。緑子とお義兄さんはぐっと見守った。

「意識がない！ 母体が危ない！ 救急車だ！」海くんは言った。

「運んだ方が早い！」お義兄さんは一喝した。

それからお義兄さんと海くんがお姉ちゃんの上半身を抱え、緑子は脚を抱えた。お姉ちゃんはばかみたいに重たくて、支える腕がぷるぷるした。みんな必死で廊下を抜け、リビングを抜け、玄関をでる。お姉ちゃんを軽トラックの荷台へ乗せて、土地鑑のあるお義兄さんが運転席へ、緑子は助手席へ、万が一の応急処置のために海くんは荷台へ乗りこんだ。お義兄さんは急いで発車した。月があかるく山道を照らし、軽トラックは猛スピードで走って行った。お義兄さんは、冬子、と何度もちいさくつぶやいた。海くんは、お姉ちゃんの脈をとり続けている。お姉ちゃんは妊娠してから変わってしまった。

ちょっとずつ時間をかけて。きちんと手堅く。よその誰かのお母さんになってゆくみたいだった。あたしのお姉ちゃんはもうこの世のどこにもいないと、緑子は薄々勘づいていた。ばかなお姉ちゃん。ぼやあっとしていて、恐ろしく頑固で、とんちんかんで。ほんとうにお姉ちゃんは救い難いばかだと思う。

でもどうか、お姉ちゃんを守ってください。神様なんか信じていない。もうなにも信じられない。それでも緑子は、緑子のすべてで祈っていた。

救急病院へ到着すると、お姉ちゃんは救急隊員六人がかりで担架に乗せられ、どうにか手術室へ運ばれていった。お義兄さんはそのあいだずっと「冬子を助けてくださいい！」と叫んでいたけれど、手術室へ運ばれる寸前に「自然分娩《ぶんべん》にしてやってくださいい！」と叫び直した。すると海くんまでもが「僕は担当医です、自然分娩にしてくださいい！」と泣きだしそうな声で言った。手術室の扉はぱたんと閉まり、とりあえずお義兄さんをベンチに座らせた。

海くんは軽トラックの鍵をかけに戻った。緑子も海くんについて、駐車場まで歩いて行く。ただ待つしかないのが辛かった。月が山の稜線を浮かびあがらせ、空はどこまでも蒼い。そしてすぐそばにある闇は、どこまでも深かった。

「もーっ。踊り過ぎちゃったわよ！　恥ずかしいわよ、わたし。どうしてくれんのよ。

やんなっちゃうわよ」

海くんは、女の子みたいに唇をつんと尖《とが》らせた。でもほんとうに、やんなっちゃっているんじゃないと、緑子にはわかっていた。海くんの目のまわりはアイシャドウが溶けだしてパンダみたいになっていて、ワンピースは汗でくたくたに濡れていた。

「もういいの」緑子はしずかに言った。

「ごめんね？」海くんは女の子みたいに首を傾げる。

「でも、もういいの。女の子やめていいよ。じゃなくて、女の子じゃなくていいの。女の子みたいな感じじゃ、だめなの。だから女の子じゃなくちゃ、だめなの。でも。あたしは、やっぱり、海くんが好き」

緑子は泣きじゃくった。未来なんかいらない。過去もいらない。今、あたしは海くんが好き。海くんが男の子でも、女の子でも。たとえ、あたしをもう好きではなくても。

「ごめん」

海くんの声は、女の子のものよりもずっとずっとやさしかった。

あたしは、ようやくあたしに失恋させてあげられた。

駐車場から戻ると、さっきの姿勢のまま、お義兄さんはベンチに座っていた。お義兄さんの顔からは一切の表情が失《う》せていて、それが余計に痛々しかった。緑子は隣のベンチへ腰かけた。海くんは壁へ凭《もた》れかかった。三人とも黙っていて、廊下にはひんやりと冷気が漂っていた。どこか遠くで獣の啼く声がする。緑子は耳を澄ませた。遠吠えのような、荒々しい啼《な》き声だ。おうおう、と低くうなって、おおん、と吠える。今度はくっきり耳へ届いた。獣はそう遠くにいるんじゃないのかも知れない。緑子は瞼《まぶた》を閉じて、ふたたび獣が啼くのを待った。次に獣は長く啼いた。あーん、となぜかちいさな子どもの泣き声が混じる。緑子はぱっと目をあけた。獣はあきらかに手術室にいる。お義兄さんも海くんも、いつのまにか手術室の壁のむこうを窺っている。

ばたん、と手術室の扉が開いた。

そこには、血まみれのちいさな男の子がいた。その子は、お義兄さんめがけて懸命に走りだした。真白い廊下にちいさな赤い足跡をつくり、おぼつかない足どりでぺたんぺたんと走った。その後を、真白い手術着を血で汚した医者たちが、おどおどと腫れものにでも触るように追いかけてきた。お義兄さんはすぐさま立ちあがり、ちいさな男の子は脚の後ろにしがみついた。

「パパ」

その子は言った。それから、むう、と顔をしかめて医者たちを見た。お義兄さんはその子をしかと抱きあげた。その子はむずがゆそうに鼻をこすった。お義兄さんは泣いていた。笑いながら泣いて、また笑った。

「牛の出産並みですなあ」誰かが言った。

「冬子さん無事だって」

海くんが耳許でこそっと囁《ささや》いた。緑子はほっとして、かたかたとちいさく震えた。海くんは肩をそっと抱いてくれた。緑子は涙がとめどなくでた。心の中のちいさな穴をあたためるみたいに、しずかな涙がとめどなくでた。

お姉ちゃんの子どもは男の子だった。あたしたちの家系に革命が起きた。

今、歴史は塗りかえられたのだと、緑子は思っていた。

あの時、冬子は夢を見ていた。

レースを透《す》かしたような木もれ陽が射す、深い森の中だった。霞《かすみ》が幾筋もの線になって地上に降り注ぎ、空気は澄みわたっていた。冬子はおおきな樹の下にいた。おおきなお腹を横たえて、脚をおおきく開いていた。すると脚のあいだから、ちいさな子鹿が産まれてきた。ちいさな子兎とちいさな子栗鼠《りす》も、すいすいと産まれてくる。ちいさな子牛とちいさな子馬、ちいさな子豚やちいさな子羊、ちいさな子狼もちいさな子猪も、ありとあらゆる野に生きる動物たちが、冬子の脚のあいだから次々産まれてきてくれた。息をするように、瞬きをするように、世界へ這いだしてゆく。きらきらと光る透明の膜を纏《まと》い血に濡れた動物たちは、期待に胸をふくらませてそれぞれに鳴く。それからゆっくり立ちあがる。まだか細く華奢《きゃしゃ》な脚で土を踏みしめ、よろよろと立つ。懸命に、不器用に、そして自力で歩きだした。

そこで冬子は目が覚めた。

「危うく全身麻酔をかけられちゃうところだったんだよ」

病院のベッドの上で冬子は話した。

徹は穏やかな声で、へえ、と言って、林檎《りんご》を剝いた。産み落としてから丸二日間、冬子は眠り続けたようだった。一歳半の息子はふくふくとした掌の持ち主で、徹の膝へすっぽりとおさまっている。牧歌的な笑顔は徹によく似ていて、おっとりとした感じは冬子に似ている。髪も頰も肩も手も足もまあたらしい、わたしたちの息子。

産後の肥立《ひだ》ちに良いからと、母は大量の海藻と香港土産の怪しい漢方薬を携えてやってきた。母は孫と初対面して、開口一番に「めずらしいものついてるわねえ」と朗らかに笑った。おばあちゃんには女の子だったって報告しておきましょう、と相変わらず失礼な冗談を言い残して、昨日のうちに帰って行った。徹の御両親には、徹から電話をして貰った。なんとも要領を得られなかった様子で、徹は「今ちょっと忙しいから、お盆に顔だすってさ」とだけ報告してくれた。緑子と海くんは、冬子が眠っているあいだに帰って行った。息子はすっかり緑子になついたらしく、ちょこちょこと後をついてまわるので「うるさいんだもん」と怒りながら帰って行ったと、後から徹が話してくれた。

やらなくてはならないことは、たくさんあった。

まず息子の名前を決めること。

出産の内祝いや報告を、今だすべきか二歳のお誕生日にだすべきか決めること。

青いちいさなベッドと、ちいさな食器と、ちいさな靴を用意すること。

お誕生日は三月十日にするのか、十月十日にするのかも決めなければならないし、徹が子育てをしてゆくか、冬子が子育てをしてゆくかも決めなければならない。なににもまして今後の方針を決めてゆくのは大切なことだった。

有り難いな、と冬子は思う。

もう既に、徹へ手紙を書いてみようと、冬子は心に決めていた。


くそがきちゃんはかなり人間めいてきた。電話口で、みろりこ、と呼び捨てされて、緑子はむっとして受話器を置く。産まれてきたのは三月のくせに「二歳のお誕生日」という謎の会に招待されたのだ。

あれから緑子は、ベリーショートにばっさりと髪を切った。髪を切っても俺は好きだよ、と胸くそ悪いことを言ってくる男友達もいたけれど、女友達の評判はすこぶる良かった。自慢の脚が意外に映えて悪くはないと思えたし、いつのまにかみんなが緑子に「バンビ」と命名していたのも気にいっていた。緑子は自分の名前が嫌いだったので、しばらくこのままいってもいいかな、と今は思っている。

夏のあいだは、精力的にアクセサリーを作っていた。どんなビーズもどんな石も、突然なぜか愛おしくてたまらなくなったのだ。緑子はどの作品にも誠心誠意をこめられたし、作業の後のビールは最高に美味しくて、不思議なことに呑み過ぎることもなくなった。気がついたら、売ってしまうには惜しい作品がたまってしまっていて、月末に友達と個展を開く予定も立っている。おかげでここのところは徹夜続きだけれど。

もう十月だっていうのに、陽射しがつよくて汗ばんでしまう。緑子はカレンダーに「くそがきちゃん」と書きこんで、徹夜明けのぼやけた顔をつめたい水でじゃばじゃばと洗う。最近はめっきりバンビなので、お化粧なんかもあんまりしていない。海くんが見たら、ちんちくりん、と笑うかも。

海くんとはほんとうにもう会っていなかった。

二度、電話をしたけれど、海くんがあんまりやさしいので、かえって緑子が恐縮してしまった。海くんとの記憶は日増しに淡くなっていった。いろんなことが抜け落ちて、今の記憶の中の海くんはいっつも笑っている。ばかみたいなくらい爽やかに。いつも白いシャツを着て。薄くなるんじゃなく、ゆっくり溶けてゆくみたいに。

きっと一生あたしは子どもを産まない。

緑子は思う。ほんのすこしかなしいけれど直感的にそう思っている。世界は不平等でほんとうに意地悪だ。欲にまみれた人間にどんどん汚染されて、ほとんどすべてが壊れかかっている。なにを食べてもなにをしていても正しさなんて見つからないし、戦争だって失くならない。どんな人間だって結局は利己的にしか生きられないのに、こんな世界に子どもを産み落とすなんて自分勝手もいいところだ。緑子にはお父さんはいない。ほんとうの意味でのお母さんもいない。信じられるものなんて、ほとんどない。

でも。

もしもなにかひとつだけ信じられるものがあるとするならば。

お誕生日おめでとう。

それだけは信じられると、緑子は知っている。

あとがき

人生五十年といわれていた時代にも妊娠は十月十日《とつきとおか》。人生八十年といわれている今も妊娠は十月十日。ある日はたと気がついた。なぜか、進化していないのは十月十日だけなのだ、と。

そしてこんな物語を思いたちシナリオを書きました。映画化にさきがけて、撮影よりもいち早く、はじめて小説も書きました。

あたたかく見守ってくださった刈谷政則氏、きっかけをつくってくださった日下部孝一・圭子夫妻、突然の取材に快く応えてくださった下田眞知子氏、併走し続けてくれている臼井龍至氏こまやかに照らしあわせてくださった内山夏帆氏にも、心から深く感謝しています。それからこの小説を最後まで読んでくださった方々、ほんとうにどうもありがとうございました。

笑っても笑わなくても良いのなら笑っておきましょう。そんな風に笑いながら、読んでいただけたら、しあわせです。

二〇〇八年晩秋

唯野未歩子

*本文中に引用した「このこぶたさん　かいものに……」と「おとこのこって　なんでできてる……」は、ともに『マザー・グースのうた』（谷川俊太郎訳）より。

解説

斎藤美奈子

〈個性的な女優が映画製作に先がけて初の小説に挑戦、不思議な傑作が誕生した。書き下ろし長篇四五〇枚〉。単行本の『三年身籠る』の帯には、そんなコピーがついていました。そう、『三年身籠る』は唯野未歩子の小説デビュー作であり、同時に唯野未歩子の初監督作品となる映画の原作でもあるのです。

二〇〇六年一月に公開された映画の『三年身籠る』は、主人公の冬子をオセロの中島知子が、夫の徹を西島秀俊が演じており、ドキュメンタリーっぽい部分とシュールな部分が同居したキュートな作品でした。

食卓に並ぶ色とりどりの家庭料理。妊娠二七か月目を迎え、小山のように膨らんだ、ユーモラスでも痛々しくもある冬子のお腹。日常と非日常が混在した『三年身籠る』の世界は、とりあえず映画でカンペキに表現されていて、これさえ観れば、まあ小説は読まなくてもいいか、という風に思ってしまいそうです。

しかしながら、その小説版である本書には、映画とはまたちがった魅力が詰まっています。映画は映画、小説は小説。単にストーリーをなぞっただけのノベライズとは異なる、小説ならではのおもしろさが、ここにはある。そのことに私は作者である唯野未歩子の茶目っ気と生真面目さを感じ、たいそう感心したのでした。

もしも十月十日（正確には約九か月＝二八〇日）ということになっている人間の妊娠期間が、もっと延びたらどうなるだろう。もしも牛や馬みたいに、人間の胎児も誕生直後に立ち上がって歩けるまで母の胎内にいたら、どんなことが起こるだろう。そんなSFチックな思いつきから、この物語ははじまっています。

ですが、『三年身籠る』はいわゆるSFファンタジーとも少しちがいます。

小説は姉の冬子と妹の緑子、二人の視点を交互に取りかえながら進行します。『三年身籠る』はつまり、姉の冬子の物語であると同時に、海《かい》くんという医大生と恋愛中の緑子の物語でもあるわけです。

お読みになればわかるように、二人は何もかもが対照的です。子どものころから大人しい子だねといわれて育ち、ぼんやりしたところがある冬子。喜怒哀楽に正直でいたい、反体制でありたいと望み、奇抜な装いを好むパンクな緑子。恋愛に対する姿勢も正反対で、冬子が同じ職場にただ〈いた〉だけの徹と〈嬉しいというよりも、むしろ残念な気持ち〉で結婚したのに比べ、緑子は恋愛に対しても全力投球、〈海くんのすべてに焦がれていた〉というほど恋人に夢中です。

ですが、ここぞという局面に際しては、冬子のほうが緑子よりパンクかもしれません。夫の徹に恋人がいると知り、妻を〈恋人と間違え〉た結果妊娠したと確信する冬子は、「その女性にも、出産に立ち会って貰おうよ」といいだします（「一年目」）。子どもがなかなか生まれないことに苛立ち「昔、つきあってた男に宇宙人とか、いないよね？」と責める徹のセリフを真に受けて、昔の恋人をひとりひとり訪ね歩いたりもします（「二年目」）。妙なコスプレをさせられて徹の恋人へのメッセンジャーをいいつけられた緑子も、冬子の元カレ巡りにつきあわされて腹話術の真似をするハメになった海くんも、いい迷惑としかいえません。

いったい冬子のこうした不可解な行動をどう考えればいいのでしょうか。

『三年身籠る』という小説のおもしろさは、こういう不可解な部分にこそ隠されているように思います。どうやら冬子の言動は、最後まで姿を見せない彼女のお腹の中にいる子どもの意志が反映されているらしいのです。

それが明確にわかるのは、冬子の昔の恋人たちの前で、子どもが泣き声をあげる場面でしょう。〈腹の子どもは、どの男にも人見知りした〉。冬子にとっては〈ぶきみな生きもの〉である徹を、子どもは自らの意志で父親に選んだらしいのです。

子どもの意志は胎内でこの子が育つほどにハッキリしていき、病院に軟禁状態にされた後、ピークに達します。冬子が「白い悪魔」と呼ぶ白衣の軍団には強い拒否反応を示し、徹の気配があるときだけ、ぴたっと泣きやむ。

夫婦が病院からの脱出を企てたのは、子どもの意志を尊重しないと大変なことになると察知したからでしょう。冬子にとっては唯一特別な存在であった小山田くんが首尾よく屋上に現われ、恐竜のようなクレーンで親子を救い出す。映画にはないこの場面は、この小説のもっともエキサイティングなシーンのひとつですが、いずれにしてもこのとき冬子は、とても妊婦とは思えぬ大活躍をするのです。

原点に立ち戻って考えてみましょう。

そもそも、この子はなんだって三年もの間、冬子の子宮の中に引きこもって、外の世界に出て行こうとしないのでしょうか。そういう理屈っぽい説明を一切しないのがこの小説の美点なのですが、読者が想像するのは自由です。

本書の中にも馬の子どもの話が出てきますが、大型草食動物は妊娠期間が長いのが普通です。牛の妊娠期間は人間と同じで約九か月（二八〇日）ですが、馬は約一一か月（三三〇日）、アフリカゾウにいたっては約一年一〇か月（六五〇日）。群れで暮らす大型草食動物の妊娠期間が長いのは、生まれてまもない子どもでも走って逃げる必要があるからだ、といわれています。母親の胎内で、自分の力で立って走れるまでに育っていないと、天敵から身を守ることができないからですね。

じゃあ『三年身籠る』の場合はどうか。

第一に、冬子が妊娠の続行を望んでいたこと。なにしろ冬子は妊婦であることに充足しており、臨月になっても〈ずっとこのままならば良いのに〉と願っていた。換言すれば早く母親になって、わが子を抱きたいとは思っていなかった。母の願いをかなえてあげたい、あるいはいま出ていくのはまだ早いと、子どもが思っても不思議はありません。

第二に、徹に父親としての自覚が足りなかったこと。あとで振り返れば、冬子の不可解な行動は、父親としての自覚を徹に促すために必要な手続きだったことに思い至ります。もう一度読み直してみてください。緑子が徹の恋人に会いに行ったことで、結果的に徹は「俺、いいパパになるから」と決心するのですし、冬子もまた元カレを訪ね歩いたことで、「わたしが徹をちゃんと選んでたってわかった」という心境に至るのです。

第三に、冬子の一族が女系家族だったことも関係していたかもしれません。「子どもは女の子が良いわね」「絶対に女の子ね」といい続けている冬子の母や祖母。そんなところに万一ノコノコ男の子が出て行ったら、落胆させるのは目に見えています。

そうなんです。妊娠が三年にもわたった理由は、どう考えても、大人たちの側に子どもを迎える準備ができていなかったこと、が大きいのです。

そうしてさらに、病院での過酷な日々が追い打ちをかけます。白衣を恐れ、激しく泣きじゃくる子ども。ことここに至って、ようやく冬子は悟ります。〈この子は世界を恐れている〉。〈ずっと腹にとどまっていてほしい、などとこんりんざい思ってはいけない〉のだと。

こうしてみると、物語のなかでもっともしたたかに、冷静に、世界を見つめているのは、冬子のお腹の中の子どもではないかと思えてきます。

子どもの視点から見ると、緑子の恋愛劇さえ、子どもに都合よく操作されていたのではないかという疑いが生じます。

妊娠一年目。緑子は恋人の海くんに夢中でした。たとえ姉の子どもが産まれても、さしたる関心は抱かなかったでしょう。

妊娠二年目。緑子と海くんの恋愛は倦怠し、セックスだけの関係になりはじめていました。が、海くんが「冬子さんで論文を書きたい」という下心を持ったために、緑子も冬子母子に関心を持たざるを得なくなります。

ですが、子どもとしては、です。緑子と海くんには是非とも別れてもらわなければならなかった。なぜって海くんは自分を「白い悪魔」に売りわたした憎っくき悪魔の手先なんですから。結局緑子は失恋し、自分は一生子どもは産まないと考えます。子どもはガッツポーズをしたにちがいない。そうこなくっちゃ。これで母の冬子や父の徹だけでなく、叔母の緑子もきっと自分に関心を持つだろう……。

恐るべし、冬子の子ども。とても胎児とは思えぬ策士ぶり！

もちろん、これはひとつの解釈にすぎません。ですが、少しだけ丁寧に読み解いてみると、シュールでホラーでユーモラスというだけではない、緻密に組み立てられたこの小説の魅力がさらにわかってもらえるのではないでしょうか。

「本能が壊れた動物」ともいわれる人間は、妊娠しただけで急に母性に目覚めたりはできません。まして父性においてをや。一見バラバラに存在しているかのような雑多なエピソードは、すべてこの子が安心して育つ環境を整えるために存在していた。いいかえると、この家族が子どもを迎えるためには、三年という時間が必要だった。

映画は映画、小説は小説といった意味も、そこにあります。映像と音の力で感覚に訴える映画に対し、同じ物語でも、小説版の『三年身籠る』は論理的です。論理できちんと解析できるように、書かれているのです。

物語は終盤にいたって、さらに波乱の要素を忍び込ませます。緑子と関係を持った徹。夫と妹の裏切りを知り、刃物を手にする冬子（「三年目」）。

〈どこからか、しくしくと泣く声が聞こえてくる。／さみしいよ、／さみしいよ、／と言っているかのようなその泣き声は、腹の子どものものだった〉

　そして冬子は考えます。〈この刹那、家族のそれぞれがさみしかった。冬子は冬子でしかなく、徹は徹でしかなく、腹の子どもは腹の子どもでしかなく、それぞれが拮抗しあう生きものみたいにそこにいた〉。だが〈家族はなぜか開陳しあった〉と。

　この瞬間、家族の中に、やっと子どもを迎える準備が整ったのだと考えるべきでしょうか。それにしても、なんて世話の焼ける大人たちなんだ。

　小説であれ映画であれ、あるいはテレビドラマであれ、女性の妊娠を扱った物語は少なくありません（おかげで私は『妊娠小説』という批評の本を書いてしまったほどです）。が、その多くは妊娠を物語のダシに使用するだけで、おおむね陳腐な妊娠観の範囲に収まってしまうものでした。『三年身籠る』はそうした幾多の妊娠小説に対する批評、あるいは逆襲といえるかもしれません。

　ですが、そういうことをまったく感じさせないのが、この小説の魅力でもあります。二歳児近くまで育った子どもが、生まれてすぐにとった行動の鮮やかさ。ここを読むためだけに『三年身籠る』はあるといってもいいほどに、この場面はチャーミングですが、しかし、それもまたこの子の作戦だったとしたら……。

　冬子はもちろん、徹も緑子も「くそがきちゃん」の魅力に当分メロメロになるでしょう。みんな、あんなに大変な思いをしたんだから。そして二歳前後の人間の子どもは、この世の中でもっとも可愛い生きものなんだから。

ここまで読んできたあなたなら、きっと驚嘆のため息をもらすでしょう。

恐るべし、くそがきちゃん。幸せになるための条件を自分の力でつかむなんて！

（文芸評論家）

単行本　二〇〇五年十月　マガジンハウス刊

文春文庫

三《さん》年《ねん》身《み》籠《ごも》る

定価はカバーに
表示してあります

2009年1月10日　第1刷

著　者　唯《ただ》野《の》未《み》歩《あ》子《こ》

発行者　村上和宏

発行所　株式会社　文藝春秋

東京都千代田区紀尾井町 3-23　〒102-8008
TEL　03・3265・1211
文藝春秋ホームページ　http://www.bunshun.co.jp
文春ウェブ文庫　http://www.bunshunplaza.com

落丁、乱丁本は、お手数ですが小社製作部宛お送り下さい。送料小社負担でお取替致します。

印刷・大日本印刷　製本・加藤製本

Printed in Japan
ISBN978-4-16-776201-8

エンタテインメント

（　）内は解説者。品切の節はご容赦下さい。

角田光代
空中庭園
京橋家のモットーは「何ごともつつみかくさず」……普通の家族の表と裏、光と影を描いた連作家族小説。第三回婦人公論文芸賞受賞、小泉今日子主演で映画化された話題作。（石田衣良）
か-32-3

角田光代
太陽と毒ぐも
もしもあなたの彼女が風呂嫌いだったら？　彼が物欲の鬼だったら？　大好きなのに、許せないことがある。恋人たちの日常と小さな諍いを描く、キュートな恋愛短篇集。（池上冬樹）
か-32-4

角田光代
対岸の彼女
女社長の葵と、専業主婦の小夜子。二人の出会いと友情は、些細なことから亀裂を生じていくが……。孤独から希望へ、感動の傑作長篇。直木賞受賞作。（森絵都）
か-32-5

加納朋子
螺旋《らせん》階段のアリス
脱サラして憧れの私立探偵へ転身した筈が、事務所で暇を持て余していた仁木の前に現れた美少女・安梨沙《ありさ》。人々の心模様を「アリス」のキャラクターに託して描く七つの物語。（柄刀一）
か-33-1

加納朋子
虹の家のアリス
育児サークルに続く嫌がらせ、猫好き掲示板サイトに相次ぐ猫殺しの書きこみ、花泥棒……脱サラ探偵・仁木と助手の美少女・安梨沙が挑む、ささやかだけど不思議な六つの謎。（倉知淳）
か-33-2

熊谷達也
邂逅《かいこう》の森
秋田の貧しい小作農・富治は、先祖代々受け継がれてきたマタギとなり、山と狩猟への魅力にとりつかれていく。直木賞、山本周五郎賞を史上初めてダブル受賞した感動巨篇！（田辺聖子）
く-29-1

文春文庫

エンタテインメント

（　）内は解説者。品切の節はご容赦下さい。

幸田真音
傷 邦銀崩壊（上下）
先送りされる不正、闇に膨らむ巨額の損失。恋人の死をきっかけに彼の勤め先の邦銀の調査をすすめる州波は、驚愕の真相を摑んだが……。元外資系ディーラーが描く迫真の金融サスペンス。
こ-25-1

小池真理子
ひるの幻 よるの夢
老作家の許で密かな妄想を紡ぐ秘書、年下の青年の「手」に惹かれる中年女性……。エロスにはさまざまな形がある。禁色のエロティシズムを描いた妖しく艶めかしい六篇。（張競）
こ-29-1

小池真理子
天の刻《とき》
いつ死んでもいい……。四十代の女たちが、思いがけず、恋愛の極みへと誘われていく。エロスとタナトス、そして官能の一瞬が、絶妙の筆致で描かれる極上の恋愛作品集。（篠田節子）
こ-29-2

小池真理子
虚無のオペラ
日本画家の専属裸婦モデルを務める結子《ゆいこ》と、ピアニストの恋人島津は「別れ」のために冬の京都の宿に籠もる……。恋情と性愛の極みを艶やかに奏でる恋愛文学の極北！（髙樹のぶ子）
こ-29-3

小池真理子
雪ひらく
恋に切実である故に奔放すぎた姉の一生。彼女を「美しく風変わりな淫売」とよんだ妹が哀惜をこめて顧みる「最後の男」他、官能の炎を描き尽くした全六作。現代文学の美しき結晶。
こ-29-4

小泉吉宏
四月天才
四月のある朝、目覚めると一篇の物語が頭の中に入っていた。以来、毎日アイディアを書きとめて……。「ブッタとシッタカブッタ」でお馴染みの漫画家による掌篇小説集。（白井晃）
こ-33-1